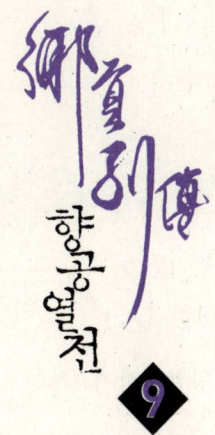

향공열전 ❾

조진행 신무협 장편소설
ORIENTAL FANTASY STORY & ADVENTURE

향공열전(鄕貢列傳) 9
낙화유수(落花流水)

초판 1쇄 인쇄 / 2010년 1월 2일
초판 1쇄 발행 / 2010년 1월 12일

지은이 / 조진행

발행인 / 오영배
편집장 / 김경인
펴낸 곳 / (주)삼양출판사 · 드림북스

주소 / 서울특별시 강북구 미아8동 322-10호
대표 전화 / 02-980-2112 팩스 / 02-983-0660
편집부 전화 / 02-980-2116 팩스 / 02-983-8201
블로그 / blog.naver.com/dream_books

등록번호 / 제9-00046호
등록일자 / 1999년 3월 11일

ⓒ 조진행, 2010

값 8,000원

(주)삼양출판사 · 드림북스의 서면 허락 없이는 어떠한
형태나 수단으로도 이 책의 내용을 이용하지 못합니다.

ISBN 978-89-542-3218-0 04810
ISBN 978-89-542-2235-8 (세트)

* 지은이와 협의하에 인지는 생략합니다.
* 잘못된 책은 구입한 곳에서 바꾸어 드립니다.

제1장 세상은 넓고 우물은 많다 7

제2장 번뇌의 강을 건너다 35

제3장 운명을 개척하는 사람들 69

제4장 살아 있는 것은 변한다 105

제5장 격돌(激突) 133

제6장 대신할 수 없는 것 *169*

제7장 집 주인이 치워라 *201*

제8장 최선의 상태도 악(惡)이다 *229*

제9장 세상일 알 수 없다 *259*

제10장 한 사람만 답해 줄 수 있는 문제 *289*

제1장

세상은 넓고 우물은 많다

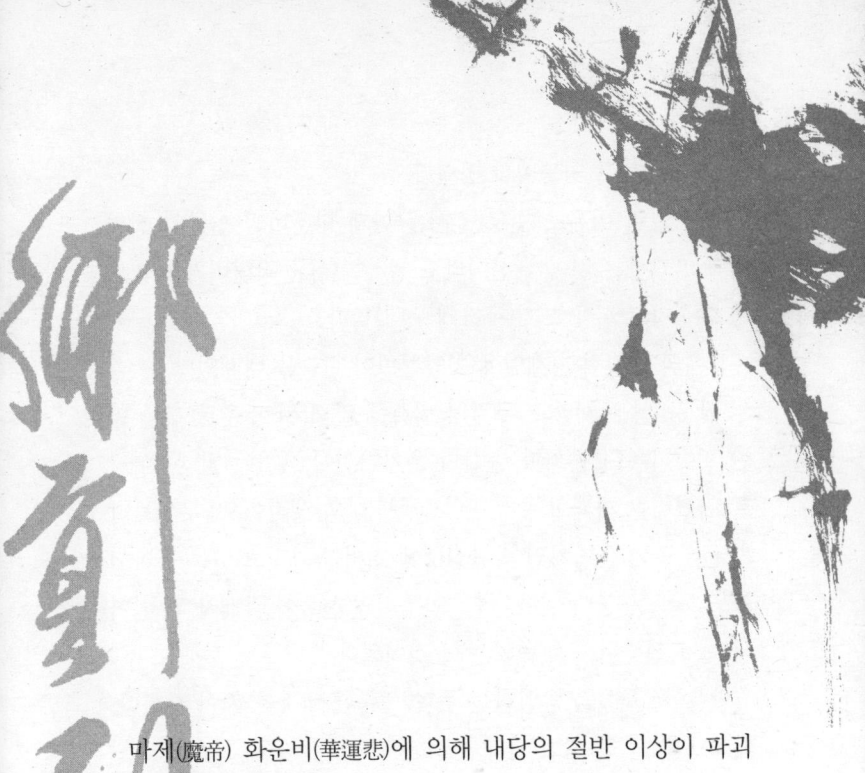

 마제(魔帝) 화운비(華運悲)에 의해 내당의 절반 이상이 파괴된 단심맹은 복구에 힘쓸 여력도 없었다. 북쪽으로 가버린 마제 화운비가 언제 돌아올지 모른다는 위기의식과 천명회의 도발 때문이다.

 십대문파 대표들은 결국 중앙의 복구는 포기하고 상대적으로 외곽에 세워져 잘 사용하지 않던 용무전(勇武殿)을 주요 거처로 삼았다.

 맹주인 청암진인은 집무실이 박살이 난 뒤로 아예 용무전에서 기거하다시피 했다.

 그 용무전에 청암진인과 칠대문파 장문인들이 모여 한 사람의 의견에 귀를 기울이고 있었다.

"……그런 이유로 빈도(貧道)는 마제 화운비의 신물인 적혈비를 파괴하는 것이 우선이라고 생각합니다. 적혈비가 파괴되면 화운비도 힘을 쓰지 못하게 될 겁니다."

담운의 급진적인 제안에 청암진인이 한숨을 내쉬었다.

"담 총관, 이제라도 무림의 비사를 알게 된 것은 환영할 만한 일이나…… 곤륜파 출신의 은거기인이 했다는 말 한 마디로 적혈비를 파괴할 수는 없다는 게 나의 생각이오. 무엇보다 그 곤륜파의 은거기인이 단심맹에 호의를 가지고 있는지 아닌지도 모르는 상태가 아니오? 화운비의 신물이 관계가 된 일이니 보다 신중하게 행동해야 할 것이외다."

담운이 그럴 줄 알았다는 듯 씁쓰름한 미소를 지어 보였다. 단심맹을 단 한 시진 만에 초토화시켜 버린 마제 화운비의 신물이다. 마제 화운비가 종적을 감춘 지금, 누군지도 모르는 사람이 전해 준 말을 전적으로 따른다는 것은 확실히 무리일 것이었다.

아미파의 장문인 무망사태(無妄師太)가 침중한 음성으로 말했다.

"맹주님의 말씀에 동의합니다. 화운비가 처음 적혈비를 찾으러 왔을 때 우리가 차분하게 대처했다면, 이런 일은 생기지 않았을지도 모르지요. 적혈비의 문제는…… 끝까지 고적산인과 검성께 맡기는 것이 옳다고 생각합니다."

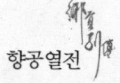
향공열전

"하지만 고적산인과 검성에게 무슨 문제라도 생기면…… 그 때는 무엇을 선택해도 너무 늦어 버린 것은 아닌지……."

공동파 장문인 도선진인(道宣眞人)의 중얼거림에 장문인들의 얼굴이 더욱 어두워졌다. 고적산인과 검성의 중독을 해결하지 못하면 단심맹은 해체하는 수밖에 없다. 하지만 천명회가 하남성까지 진출한 상황에서 단심맹의 해체는 정파의 몰락이나 마찬가지였다.

개방의 방주 무적취개(無敵取丐)의 걸걸한 음성이 정적을 깼다.

"그런데 그 검공 서문영의 초대는 어떻게 되어 가고 있는 거요?"

"섬서성에 진입한 지 꽤 되었다는 연락을 받았으니…… 오늘 내일 중으로 도착할 거라고 생각하외다."

"오! 거의 다 왔구먼."

"불행 중 다행이오."

청암진인의 답변에 무겁게 가라앉았던 분위기가 조금 가벼워졌다.

검공 서문영의 능력이 어느 정도나 되는지 몰라도 고적산인과 검성이 믿는 것을 보면 기대할 만하다는 생각에서다.

그와는 대조적으로 담운의 인상이 한껏 찡그려졌다.

그런 담운을 향해 청암진인이 부드럽게 말했다.

"담 총관, 검공과 담 총관 사이의 오해는 내가 나서서 풀어

보도록 할 터이니 너무 심려하지 말도록 하시구려."

"아니, 담 총관님과 검공 사이에 무슨 일이 있습니까?"

종남파 장문인 삼정선인(三正仙人)이 청암진인과 담운을 번갈아 바라보았다.

청암진인이 잠시 망설였다.

평소 무당파와 화산파에 묻혀 존재감이 없던 삼정선인이다. 무당파와 검공 사이에 뭔가 문제가 있는 듯하니 괜히 들추어 보고 싶은 모양이다.

하지만 사안의 중대함을 생각해 말해 두지 않을 수도 없었다. 현재 담운은 자신이 단심맹을 꾸려 나가는 데 있어 꼭 필요한 사람인 까닭이다.

"지난 번 소림사에서 단심맹을 창설하던 즈음…… 검공과 담 총관 사이에 좋지 않은 일이 있었다고 하오."

"좋지 않은 일이라면 그 싸움을 말씀하시는 겁니까?"

삼정선인은 다소 실망스러운 기분이 들었다. 소림사에서 무당파와 검공이 한바탕 싸웠다는 것을 모르는 사람은 없다. 남들은 어떻게 생각할지 몰라도, 내막을 알고 보면 별것도 아니다. 떠오르는 신진고수와 십대문파의 자존심이 충돌한 것이다.

하지만 청암진인의 대답은 조금 달랐다.

"아시겠지만 그 일이 있기 몇 해 전에 절영운검이 이끌던 천의단과 검공이 강호에서 조우(遭遇)를 한 적이 있었소이다. 그날 비무가 있었는데…… 다들 아시다시피 그 비무에서 절영운

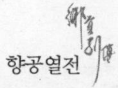

검의 제자가 검공에게 패했소이다. 하지만 절영운검과 담 총관은 단심맹의 자존심을 앞세워 패한 것을 선선히 인정하지 않고…… 험, 험, 그에게 흠이 될 소리를 퍼트리고 만 것이오."

"아! 허면 그날 비무 전에 화산파의 제자가 내상을 입고 있었다는 소문은 거짓이었던 거요?"

"그렇소. 철완도사의 조사에 의하면 절영운검과 담 총관이 화산파의 체면을 생각해서 지어낸 말이라고 하더이다."

"……"

장문인들이 화산파 장로 조운비(趙雲飛)를 힐끗 바라보았다.

폐인이 된 화산파 장문인 천기자를 대신해 참석한 조운비가 참담한 표정으로 여러 장문인들의 시선을 외면했다. 사형인 절영운검 상무극의 편을 들어 주려고 해도 자세한 내막을 모르니 지금으로서는 그냥 침묵하는 수밖에 없었다.

총관 담운이 얼굴을 붉히며 여러 장문인들에게 머리를 숙여 보였다.

"모두 사실입니다. 십대문파의 체면을 생각해서…… 그 당시 단주님과 부단주였던 제가 꾸며낸 말이었습니다. 그 문제에 대해서는 어떤 벌이라도 달게 받겠습니다."

"……"

장문인들은 딱히 그 일에 대해 할 말이 없는지라 이런저런 말이 없었다. 사실 부끄러운 일임에는 틀림이 없지만, 그렇다고 중죄도 아니다. 비무의 결과에 승복하지 못해 함부로 말하는 경우가 비일비재(非一非再)한 곳이 무림인 까닭이다.

아니나 다를까?

점창파 장문인 청풍도사(靑風道士)가 혀를 차며 말했다.

"쯧쯧! 상 장로와 담 총관이 비무의 결과에 승복하지 않은 것은 부끄러운 일이나…… 사실 그 정도의 실수는 죄라고 할 수도 없는 것이 아니오? 그런 개인의 사소한 문제에 맹주가 나서서 중재까지 한다는 것도 좀 과유불급(過猶不及)이라고 생각하오. 단심맹의 맹주라면 무상(無上)의 권위와 위엄이 있는 자리인데……."

청암진인이 어색한 미소로 답했다.

"허허, 빈도를 그렇게 높게 봐주시니 감사합니다. 빈도가 이 문제에 대해 나서야겠다고 생각한 것은 단지 그것 때문은 아니외다."

"허면 또 무슨 문제라도 있소?"

"소림사에 모여 우리가 단심맹을 결성하던 날…… 하필 절영운검과 담 총관이 검공과 다시 만나게 되었고…… 가벼운 소란이 있었소이다. 그리고 아시다시피 그 무렵…… 검공은 녹림의 도적과 의형제를 맺어 천명회와 내통했다는 오해까지 받게 되었소. 그리고 그 일로……."

청암진인이 한숨과 함께 잠시 말을 멈추었다. 새삼 소림사를 거론하려고 하니 마음이 심란했던 것이다. 소림사를 대상으로 하는 말은 백 번 생각하고 한 번 말을 해야 한다. 그것이

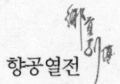

소림사와 척을 지지 않고 강호에서 살아가는 방법이었다.

"이것과 관계된 일은 담 총관께서 직접 말씀을 드리는 것이 낫겠소."

"아, 예……."

담운은 청암진인이 갑자기 발을 빼자 섭섭했지만 내색하지 않았다. 어쨌든 지금은 청암진인이 자신의 구명줄이었기 때문이다.

"험험, 단심맹에서는 검공을 무림공적으로 선포하고 그를 체포하기 위해…… 대림사로 십팔나한을 파견했습니다. 그런데 하필 그날 검공과 동행하던 대림사의 공원선사(空原禪師)께서…… 십팔나한의 손에 사망하는 불상사가 발생하게 된 것입니다. 현재 검공은 화산파의 절영운검 장로와 제가 자신을 무림공적으로 만들었다고 믿고 있습니다. 물론 일정 부분 절영운검 장로와 저에게도 책임이 있습니다. 그 당시 우리 두 사람이 검공의 일에 앞장섰던 것은 사실이니까요."

담운이 비장한 표정으로 십대문파 장문인들을 둘러보았다.

"그리고…… 공원선사의 죽음을 절영운검 장로와 제가 책임져야 한다고 생각하는 것 같습니다."

"……."

장문인들은 사소한 일이 갑자기 커지자 잠시 침묵했다.

얼마쯤 지났을까? 아미파의 장문인 무망사태가 조심스럽게 말문을 열었다.

"분명 가슴 아픈 일이기는 하나…… 그건 절영운검 장로와 담 총관께서 책임질 일은 아니지요. 우리가 검공의 도움을 필요로 하고 있기는 하지만…… 그렇다고 해서 두 분을 제물로 삼는 일은 없을 것입니다. 다들 그렇지 않나요?"

무망사태의 말에 장문인들이 고개를 끄덕였다. 확실히 검공 서문영에게 도움을 받기 위해 죄도 없는 두 사람을 처벌한다는 것은 내키지 않는 일이었다.

개방의 방주 무적취개가 머리를 벅벅 긁으며 말했다.

"두말하면 개 방구 같은 말이지! 담 총관, 말만 잘하면 풀릴 것이니 너무 신경 쓰지 마시오. 설마하니 검공이 담 총관과 절영운검에게 칼을 들이밀겠소?"

청암진인이 묵직한 음성으로 답했다.

"여러분, 솔직히 말씀 드리다. 아직 검공이 무엇을 요구한 적은 없으나…… 주변에서 들려오는 말로 미루어 볼 때…… 절영운검 장로나 담 총관의 신변에 좋지 않은 일이 일어날 것 같소이다."

"헐! 좋지 않은 일이라는 건 또 무슨 소리요?"

무적취개가 황당하다는 표정으로 청암진인을 바라보았다.

설마하니 그렇게 사소한 시비로 화산파와 무당파의 장로인 절영운검과 담운이 목숨을 내놓기라도 해야 한다는 뜻인가?

"아직은 모르오만…… 검공이 두 분의 일을 가볍게 넘기지 않으려고 할 것은 분명하외다."

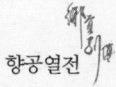
향공열전

"에이, 설마! 그런 일은 없을 게요! 만에 하나라도 그런 일이 일어난다면, 우리 개방이 가만히 있지 않을 것이오!"

"우리 아미파 역시 그냥 두고 보지는 않을 것입니다."

무적취개와 무망사태의 말을 시작으로 장내가 다소 소란스러워졌다. 서문영을 제대로 아는 사람이 없는지라 흥분을 감추지 않았던 것이다.

소림사 장문인 공산선사(空山禪師)가 어렵게 입을 열었다.

"나무아미타불…… 비록 노납이 이런 말을 할 입장은 아니지만…… 여러분, 지금까지 우리가 성급하게 단정하여 이와 같은 비극이 일어나지 않았습니까? 아직 검공이 자신의 입장을 밝힌 것도 아니니…… 너무 앞서가지는 마십시다."

공산선사의 말에 장문인들의 열띤 토론도 가라앉았다. 우선 검공의 태도를 지켜본 뒤에 논의해도 늦지 않을 거라는 생각에서다.

회의가 거의 끝나갈 무렵이다.

누군가 급한 걸음으로 다가와서는 문밖에서 소리쳤다.

"맹주님, 철완도사의 일행이 도착했습니다!"

잔뜩 힘이 들어간 음성은 경비조장의 것이었다.

장문인들은 누가 먼저랄 것도 없이 우르르 문을 열고 밖으로 나갔다. 단심맹의 잇따른 위기에 체면까지 잠시 잊고 만 것이다.

담운은 가장 늦게 나가 장문인들의 뒤에 몸을 숨겼다.

비록 자존심이 상하는 일이기는 하지만, 그래도 소나기가 퍼부을 때는 잠시 피해가는 게 오랜 강호행에서 터득한 지혜였다.

경비조장의 뒤쪽으로 철완도사와 서문영이 보였다.

담운이 조심스럽게 서문영의 안색을 살필 때다.

담운의 귀로 서문영의 전음이 들려왔다.

『너는 내 손에 죽는다.』

흠칫 놀란 담운이 급히 전음을 날렸다.

『절영운검을 두고 나를 노리는 이유가 무엇이오?』

혹시나 하는 마음에 떠본 것이다. 오래전 자신이 퍼뜨린 유언비어(流言蜚語; 군불위와의 비무에 관한) 때문인지, 또 다른 이유가 있는지 알아야 했다.

하지만 대답이 없었다.

잠시 망설이던 담운이 다시 전음을 보냈다.

『무슨 일 때문인지는 모르겠으나…….』

순간 담운의 귀로 천둥치는 듯한 소리가 들려왔다.

『닥쳐라! 네놈이 대림사에 한 짓을 잊지는 않았겠지!』

"크윽!"

담운의 입에서 신음이 흘러나왔다. 서문영의 전음에 담긴 공력으로 고막이 파손되며 피가 흘러내렸다.

담운이 비명과 함께 비틀거리자 장문인들의 시선이 돌아갔

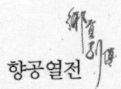
향공열전

다.

맹주이자 무당파의 장문인이기도 한 청암진인이 급히 다가가 담운을 부축했다.

"담 총관, 무슨 일이오?"

"괜찮습니다. 잠시 현기증이 나서 그랬습니다."

담운이 아무 일도 아니라는 듯 손을 가볍게 뿌리쳤다.

갑작스러운 변고에 장문인들의 안색이 굳어졌다. 담운의 창백한 안색과 귀에 흐르는 피는 결코 현기증 때문이라고 볼 수 없었다. 그렇다면 벌써 서문영이 손을 쓴 것일까? 하지만 그 시간 서문영은 자신들과 인사를 나누고 있지 않았던가!

하지만 담운에게 변고가 생겼다면, 보나마나 서문영의 짓이다. 장문인들은 불만이 가득한 눈으로 서문영을 쏘아보았다.

겨우 몸을 가누던 담운의 얼굴이 흉하게 일그러졌다. 좀 괜찮아지는가 싶더니, 중독(中毒)이라도 된 듯 전신의 기혈이 들끓으며 눈앞이 캄캄해진 까닭이다.

"으으으……."

담운이 경기를 일으키며 몸을 떨었다.

대림사에 독을 썼으니 그와 같은 고통을 맛보라는 뜻일까?

고통으로 덜덜 떨면서도 담운의 눈은 서문영에게 고정되어 있었다.

'나 담운은 이 정도로 죽지 않는다!'

이를 악물고 참던 담운이 최후의 기력을 짜내 서문영에게 전음을 날렸다.

『서인영(西仁榮)의 안부가…… 궁금하지 않느냐?』

그것으로 끝이었다.

물밀 듯 밀려오던 모든 고통이 거짓말처럼 사라졌다.

갑작스럽게 찾아온 평화 속에서 담운은 자신이 넘어서는 안 되는 강을 완전히 건너갔다는 것을 깨달았다.

서문영과의 악연(惡緣)도 새로운 국면으로 접어들었다. 서문영의 형인 서인영의 이름을 입에 담은 순간, 자신은 서문영의 말을 인정한 것이나 다름없었기 때문이다.

담운이 차가운 눈으로 서문영을 바라보았다.

사실 장안에 살고 있는 서인영에게 따로 손을 쓰지는 않았다. 은밀히 서문영의 가계(家系)에 대해 조사하다가 '동생의 후광으로 서인영이 요직에 등용되었다' 는 정보를 접한 게 전부다. 다급한 순간에 사파인들의 흉내를 냈는데, 그게 주효했던 모양이다.

서문영의 전음이 귓속으로 파고들었다.

『형님에게 일이 생기면 너는 물론 너의 혈족(血族)들도 살아남지 못할 것이다.』

담운은 대꾸하지 않았다. 저런 식의 협박은 약자가 하는 것이다. 당분간 서문영은 자신의 눈치를 살피지 않을 수 없다.

겨우 여유를 되찾았지만, 담운의 어깨는 눈에 띄게 축 쳐졌다.

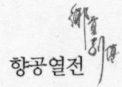

공든 탑이 단숨에 무너져 버렸으니 상실감은 이루 말할 수가 없었다. 자신의 이름 앞에 놓여질 세상의 저주와 악담을 생각하니 현기증이 밀려왔다. 명예와 책임을 아는 무당파의 장로이자, 능력 있는 단심맹의 총관 담운은 세상에서 사라질 것이었다.

'여기 서 있는 나는…… 살아남기 위해 추악한 짓도 마다하지 않은…… 그저 그런 무림인일 뿐인가.'

평생을 그런 악인들과 싸워 왔는데, 이런 결과라니!

'서문영! 너 때문에 내 인생이 파탄 나고 말았구나.'

급한 불은 껐지만, 거짓말이 들통 나는 것도 시간문제다.

앞으로의 일을 생각하니 눈앞이 아득했다.

'이렇게까지 나를 궁지로 몰아넣다니!'

담운은 자신의 인생을 망친 서문영이 저주스러웠다. 그렇다고 지금 장문인들의 앞에서 서문영에게 저주를 퍼부을 수는 없었다.

멍하니 서 있던 담운이 옷매무새를 바로잡고 장문인들에게 말했다.

"허허, 여러분이 생각하시듯 그런 일은 아닙니다. 실종된 제자들의 소식에 하남과 호북 일대를 무리하게 돌아 다녔더니…… 지병(持病)이 발작을 했던 것뿐입니다."

"아!"

걱정스러운 얼굴로 쳐다보던 장문인들의 얼굴이 비로소 펴졌다.

무적취개가 가슴을 탕탕 치며 조금은 감동받은 얼굴로 말했다.

"나도 담 장로의 제자들 소식은 들었소. 개방에서 도울 수 있는 일이 있다면 말씀만 해주시오. 한 팔 거들어 드리리다."

"사라진 제자들의 시체만이라도 찾았으면 좋겠지만…… 천명회를 상대하기에도 바쁜 개방에 그런 부탁까지 드릴 수는 없지요. 지금은 마음만 감사히 받겠습니다."

무적취개의 호의를 정중히 사양한 담운이 청암진인에게 시선을 돌렸다.

"맹주님, 몸이 좋지 않은데 돌아가서 쉬어도 되겠습니까?"

"그러시구려. 어려운 시기일수록 몸을 잘 관리해야 하외다."

청암진인은 일단 담운이 피해주는 것이 단심맹을 위해서도 좋다는 생각에 흔쾌히 허락했다. 담운이 없는 자리에서 서문영과 담운의 문제를 논의하는 것이 낫다는 생각에서다.

담운이 여러 장문인들에게 인사를 한 후에 용무각을 떠나갔다.

쓸쓸히 사라지는 담운의 뒷모습을 바라보던 청암진인이 고개를 돌렸다. 지금은 고적산인과 검성을 구하는 일이 먼저였다.

"안으로 드십시다."

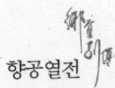

향공열전

용무전에 마련한 자리가 모처럼 꽉 들어찼다.

지금 장문인들과 사망하거나 중상을 입은 장문인 대리로 나온 몇몇 장로들의 관심은 온통 검공 서문영에게 쏠려 있었다. 무림과 관계도 없는 사람이, 속성의 마공을 익힌 것도 아닌데, 천하를 뒤흔드는 고수라고 하니 신기했던 것이다.

단심맹의 대표라고 할 수 있는 청암진인이 먼저 운을 뗐다.

"먼 길 오시느라 수고가 많았소. 빈도는 단심맹의 맹주인 청암이외다."

"서문영입니다."

서문영이 담담하게 소개를 하자 청암진인의 눈에 이채가 흘렀다. 상대의 말이 지나치게 짧았다. 단심맹의 맹주이자 무당파의 장문인인 자신의 입장을 생각하면 지나친 감이 있다. 하지만 청암진인은 오히려 크게 웃었다. 이럴 때일수록 아량을 베풀어야 한다고 생각한 것이다.

"허허! 아직 젊은 나이에 참으로 대단한 배짱이시오. 말이 나온 김에 장문인들을 소개해 드리리다."

청암진인이 장문인들을 한 명씩 소개했다.

장문인들과 눈이 마주칠 때마다 서문영은 간단하게 목례를 해보였다.

그런 서문영의 태도에 장문인들의 표정이 복잡하게 일그러졌다. 당당한 건지 건방진 건지 종잡을 수 없었던 것이다.

"소협은 사문이 어디우?"

개방의 방주 무적취개가 대놓고 물었다. 급한 성격 탓도 있겠지만, 산전수전 다 겪은 무적취개의 입장에서는 말을 돌린다는 게 귀찮았던 것이다.

"현재는 대림사입니다."

"……."

무적취개가 곤혹스러운 표정으로 서문영을 바라보았다. 현재라고 하는 말이 얼핏 이해가 가지 않았던 것이다. 사문을 말할 때 현재와 과거를 따로 구별해서 말하는 사람은 없었기 때문이다.

"험, 험, 소협의 그 말은…… 그러니까, 사문이 여럿 있다는 소리요?"

"저에 대해선 어느 정도 알고 계실 거라고 생각합니다만 궁금해 하시니 말씀 드리지요. 성가장에서 무공에 입문했지만, 지금은 대림사의 정식제자이니 현재라고 답한 것입니다. 설마 상대에 대한 조사도 없이 무림공적으로 선언했던 것은 아니겠지요?"

"아……."

무적취개가 머리를 벅벅 긁었다. 성가장과 대림사. 자신도 뻔히 알고 있는 사실이니 다소 맥 빠지는 답이라고 할 수 있다.

게다가 무림공적이라니? 자신은 남들이 그렇다고 하니 동의한 것뿐이다. 그런데 지금 분위기는 마치 자신이 그를 무림공적으로 만든 것 같지 않은가!

'쩝! 괜히 나섰다가 본전도 못 건졌군.'

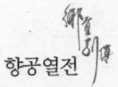

나름 중요한 질문이라고 생각했는데 바보가 된 느낌이다.

…….

잠시 용무전에 침묵이 감돌았다.

어색한 분위기였지만 장문인들은 쉽게 입을 열지 않았다. 자신들을 소 닭 보듯 하는 서문영에게 먼저 다가가고 싶지 않았던 것이다.

하지만 아쉬운 것은 단심맹이다. 결국 보다 못한 청암진인이 먼저 운을 뗐다.

"허허, 서 소협을 무림공적으로 만들었던 것은 우리 단심맹의 실수였소이다. 소협의 입장을 충분히 들어보지 않고, 단지 정황만으로 소협을 무림공적이라고 선포했던 것에 대해서는, 용서와 이해를 구하는 바이오. 아직도 그 일에 대한 원망이 남아 있다면 말씀해 주시오. 단심맹의 이름으로 할 수 있는 모든 일을 해드리리다."

서문영이 담담한 표정으로 고개를 저었다. 정식으로 사과를 받았으니 더 이상 그 문제로 시비를 일으키고 싶지 않았던 것이다.

"단심맹에서 무림첩을 돌려 설명해 준 것으로 충분합니다."

"이해해 주시니 고맙소이다."

청암진인의 얼굴이 밝아졌다. 일단 한 고비를 넘었다는 생각에서다. 남은 것은 담운과 절영운검의 문제인데, 오늘 서문영의 태도를 보니 그것도 불가능한 것 같지는 않았다.

"오늘 소협을 모신 것은 무당파와 화산파의 고인(高人)들 때문이외다."

"알고 있습니다. 하지만 미리 말씀드리지만, 제가 도움이 될지 어떨지는 확언할 수 없습니다."

"흐음! 알겠소이다. 두 분이 소협을 만나고자 하셔서 사람을 보낸 것이었으니…… 너무 부담 가지지 마시구려. 아! 말이 나온 김에 두 분을 모신 곳으로 가십시다."

말과 함께 청암진인이 자리에서 벌떡 일어섰다. 그러고 보니 서문영과 이곳에서 노닥거릴 시간이 없다. 이 시간에도 천하무쌍 고적산인과 검성 심인동은 생사의 기로를 헤매고 있을 터였다.

서문영은 서두르는 청암진인의 뒤를 묵묵히 따라갔다.

용무전을 벗어난 청암진인은 단심맹의 뒤편에 자리한 가산(假山)으로 향했다.

서문영의 얼굴이 어두워졌다. 가산으로 다가갈수록 기분이 나빠졌다. 끈적끈적하고 사악한 기운이 가산에서 흘러나오고 있었다.

가산의 아래쪽에 거대한 철문이 보였다. 철문의 우측으로 산을 오르는 작은 길이 보였다.

서문영의 시선이 철문에 고정되었다.

예사롭지 않은 철문을 보고 있자니 단심맹의 뇌옥으로 통하

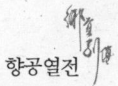
향공열전

는 문일지도 모른다는 생각이 든다.
 아니나 다를까?
 철문을 지키고 있던 경비무사들이 인사를 하자 청암진인이 어색한 미소로 말했다.
 "이곳은 강호의 마인들을 임시로 구금해 놓는 뇌옥이오. 관부에서 어찌할 수 없는 범죄자들을 교화(敎化) 시키는 장소로 사용되고 있다오."
 서문영이 가산을 둘러보며 중얼거렸다.
 "상당한 규모로 보이는군요."
 "수용할 수 있는 인원은 백 명이나…… 지금까지 열 명을 넘은 적은 없소."
 "국법(國法)으로 금지된 구금 시설이니 조만간 용도를 바꿔야 할 겁니다."
 "허허, 관부에서도 묵인해 주고 있는 시설이니 그렇게 하지 않아도……."
 "맹주의 말씀이 맞소이다. 게다가 관과 무림은 서로를 침범하지 않으니…… 이런 것으로 뭐라고 하지는 않을 것이오."
 종남파 장문인 삼정선인(三正仙人)이 끼어들었다. 일반 명문의 집안에도 가옥(家屋)이 있거늘, 무림의 총본산이라고 할 수 있는 단심맹에 뇌옥이 있다고 누가 뭐라 할까!
 하지만 서문영은 그 부분에 있어 생각이 달랐다.
 "하하, 모르시나 보군요. 아무리 명망 있는 집안이라고 해도 사사로이 만든 가옥은 불법이라, 걸리는 날에는 중형을 면치 못합니다. 관부에서는 규모가 큰 집단의 감금 시설일수록 가중처벌을 하지요. 이 정도 크기의 뇌옥이 어떻게 걸리지 않았는지 모르겠지만…… 만약 관부에서 알게 된다면 가볍게 끝나지 않을 겁니다. 성시(省試)에도 몇 번 나온 적이 있는 문제이니 틀림이 없습니다."

"그럴 리가 없소."

삼정선인이 강하게 부인했다. 하루 이틀이 아니라 수백 년의 역사를 자랑하는 무림맹의 뇌옥이다. 문제가 될 것이었으면 진즉에 되었을 것이다. 하지만 지금까지 서문영이 제기하는 문제를 단 한 번도 들어본 적이 없었다.

"어쩌면 지금까지 관과 무림을 왕래하는 인사들이 관심을 두지 않아서 불법구금의 문제가 거론되지 않았는지도 모르겠습니다. 하지만 누군가 이 부분에 대해 상소를 올리면 반드시 책임자의 처벌이 뒤따르게 될 것입니다. 다른 건 몰라도 그것 하나만은 장담할 수 있습니다."

"……"

워낙 진지하게 말하는 서문영인지라 삼정선인은 반박하지 못했다.

개방의 방주 무적취개(無敵取丐)가 걸걸한 음성으로 말했다.

"에이, 신경 쓰지 맙시다. 칼을 차고 다니는 인사들 중에는 그런 상소를 올릴 위인이 없소. 게다가 우리만 있는 게 아니지

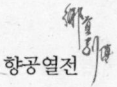
향공열전

않소? 천명회의 뇌옥은 이보다 더 크고, 숫자도 헤아리기 어려울 정도로 많은데…… 적이라고 하지만 피차에 지켜야 할 규칙이나 법 같은 게 있는 법이오. 같이 마시는 우물에는 침을 뱉지 않는다는 말도 있질 않소?"

"옳으신 말씀입니다. 하지만 같은 우물을 마시지 않는 사람도 많으니까요. 세상은 넓고 우물은 많지 않습니까?"

서문영의 말에 장문인들의 시선이 일제히 청암진인에게로 향했다. 아무래도 서문영은 뇌옥의 운영에 대해 반대하는 것 같았다. 그런 서문영이 자기의 입으로 "같이 마시지 않는 우물에는 침을 뱉을 수도 있다"고 말하고 있었다.

청암진인이 한숨을 길게 내쉬었다.

"하아! 서 소협이 법을 중시하는 것은 알겠으나…… 단심맹은 뇌옥을 포기할 수 없소이다. 혹시 우리 단심맹에 바라는 바가 있다면 말씀해 주시오."

"허어! 맹주, 왜 우리가……."

"쯧! 단심맹의 행사에 누가 감히 왈가왈부(曰可曰否) 한다고……."

청암진인의 말에 몇몇 장문인들이 거부감을 표시했다. 서문영에게 너무 많은 양보를 한다는 생각에서다.

하지만 청암진인은 뜻을 굽히지 않았다. 그럴 리가 없다고 속편하게 말하고 있지만, 당장 이 문제가 불거지면 맹주인 자신에게 불똥이 튄다. 당장 뇌옥을 철거한다면 모를까, 그러지 않을 생각이라면 서문영의 동의를 구해야 했다.

"험험, 여러분, 오늘 서 소협은 우리 단심맹의 큰 손님이라고 할 수 있소. 모처럼 좋은 뜻으로 만났는데…… 작은 문제로 얼굴을 붉힐 수는 없지 않겠소? 다 함께 대화로 이 문제를 풀어야 한다고 봅니다. 단심맹에서 뇌옥을 없앨 거라면 모를까 그러지 않을 거라면, 누가 맹주가 되어도 이 문제는 확실히 짚고 넘어가야 하지 않겠소?"

개방의 방주 무적취개가 복잡한 얼굴로 말했다.

"쩝, 그거야 백 번 천 번 맞는 말씀이신데…… 나중에 개나 소나 찾아와서 이러쿵저러쿵 해대면 어쩌려고 그러시는지?"

"그러게 말이외다. 그럴 때마다 우리 단심맹이 상대의 요구를 들어 줄 수는 없을 터인데……."

삼정선인까지 나서자 청암진인이 조금 굳은 표정으로 답했다.

"여러분, 우리 단심맹에 찾아와 그렇게 말할 수 있는 사람은 없을 것이외다. 소림사의 십팔나한을 단신으로 제압한 검공 서문영 소협이 아니라면, 누가 감히 단심맹에 찾아와 이래라 저래라 할 수 있겠소? 우리 단심맹은 대(大)를 위해서라면 소(小)를 희생시킬 줄도 아는 협사들의 모임이니…… 그런 걱정은 기우(杞憂)라고 할 수 있소."

"……."

무적취개와 삼정선인은 잠시 입을 다물었다. 한 마디로 검

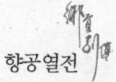
향공열전

공 서문영이나 되는 고수이니 참고 들어 준다는 뜻이다.

"쩝! 맹주의 생각이 그렇다면, 나는 반대하지 않겠소이다."

"……"

무적취개가 물러나자 삼정선인도 더 이상 반론을 제기하지 않았다. 아닌 게 아니라 검공 서문영이 아니라면 딴지를 걸 사람도 없을 거라는 생각에서다.

청암진인이 다시 서문영에게 시선을 돌렸다. 원하는 게 있으면 말을 해보라는 뜻이다.

기다렸다는 듯 서문영이 담담하게 말했다.

"의형(義兄)이 아직도 이곳에 있다고 들었습니다. 의형에게 새 삶을 살 수 있는 기회를 허락해 주신다면 감사하겠습니다."

"……"

청암진인이 잠시 생각에 잠겼다.

서문영의 의형이라면 구룡채의 채주 호채림(鎬埰臨)을 말한다. 그때만 해도 천명회에 대한 정보가 전무한 상태였던지라 호채림은 중요한 죄수였다.

하지만 천명회가 동정호로 옮겨간 뒤로 호채림의 가치는 하락했다. 그동안 있었던 몇 차례의 접전으로 천명회의 구성과 전력이 밝혀진 것이다.

'구룡채의 채주도 바뀌었으니, 이제 호채림은 단순한 녹림의 도적에 불과하다.'

고작 녹림의 도적 하나를 내어주는 것으로 무림의 신성(新

星)이라 불리는 서문영에게 은혜를 베풀 수 있다면, 그것도 괜찮은 일이 아닌가?

"흐음! 어려운 부탁이지만 서 소협과 단심맹의 우의(友誼)를 위해…… 맹주의 직권으로 들어 드리도록 하리다. 그런데…… 소협이 알아 둘 것이 있소이다. 우리는 뇌옥을 안전하게 운영하기 위해서 먼저 죄인의 무공을 폐한다는 것이오."

한 마디로 호채림은 폐인이 되었으니 마음의 준비를 하라는 의미다.

"알고 있습니다. 그것도 인과응보(因果應報)겠지요."

서문영은 그 부분에 있어서는 눈도 깜짝 하지 않았다. 공(公)은 공(公)이고 사(私)는 사(私)다. 솔직히 평소 의형이 한 일을 생각하면 그것도 감지덕지다. 국법에 의하면 도적단의 우두머리인 호채림은 형장의 이슬로 사라져도 할 말이 없는 사람이었다.

"허허, 많은 사람들이 검공 서문영의 비범함을 말했는데…… 이제야 빈도도 조금은 알 것 같구려. 그럼, 안으로 들어가시구려. 소협이 일을 마치고 나오면 의형도 함께 떠날 수 있게 준비시켜 두겠소이다. 두 분께서 철문 안으로는 일체 사람을 들이지 말라고 하셔서……."

청암진인이 어색한 미소를 지어 보였다.

"아! 그럼 의형은……."

"물론 호채림을 비롯한 죄수들은 다른 곳으로 이감(移監)했

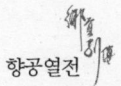
향공열전

으니 안심하시구려."

"알겠습니다."

서문영이 청암진인에게 목례를 해 보이고 철문으로 다가갔다.

경비무사들이 재빨리 빗장을 풀었다.

끼이익.

귀에 거슬리는 소리와 함께 철문이 열렸다.

순간 안쪽에서 소름끼치는 귀곡성이 흘러나왔다.

"으ㅎㅎㅎ……."

"크으으……."

철문 안쪽에서 뿜어져 나오는 마기에 놀란 무사들의 몸이 굳었다. 겁에 질린 무사들은 문을 더 열려고 하지 않았다.

우두커니 서 있던 서문영은 별수 없이 조금 열린 문틈을 비집고 들어가야 했다.

겨우 서문영이 한 걸음 안쪽으로 들어가자마자 육중한 철문이 '쿵' 소리와 함께 굳게 닫혔다.

"허! 거참……."

어두운 실내에 홀로 남겨진 서문영이 가볍게 인상을 찡그렸다. 너 죽고 나 살자는, 참으로 야박한 인심이 아닌가!

철문을 등지고 서서 고개를 설레설레 젓던 서문영은 안쪽으로 조심스럽게 이동했다.

제2장
번뇌의 강을 건너다

　강소성의 남경(南京)을 향해 곧게 뚫린 관도 위를 화산파의 원로고수 절영운검 상무극이 터덜터덜 걷고 있었다. 구도자의 관록이 묻어나는 빛바랜 도복(道服)과 달리 상무극의 표정은 그다지 밝지 않았다. 태청단을 가지고 강호를 뜬다는 본래의 계획을 아직 달성하지 못한 까닭이다.

　처음에는 분명히 깊은 산으로 들어가려고 했다. 하지만 신의를 저버림으로 치르게 될 대가는 간단하지 않았다. 무엇보다 사문의 선후배, 제자와 가족들을 다시 볼 수 없게 된다는 점이 괴로웠다. 떨쳐 버리려 할수록 더욱 진득하게 들러붙는 혈육과 지인들의 얼굴에 모진 결정은 뒤로 미뤄지고 있었다.

'내일 뜨자'며 미루던 것이 강소성에 들어 와서는 '남경에 가서 다시 생각해 보자'로 바뀐 지 오래였다.

"억울한 일을 바로잡아 주라고? 담운이 오래전에 벌인 일을 이제 와서 나에게 떠넘겨? 담운이 무림맹의 총관으로 풀리니까…… 나를 희생양으로 삼겠다는 거 아냐? 쯧! 썩을 것들 같으니! 그러니 사마외도들이 위선자라고 비웃지! 아무리 팔이 안으로 굽는다고 하지만 명색이 화산파의 장로인 나에게까지도 이렇게 하다니…… 다른 사람에게는 말할 것도 없었겠지! 다 똑같은 놈들이야!"

들어주는 사람도 없건만 상무극은 쉬지 않고 투덜거렸다. 그렇게라도 안하면 답답증으로 주화입마에 들 것 같았다.

"헉! 헉! 도사님! 도사님!"

뒤에서 들려오는 거친 숨소리에 상무극이 고개를 돌렸다. 오십 대로 보이는 촌부(村夫)가 땀을 뻘뻘 흘리며 달려오고 있었다.

'뭐지?'

상무극은 고개를 갸웃거렸다. 자신이 전혀 알지 못하는 사람이었던 까닭이다.

촌부가 가까이 오자 땀 냄새가 물씬 풍겨왔다.

상무극은 저도 모르게 가볍게 인상을 찡그렸다. 궁가방의 제자라고 해도 믿을 정도로 남루한 옷차림에서 흘러나오는 땀

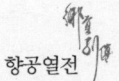
향공열전

냄새는 일순간 머리를 띵하게 만들 정도였다.

상무극이 저도 모르게 한 걸음 물러서며 물었다.

"무슨 일이시오?"

상대의 더러움은 차치하고 품안에 있는 태청단을 생각해서라도 거리를 둔 것이다.

"하아! 하아! 아이고! 무슨 도사님 걸음이 그렇게 빠르십니까요? 아까 주막에서부터 따라왔는데……. 한참을 불렀습니다요! 헉헉!"

상무극의 입에서 탄성이 흘러나왔다. 철완도사와의 만남을 생각하느라 누가 따라오는 것도 몰랐던 것 같다.

"아! 그러셨구려. 헌데 무슨 일로 빈도(貧道)를 따라오신 게요?"

"저, 그런데 도사님 맞으시지요?"

숨을 돌린 촌부가 상무극의 아래위를 훑어보았다. 빛바랜 도복과 등 뒤에 비끄러맨 고검을 보고 있자니 떠돌이 도사인지, 무림인인지 구별이 가지 않았던 것이다.

"맞소이다."

상무극은 선선히 고개를 끄덕였다. 당연히 자신을 포함한 화산파의 제자들은 모두가 도사다. 그건 마치 길거리에서 만난 누군가가 소림사의 고승에게 "스님이십니까?"라고 묻는 것과 같았다. 소림사의 고승은 지금 자신처럼 "그렇다"고 답할 수밖에 없을 것이다.

눈치를 살피던 촌부의 얼굴에 안도감이 떠올랐다. 낡은 도복을 보고 떠돌이 도사일 거라고 짐작은 했지만 그래도 혹시 모르는 일이었다. 상대가 무림인이었다면 큰 실례가 된 것은 물론 자신이 따라온 보람이 없었을 것이니 말이다.

"예전에 어떤 도사님이 축귀의식(逐鬼儀式)을 할 때, 그런 검을 사용하는 것을 본 적이 있습니다요. 그래서 옳거니 하고 따라왔습지요."

촌부가 손끝으로 상무극의 등 뒤에 비끌어 맨 고검을 가리켰다.

"허허……."

상무극이 실소를 흘렸다. 촌부가 겁 없이 따라온 이유를 안 것이다.

서문영 일행과 헤어지자마자 가까운 도관에 들러 옷부터 갈아입었다. 매화문양이 선명한 도복으로 자신의 행적을 노출시키고 싶지 않아서다.

다행히 손에 익은 검은 바꾸지 않아도 됐다. 자신의 송문고검은 겉만 봐서는 제례용인지 진검(眞劍)인지 구분이 가지 않았기 때문이다.

나름 공들여 주술을 전문적으로 하는 떠돌이 도사처럼 보이고 싶었는데, 오늘 보니 그런 방법이 확실히 먹힌 모양이다. 번거롭기는 하지만 태청단을 가지고 있다는 것을 생각하면 좋은 현상이었다. 천하에 들끓고 있는 사마외도와 마주칠 일이

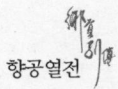
향공열전

그만큼 줄어드니까 말이다.

"사실 무림의 인사(人士)들은 옷차림부터가 남다르지 않습니까요?"

"빈도(貧道)는 금시초문이외다. 그들은…… 옷차림이 어떻게 다르오?"

상무극은 촌부의 말에 저도 모르게 호기심이 생겼다. 보통 사람들의 눈에 무림인과 일반 도사가 어떻게 달라 보이는지 궁금했던 것이다.

"무림의 인사들은 아무리 아닌 척해도 보통 사람들과 옷차림부터가 다르지요. 옷차림이 깨끗하고 귀티가 흐르지 않습니까요?"

"오호! 그렇게 생각할 수도 있겠구려. 하지만 개방의 사람들은 좀 다르지 않소?"

누가 봐도 개방의 제자들은 더럽고 귀티와는 거리가 멀었다.

하지만 촌부의 대답은 상무극의 상식을 벗어났다.

"다르긴 개뿔이 다릅니까요? 개방의 거지들은 죄다 기다란 작대기를 하나씩 가지고 다니니까, 오히려 더 눈에 띄지요."

"아!"

상무극이 짧은 감탄사와 함께 고개를 끄덕였다. 기다란 작대기란 아마도 개방의 타구봉(打狗棒)을 의미하는 것이리라.

촌부는 신이 나서 자세한 설명을 달았다.

"진짜 빌어먹는 거지들은 그런 걸 가지고 다니지도 못합니다요. 거지가 밤낮으로 몽둥이를 가지고 다니다니? 무서워서 누가 그런 거지에게 가까이 갑니까요?"

"흐음! 무슨 말씀이신지 알겠소이다. 오늘 빈도가 안목을 넓혔소. 그건 그렇고…… 저를 따라온 이유는 무엇입니까?"

"어이쿠! 내 정신 봐라! 엉뚱한 소리만 해대고 있었네. 사실 제가 도사님을 따라온 것은 한 가지 부탁드릴게 있어서 입니다요."

"……"

무림의 보물이라는 태청단을 품고 있는 자신에게 부탁이라니? 설사 화산파에 불이 났다고 해도 수수방관해야 할 상황이 아니던가!

상무극이 촌부의 시선을 외면하며 말했다.

"미안하외다. 빈도는 급한 일로 어디를 가던 중이라 시간을 낼 수가 없소."

"도사님, 오래 걸리는 일이 아닙니다요. 가시는 길에 잠시 들러 차 한 잔 마실 정도의 시간만 내주시면 됩니다요."

차 한 잔 마실 정도의 시간이면 충분하다는 말에 상무극의 마음이 돌아섰다.

"무슨 일인데 그러시오?"

노도사가 관심을 보이자 촌부가 입에 침을 튀기며 설명했다.

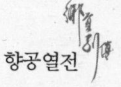

"소인의 마누라가 사나흘 전부터 이상한 꿈을 꾸고, 헛것을 보기 시작하더니…… 요즘은 저까지도 꿈자리가 사나워서 도사님들을 모셔 제사라도 드릴까 했습니다요."

"그런 일이라면 인근의 도관에 가보시지 그러셨소."

"당연히 갔습지요. 그런데 돈이 부족하다고 아무도 오려 하지 않지 뭡니까요. 다들 부적을 줄 테니 가져가서 붙이라고만 했습니다요."

답답한 듯 한숨을 푹푹 내쉬던 촌부가 말을 이었다.

"부적도 좋지만…… 그래도 직접 집을 둘러보고 주문이라도 한 번 외워 주시는 게 낫겠다 싶어…… 염치불구하고 도사님을 따라왔던 것입니다요. 마침 가시는 방향도 같고……."

"……."

상무극이 복잡한 표정으로 촌부를 바라보았다. 만약 자신이 보통의 도사라면 어렵지 않은 일이다. 그러나 자신은 평생 부적이나 축귀의식 등에는 관심을 가져본 일이 없다. 그렇다 해도 사실을 그에게 말하고 싶지는 않았다.

자신이 화산파의 도사라고 밝힐 수도 없고, 돈 때문에 도사들이 제세구민(濟世求民; 세상을 구제하여 사람들을 구함)을 외면한다는 소리도 듣기 싫었던 것이다.

'그의 말 그대로 집을 둘러보고 주문 한 번 외워 주면 끝날 일이다.'

나머지는 하늘에 달린 일이 아니겠는가!

마음을 정한 상무극이 촌부에게 말했다.

"처사(處士)의 집이 남경으로 가는 길에서 멀지 않다면 시간을 내 보겠소. 그러나 가는 방향이 다르다면 나로서도 어쩔 수가 없구려."

"관도에서 일각(一刻; 15분)만 산길로 들어가면 용담골이라고 하는 작은 마을이 있습니다요. 소인의 집은 바로 그 용담골의 초입이니, 일각이면 됩니다요."

"일.각.이라면 좋소이다. 함께 가 보십시다."

상무극은 특별히 일각이라는 말에 힘을 주었다. 만약 용담골로 가는 길이 일각을 넘길 시에는 지체 없이 돌아서 나갈 생각이었다. 도사들의 평판도 신경 써야 하지만, 지금은 자신의 품안에 있는 태청단을 지키는 일이 더 중요했던 것이다.

촌부는 그런 상무극의 마음을 눈치챘는지 일각이면 충분하다는 말을 쉬지 않고 했다.

관도에서 벗어나자 촌부는 맺힌 게 많은지 투덜거렸다.

"그래도 도사님 같은 분이 계시니 다행입니다. 도사나 중들이 보통 사람보다 더 돈을 밝히니…… 돈 없는 사람들만 힘든 세상이 아닙니까. 더러운 돈! 빌어먹을 돈 같으니……."

"……."

촌부의 말투는 처음과 달리 젊잖아졌다. 어느 정도 안면이 익었다고 생각했는지 굽실거리는 정도도 덜했다.

시간이 갈수록 편안해지는 촌부와 달리 상무극의 마음은 불

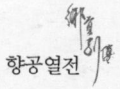

편해져갔다. 촌부가 자꾸 도사와 중에 대한 험담을 늘어놓았기 때문이다. 담담한 신색을 유지하려 노력했지만 부지불식중에 한숨이 흘러나왔다.

그도 양심 없는 도사나 중들의 횡포를 들어서 알고 있었다. 보통 때였다면 촌부와 함께 그런 도사들을 욕했을 것이다. 하지만 지금 상무극의 입은 꿀 먹은 벙어리처럼 열리지 않았다. 자신도 태청단을 꿀꺽 하려는 마당인지라 다른 도사나 중을 욕할 수 없었던 것이다.

"돈만 밝히면 다행이게요! 어떤 놈들은 여신도들을 꾀어다가 몹쓸 짓을 밥 먹듯이 하니…… 참으로 개 같은 세상이 아닙니까!"

"험! 그래도 세상 어딘가에는 진정한 수도자들이 있을 것이외다."

불편해진 상무극이 넌지시 한 마디 했다. 자신도 타락할 도사이지만, 어딘가에 진짜 구도자들이 있을 것이라고 믿었다. 그게 사문에 대한 최소한의 예의였다.

하지만 촌부는 콧방귀를 뀔 뿐이었다.

"쳇! 세상 어딘가 라고요? 내가 아는 사람들 모두가 다 그런 가짜들에게 농락을 당했습니다. 그러니 내가 살고 있는 세상에는 진짜가 없다는 말이 아닙니까? 모두가 어딘가에 있기를 바라는데 진짜는 없는 거…… 그런 거 아닙니까? 예?"

"……."

대답 대신 상무극은 미심쩍은 표정으로 주변을 둘러보았다. 일각이 된 것 같은데 인가(人家)의 흔적은 보이지 않았다.

 '촌부가 길을 잘못 든 것일까?'

 하지만 이내 상무극은 고개를 저었다.

 길에 문제가 있다면 촌부의 입에서 먼저 이상하다는 소리가 나왔어야 했다. 하지만 촌부는 여전히 도사를 욕할 뿐, 길에 대해서는 일언반구(一言半句)의 말도 없었다.

 '녹림의 도적인가?'

 한순간 상무극의 눈이 번득였다. 과거 천의단(天義團)의 단주로 강호를 종횡하던 자신이 아니던가! 누구라고 해도 경험 많은 자신의 안목에서 벗어날 수는 없다.

 '묘하군, 묘해······.'

 뭔가 잘못 되고 있는 것은 분명했지만, 촌부의 표정이나 말에서는 음험한 기운이 느껴지지 않았다. 어디 그뿐이랴! 그의 남루한 옷과 거친 몸에 밴 것도 땀과 흙의 냄새다. 자신을 꾸밀 줄 모르는 촌부는 진심으로 양심을 저버린 수도자들의 행태에 분노를 표하고 있었다.

 "어머니는 중에게 속아 재산을 바치고 목을 맸습니다. 마누라는 도사와 눈이 맞아 달아났고요. 진짜가 세상에 있기는 있는 겁니까? 도사님?"

 상무극이 동정의 눈으로 촌부를 바라보았다. 그의 말이 사실이라면, 세상의 어떤 말로도 그를 위로하지 못할 것이었다.

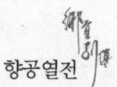
향공열전

"미안하외다. 빈도의 공부가 짧아서……. 지금은 처사의 마음에 흡족한 답을 주기가 어려울 것 같소."

상무극은 계속된 촌부의 말에 선을 그었다. 지금은 태청단만으로도 머리가 복잡한 상황인지라 그의 복잡한 인생에 관여할 마음도 없었다.

"그런데 용담골은 어디에 있는 게요? 일각은 더 지난 것 같은데 인가의 흔적이 보이질 않으니…… 길을 잘못 든 게 아니오?"

만약 그게 아니라면 "마을이 관도에서 일각쯤 떨어져 있다"는 말이 거짓이었을 것이다.

그렇게 생각하자 슬슬 상무극의 얼굴에 짜증이 깃들었다.

"아닙니다. 다 왔습니다."

촌부가 의기양양한 표정으로 눈앞의 공터를 가리켜 보였다.

"여기가 바로 용담골입니다."

상무극의 시선이 촌부의 손끝을 따라갔다. 무성한 잡목과 풀 사이로 집터의 흔적이 보였다. 두세 곳에 그런 흔적이 보였지만, 아무리 좋게 생각해도 마을이라고 할 정도는 아니었다.

"허! 지금까지의 이야기가 모두 거짓이었소?"

상무극이 담담한 표정으로 촌부를 바라보았다.

촌부가 아무렇지도 않은 얼굴로 답했다.

"여기가 용담골인 것은 맞습니다. 이십 년쯤 전에는 용담골로 불렸었지요."

"사람도 살지 않는 숲 속으로 늙은 수도자를 유인한 것은…… 당신이 지금까지 욕하던, 돈 때문이오?"

여전히 상무극의 표정은 반신반의(半信半疑)였다. '드디어 올 것이 왔구나!' 라는 생각과 함께 인간에 대한 회의가 일어났다. 이렇게 순박해 보이는 촌부가 도적이라니 놀랄 일이다. '열 길 물속은 알아도 한 길 사람 속은 모른다' 고 하더니, 자신의 경험으로도 알아차리지 못할 만큼 교묘한 수작이 아닌가!

"뭐라고 말해도 좋습니다. 살고 싶다면, 그 자리에 도사님의 보따리를 내려놓고 돌아가십시오. 도사님이야 어차피 남경의 부잣집에 가서 주문 한 번 외워주면 돈이 생기지 않습니까? 우리 같은 사람은 그런 재주가 없으니 이렇게라도 먹고 살아야지요. 어차피 남의 주머니에서 흘러나온 돈, 나누어 가집시다."

촌부의 말이 신호라도 되는 듯 주변에서 잡목 밟는 소리가 들려왔다. 그리고 숨어 있던 다섯 명의 남자가 모습을 드러냈다. 하나같이 평소에 손해를 보며 살 것 같은 순박한 얼굴이었지만, 그들의 손에 들린 것은 도끼와 박도였다.

결국 불의(不義) 앞에 분노하던 촌부는 여행자를 털어 먹고 사는 녹림도에 불과했던 모양이다.

치밀어 오르는 노기(怒氣)로 상무극의 눈가가 실룩거렸다.

"당신이 욕했던 것과 당신의 행동에 무슨 차이가 있소?"

"니미럴! 우리를 이렇게 만든 것은 당신과 같은 도사들이다. 욕하면서 배운다고 하지 않느냐! 잔말 말고 보따리나 내려

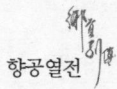
향공열전

놓고 돌아가거라!"

"나를 곱게 돌려보낼 생각이 있기는 한 거요?"

상무극이 자신에게 다가오는 촌부들을 둘러보았다. 말로는 보따리를 내려놓고 돌아가라고 했지만, 포위망은 오히려 더 좁혀지고 있었다.

곱게 돌려보낼 생각이 없다는 뜻이다. 대낮에 강도질을 하는 사람들이니 보기보다 훨씬 대담할 거라는 생각이 든다.

그제야 촌부가 비릿한 미소를 지으며 말했다.

"보기보다 머리가 좋은 도사로구나. 너의 말이 맞다. 지금까지 용담골에 찾아온 사람들은 모두 우리 발아래에 묻혀 있다. 그렇지 않고서야 우리가 어떻게 같은 자리에서 벌어먹고 살 수 있었겠느냐? 고통 없이 보내주려고 했건만……."

상무극은 촌부들의 악독함이 상상을 초월하자 참고 있던 살기를 드러냈다.

"지금까지 많은 마두들을 상대해 봤지만, 너희들처럼 인면수심(人面獸心)의 종자(種子)는 처음이다! 오늘 너희를 살려두면 두고두고 세상에 해악을 끼칠 터이니…… 나를 원망하지 말거라!"

말과 함께 상무극이 등에 매어 두었던 검을 뽑았다.

상무극의 기세에 놀란 촌부가 본능적으로 몇 걸음 물러났다. 등에 맨 것이 제례용 가검(假劍)인 줄 알았는데 날이 선 진검이라니?

양손에 도끼를 들고 서 있던 남자가 상무극을 데리고 온 촌부에게 소리쳤다.

"홍(弘) 가야! 오늘은 대체 어떤 놈을 물고 온 게냐! 가급적이면 도검(刀劍) 차고 다니는 것들은 건드리지 말자고 했잖느냐!"

"에이! 씨벌! 요즘 세상에 칼 차고 다니지 않는 사람이 어딨소! 약장수도 환두대도(環頭大刀)를 차고 다니는 판국에 이놈 저놈 가릴 때요! 하던 대로 하면 되니 너무 겁먹을 거 없수!"

"홍 씨 말이 맞아! 하던 대로 하자고!"

"그래! 빨리 빨리 합시다!"

홍 가라는 촌부의 말에 다른 사내들이 칼을 위협적으로 휘두르며 모여 들었다.

도끼를 쥔 사내도 별수 없다는 듯 침을 "퉤!" 뱉으며 다가갔다.

돌이켜 보면 그들이 지금까지 잡은 사람들 중에는 병장기를 소지한 사람도 꽤 있었다.

물론 저렇게 날카로운 기운을 뿜어내는 사람은 없었지만, 아무리 노도사의 기세가 대단하다 해도 머릿수가 있으니 어떻게든 잘 해결될 것이다.

"시펄! 다구리에 장사 없고말고……."

도끼를 쥔 사내가 중얼거리며 몇 걸음 내딛었을 때다.

상무극이 냉랭한 음성으로 물었다.

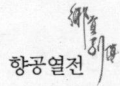
향공열전

"지금까지 얼마나 많은 사람들을 죽였느냐?"

주춤주춤 물러나는 듯하던 촌부가 풀 더미 속에 숨겨 두었던 박도를 꺼내며 답했다.

"별시답지 않은 게 다 궁금한가 보군. 어림잡아 열은 넘지만 아직 스물은 안 된다. 그들 대부분이 도사나 중이니 저승에 가서도 외롭지는 않을 것이다."

촌부를 포함한 여섯 명의 사내가 포위망을 점점 좁혀갔다.

가장 먼저 도끼가 움직였다. 그의 힘이 사내들 중 가장 센 탓에 선공은 항상 그의 몫이었다.

상무극이 자연스럽게 반보 뒤로 물러났다.

번쩍.

도끼를 쥔 손이 하늘로 날아올랐다.

다섯 명의 눈이 경악으로 부릅떠지는 순간이다.

상무극의 검이 다시 네 차례 검광을 뿌려댔다.

순간 네 명의 남자가 목을 움켜쥐고 그 자리에서 무너져 내렸다.

한 사람의 팔이 잘리고, 네 사람의 목이 베이기까지 한 호흡의 시간도 걸리지 않았다.

"으아악! 내 팔! 내 팔!"

도끼를 들고 있던 사내가 미친 듯이 비명을 질러댔다.

두 팔에서 솟는 피가 사방으로 튀었다.

사내의 비명 속에 목이 베인 네 명의 사내가 "그르륵" 소리를 내며 뒤로 넘어갔다.

홍 가라고 불리던 촌부가 덜덜 떨며 상무극을 바라보았다. 눈 깜빡할 사이에 다섯 명이 당했다. 그제야 촌부는 자신이 데리고 온 노도사가 무림의 고수라는 것을 깨달았다.

"도, 도사님, 살려 주십시오."

"너는 살려 달라는 사람들을 살려 주었느냐?"

"제, 제발! 용서해 주십시오! 제가 죽을죄를 저질렀습니다. 도사님은 저같이 미천한 놈과는 다른 분이시지 않습니까?"

"다르다고?"

"예, 예, 저 같은 놈과는 다른……."

촌부의 말은 이어지지 못했다.

상무극의 검이 그의 가슴에 박혀 있었기 때문이다.

"끄윽……."

촌부의 눈에서 생기가 사라져갔다.

상무극이 천천히 검을 뽑으며 중얼거렸다.

"잘못 봤군. 난 그대와 별반 다르지 않은 사람이야……."

털썩.

검이 뽑히자 촌부의 몸이 뒤로 넘어갔다.

상무극이 주변을 둘러보았다. 팔이 잘렸다고 난리를 치던 남자도 멀리 떨어진 곳에 머리를 처박고 죽어 있었다.

잠시 망설이던 상무극은 촌부의 상의를 조금 찢었다. 그것으로 검신에 묻은 피를 닦으려는 것이다.

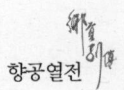
향공열전

"응?"

생각보다 길게 찢어진 헝겊에 뭔가 딸려 나왔다.

무심코 그것을 집어든 상무극이 멍한 표정으로 촌부를 내려다보았다.

촌부의 품에서 나온 것은 귀불침부(鬼不侵符; 귀신이 침범하지 못하는 부적)였다.

무엇이 진실이고 무엇이 거짓인가.

망연자실한 표정으로 서 있던 상무극은 지나온 숲길을 되짚어갔다.

일각이 채 못 되어 관도로 다시 돌아왔건만, 상무극의 얼굴은 촌부를 따라 숲속을 헤매고 있을 때처럼 어둡기만 했다.

*　　*　　*

여자가 초점이 잡히지 않은 눈으로 정면을 응시했다. 흐릿한 노인의 얼굴이 보였지만 너무 흐릿해서 누군지 알 수가 없다.

이전의 그녀라면 자신이 처한 상황을 이해하려고 머리를 굴렸을 것이다. 그러나 갓 깨어난 여자는 아직 그럴만한 준비가 되어 있지 못했다.

그런 여자의 귀로 노인의 부드러운 음성이 파고들었다.

"서문영이 단심맹에 있으니 그를 찾아가거라."

"단…… 심맹에요?"

"그렇다. 그에게 말하거라. 내가 안부를 묻더라고."

"안부를 묻는다고요?"

"허허! 그래. 아이야, 너는 천하에서 오직 나만이 가능한…… 법륜의 주인에게 보내는 인사란다. 나의 인사에 그가 어떤 화답을 할지 벌써부터 궁금해지는구나."

여자가 고개를 갸웃거렸다. 노인의 말을 잘 알아들을 수가 없었다. 그저 '인사'니 '화답'이니 하는 말들만 머릿속을 둥둥 떠다녔다.

"따로 화답을 받아야 하나요?"

"아니다. 너는 그저 나의 말을 전하기만 하면 된다. 나머지는 그의 마음에 달려 있지. 아이야, 그에게 뭐라고 해야 하는지 잊지 않았겠지?"

"예, 어르신께서 안부를 묻더라고……."

"잘했다. 역시 똑똑하구나."

노인의 칭찬에 여자가 배시시 웃었다. 자신을 칭찬하는 좋은 소리를 들으니 기분이 좋았던 것이다.

"그런데…… 저는 누구죠?"

여자의 물음에 노인이 담담한 표정으로 답했다.

"벌써 잊었느냐? 번뇌의 강을 건너야 만날 수 있는 너의 이름은…… 독고현이란다."

"아! 맞아. 이제 기억이 났어요. 독고현…… 독고현……."

독고현이 자신의 이름을 잊지 않으려는 듯 몇 번이고 되뇌

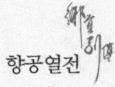
향공열전

었다.

어느 틈에 노인은 사라졌다.

홀로 남은 독고현이 나지막하게 "서문영" 하고 이름을 읊조렸다.

순간 그립고 오싹한 상반된 감정이 한꺼번에 몰려왔다. 설레면서도 두려운 느낌에 독고현은 한숨을 길게 내쉬고 말았다.

*   *   *

소림사에서 단심맹의 협객들을 이끌고 있는 무적철검(無敵鐵劍) 석도문(石道門)의 인색이 모처럼 밝아졌다. 삼백여 명의 마인들이 하남성에서 분탕질을 치자 평소 단심맹과 거리를 두던 무림지사들이 벌떼처럼 몰려 든 것이다. 평소에 모시기 어려웠던 은거고수들의 합류로 소림사가 북적거리니 석도문의 입장에서는 더 이상 바랄게 없었다.

천중일검(天中一劍) 양소천(楊昭天)이 흐뭇한 미소를 짓고 있는 석도문에게 말했다.

"이 정도라면 천명회와 자웅을 겨루어 볼만 하지 않겠소?"

전대의 기인인 천중일검 양소천의 말에 석도문이 웃으며 화답했다.

"하하! 솔직히 말씀드려서 어제까지 조마조마 했는데, 이제는 칠대마인이 전부 몰려온다고 해도 이길 자신이 있습니다."

"그럴 게요. 이 정도 고수들이라면 단심맹의 총단에 있는 사람들 못지않을 거라고 생각하외다. 그런데, 단심맹의 총단에서는 왜 지원 소식이 없는 게요?"

석도문의 입장에서는 잠잠하기만 한 단심맹이 영 이상하기만 했다. 사파 연합인 천명회가 소림사의 코앞까지 몰려왔는데, 아무런 지원이 없다는 게 믿어지지 않았던 것이다.

"그렇지 않아도 어제 전서구를 받았습니다. 그런데 그 내용이······."

석도문이 말끝을 흐렸다. 자신이 받아서 읽고도 실감이 나지 않은 까닭이다.

"설마 천명회보다 더 급한 일이 총단에 일어난 게요?"

"직접 읽어 보시렵니까?"

석도문이 조심스럽게 며칠 전에 합류한 천중일검 양소천을 바라보았다.

현재 양소천은 소림사에 모인 무림지사들의 구심점이나 다름없었다. 그것은 단지 검성에 버금간다는 무공과 높은 배분 때문만은 아니다.

매사에 공명정대하기로 소문이 나서 어지간한 분쟁도 그의 말 한 마디면 해결이 되곤 했다. 단심맹의 지원 없이 천명회를 상대해야 하는 석도문으로서는 양소천에게 상당 부분 의지하지 않을 수 없었다.

"괜찮다면 읽어 보고 싶구려."

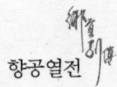
향공열전

천중일검 양소천이 의미심장한 미소와 함께 고개를 끄덕였다. 석도문이 말하는 전서구는 단심맹의 내부기밀일 텐데 먼저 보여 주겠다고 하니 고맙기만 했다.

　현재 마제(魔帝) 화운비(華運悲)에게 삼관 격파 당함. 총단의 피해가 커서 지원 불가.

 천중일검 양소천이 이해할 수 없다는 얼굴로 석도문을 바라보았다. 마제 화운비라니? 삼백 년 전의 사람이 어떻게 단심맹의 총단에 나타날 수 있다는 말인가?
 "노부가 읽고 있는 이것이…… 단심맹의 전서구로 보내온 내용이 맞소?"
 석도문이 묵묵히 고개를 끄덕였다. 자신도 삼관에 대한 내용은 알고 있었다. 그러나 그것이 마제 화운비를 상대하기 위한 것임은 몰랐다. 검성과 고적산인까지 모신다는 말에 '칠대 마인이라도 상대하려나 보다' 생각했을 뿐이다.
 "예, 그렇지 않아도 총단이 마제 화운비의 일로 시끄럽다고 들었습니다. 마제 화운비도 놀라운데, 지원이 불가능할 정도로 피해를 입었다니…… 휴우!"
 "정말 마제 화운비요? 제자가 아니라 삼백 년 전의 그 마제 화운비?"
 "저도 믿어지지 않으나…… 따로 받아본 장문인의 서찰에는…… 분명히 마제 화운비 본인이 나타났다고 하더군요."

"허어! 마선(魔仙)이라도 되어 돌아온 것인가! 그렇지 않고서야 어찌 사람이 삼백 년을…… 그나저나 마제 화운비가 어찌 되었는지 알고 있소?"

"특별히 현재라는 말을 쓴 것으로 보아…… 아직 마제 화운비를 제압하지 못한 것 같습니다."

"흐음! 진짜인지 단순한 사칭인지 몰라도, 결국 마제 화운비 때문에 단심맹의 본진이 움직일 수 없게 되었다는 뜻이구려?"

"그렇습니다."

"……"

천중일검이 묵묵히 고개를 끄덕였다. 천중일검의 관심은 더 이상 마제 화운비에게 있지 않았다. 비록 그가 전설속의 대마왕이기는 하지만 지금은 강 건너 불구경거리도 되지 못했다. 멀리 있는 마제 화운비보다 당장 발등에 떨어진 불씨인 천명회가 더 시급한 문제였던 것이다.

잠시 생각하던 천중일검이 담담한 표정으로 말했다.

"비록 단심맹 총단의 지원을 받지 못하게 되었다고 해도 우리의 힘으로 천명회를 상대할 수 있지 않겠소? 석 대협의 생각은 어떻소?"

사실 천중일검은 단심맹의 지원을 받지 못하는 지금이 더 좋은 기회라고 생각하고 있었다. 단심맹의 도움 없이 무림지사들이 천명회를 막아 낸다면, 그것만으로도 큰 의의가 아닌가!

"양 대협께서 말씀하신 그대로입니다. 지금 우리의 전력이

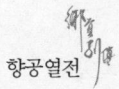
향공열전

라면 천명회를 감당할 수 있습니다. 하남성의 천명회가 삼백여 명인데, 우리도 이제는 거의 삼백에 육박합니다. 그런데 우리는 모두가 정예라고 할 수 있으니…… 우리가 더 유리하다고 할 수 있습니다."

석도문의 얼굴에 자신감이 흘러넘쳤다.

최근 소림사에 모여든 인물들은 말 그대로 강호에서 실력이 입증된 고수들이다. 눈앞의 천중일검처럼 강호도의를 지키기 위해 삶의 자리를 박차고 나온 은거기인들이 자그마치 백여 명이나 된다. 이 정도의 전력이면 굳이 총단의 지원을 기다리지 않아도 될지 모른다.

'복수의 때가 된 건가!'

지금 소림사에는 천중일검은 물론 해월선사(海月禪師), 천뢰신창(天雷神槍), 무주공선(無主空仙) 같은 전대의 기인들이 수두룩했다.

그들이 힘을 합치면 상대가 아무리 칠대마인이라 해도 당해낼 수 있을지 모른다. 아니, 이길 수 있는 싸움이다.

그런 석도문의 마음을 알기라도 하듯 천중일검이 중얼거렸다.

"노부와 해월선사, 천뢰신창, 무주공선…… 그리고 석 대협이라면 칠대마인의 넷은 상대할 수 있을 거라고 생각하는데…… 칠대마인 중에 둘은 죽고, 넷이 몰려왔다고 들었으니…… 한 번 해볼 만하지 않겠소?"

"그렇기는 합니다."

석도문이 어색하게 웃으며 고개를 끄덕였다.

천중일검이 까마득한 후배인 자신을 추가한 것은 단심맹이라는 배경 때문이리라. 솔직히 자신의 명성은 칠대마인의 근처에 가지 못한다. 하지만 천중일검의 말마따나 그와 해월선사, 천뢰신창, 무주공선은 다르다. 그들은 분명히 자신과는 격이 다른 고수였다.

"허면?"

천중일검이 석도문과 눈을 맞추었다.

이제 어떻게 할 것인지를 묻고 있는 것이다. 지금처럼 소림사에 웅크리고 앉아 적이 오기만 기다릴 것인지, 아니면 먼저 산문(山門)을 나설 것인지를 말이다.

"……."

석도문은 잠시 망설였다. 소극적인 수세와 적극적인 공세는 그 의미가 천지차이다. 지금까지 자신은 소극적으로 수세에 치중했다.

열세이니 선택의 여지가 없었다. 하지만 은거기인들의 참여로 상황은 변했다. 이런 분위기에서 몸을 사리면 소심한 사람으로 낙인이 찍히고 만다.

"일단 단심맹의 제자들을 밖으로 내보내 정보를 수집하겠습니다. 천명회의 위치를 파악한 후에 움직이는 것이 유리할 테니까요. 그리 오래 걸리지는 않을 것입니다."

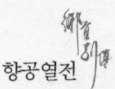
향공열전

천중일검의 눈가에 미소가 떠올랐다. 당장 하산하자는 말은 아니지만, 그래도 웅크리고 있지만은 않겠다는 뜻이 느껴졌다.
 소문에 따르면 '천명회에게 한 차례 당한 뒤로 간이 콩알만해졌다'는 석도문이다. 선공으로 마음이 돌아선 것만으로도 대단한 발전인 셈이다.
 "참으로 좋은 생각이외다. 노부가 따로 도울 일이 없겠소?"
 "있습니다. 해월선사님을 비롯한 여러 고인들을 만나주셨으면 합니다."
 "그분들을 설득해 달라는 말이오?"
 "그렇습니다."
 "흠! 어렵지 않은 일이외다. 그분들도 위의 계획을 반대하지 않으실 게요. 어차피 그분들이 소림사로 온 것도 천명회나 칠대마인을 물리치기 위해서니 말이오."
 "감사합니다. 쇠뿔도 단김에 빼라고 했으니 바로 일을 진행하도록 하겠습니다."
 석도문은 천중일검에게 목례를 해 보이고는 급히 어디론가 사라졌다.

 천중일검과 헤어지고 반시진이 지났을까? 석도문은 단심맹의 고수들 가운데 눈치가 빠르고 몸이 성한 열 명의 수하들을 선발했다.
 "너희는 지금 즉시 하산하여 등봉현에 있는 천명회의 숙영지를 조사하고 돌아오도록 해라."

석도문의 말에 인솔자로 명받은 청성파의 제자 검협(劍俠) 등천군(鄧天君)이 조심스레 되물었다.

"숙영지를 조사하라고 하심은…… 우리가 그들을 먼저 칠 수도 있다는 뜻입니까?"

"그렇다. 언제 올지도 모르는 적을 너무 오랫동안 기다려왔다. 이대로 더 시간을 허비하다가 내부의 분열이 생긴다면 천추의 한을 남기게 될 것이다."

"하지만 천명회에는 칠대마인이 있습니다."

검협 등천군은 칠대마인에 대한 공포를 떨치지 못한 상태였다.

"우리에게도 전대의 고인들이 계시다."

"분대장님, 그분들이 칠대마인을 상대할 수가 있겠습니까?"

"……"

석도문은 즉시 답하지 않았다.

다른 아홉 명의 고수는 석도문의 입만 바라보았다. 그들 역시 검협만큼이나 그게 궁금했던 것이다. 그들이 겪어본 천명회의 고수들은 상상을 초월했다. 수하들이 그럴진대 하물며 상대는 그런 마인들의 지존이라는 칠대마인이다.

"나는 가능하다고 믿고 있다. 그리고 만약 그것이 불가능하다면, 우리가 소림사를 지키고 있다 해도 결과는 같을 것이다."

"……"

석도문의 말에 검협은 고개를 끄덕였다. 소림사는 난공불락의 성이 아니니 특별히 수성에 유리한 곳이라고 할 수 없다. 누구라도 대문을 부수거나 담을 넘어 안으로 난입할 수 있다. 선공을 하든 소림사에 남아 방어를 하든 별 차이가 없다는 소리다.

석도문이 단호한 어조로 말했다.

"기습의 효과와 기세를 살리는 것 등을 생각하면, 선공이 최선의 선택이다. 그러자면 반드시 정확한 적의 숙영지를 알아내야 한다."

"알겠습니다. 천명회가 등봉현에 들어온 지 여러 날이 되었으니 반나절이면 충분할 것입니다."

"천명회의 인원을 생각하면 객점에는 묵을 수가 없다. 등봉현 인근의 사파나, 외딴 곳에 떨어진 장원을 우선적으로 탐문하도록 해라."

"예."

검협 등천군과 아홉 명의 고수들이 은밀하게 하산했다.

그러나 반나절이면 충분할 것이라던 예상과 달리 검협 일행은 등봉현 어디에서도 천명회의 흔적을 찾지 못했다. 며칠 전까지만 해도 숭산의 초입까지 기웃거려 군웅들을 긴장하게 만들었던 천명회. 그런데 지금은 그 많던 사람들이 하나도 보이지 않았다.

사라진 것은 천명회뿐이 아니다.

천명회가 사라지자 어깨에 힘을 주고 다니던 사파의 고수들까지 꼬리를 말고 떠나갔다. 썰물처럼 빠져나간 사마외도의 잡배들 때문에 등봉현은 평화롭다 못해 한산할 지경이었다.

검협 일행은 밤늦게까지 등봉현 일대를 뒤지고 다녔다. 그리고 몇몇 목격자들의 증언으로 "천명회의 고수들이 갑자기 낙양(洛陽) 방면으로 사라졌다"는 것을 알게 되었다. 물론 목적지가 낙양인지는 확실치 않았다. 감히 천명회의 고수들에게 물어볼 사람도 없거니와 그들의 뒤를 따라가 볼 담력을 가진 사람도 없었던 까닭이다.

"그러니까 낙양 방면으로 가는 것까지만 보았다는 말이냐?"

석도문의 물음에 검협이 씁쓰름한 미소로 고개를 끄덕였다. 많이 부족하지만 그렇다고 있지도 않은 말을 더 붙일 수는 없었다.

"그렇습니다."

"등봉현을 떠난 것은 확실하지만, 목적지가 단심맹인지 소림사인지 아직은 불분명하다는 말로 들리는군."

"예."

석도문이 한숨과 함께 시선을 돌렸다.

"여러 선배님들, 지금 이런 형편입니다. 이제 어쩌면 좋겠습니까? 천명회의 뒤를 추격하는 것과 이대로 대기하다가 단

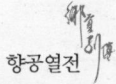
향공열전

심맹의 지원 요청이 오면 움직이는 것이 있습니다만."

석도문의 물음에 천중일검과 해월선사, 천뢰신창, 무주공선이 짧게 시선을 교환했다.

잠시 후 나이나 무공이 가장 앞서는 천중일검이 운을 뗐다.

"단심맹의 지원요청을 받고 움직이게 되면…… 아무리 빨라도 늦을 수밖에 없지 않겠소? 어차피 우리가 단독으로 적을 상대하려고 했으니, 이제라도 추격하는 편이 낫다고 생각하오. 그 과정에서 우리가 적과 조우하게 된다면 우리의 손으로 무림의 암운(暗雲)을 걷어내는 것이고…… 적이 단심맹에 당도한다면 단심맹과 양동 작전으로 적을 섬멸할 수 있을 것이오."

"지당하신 말씀이십니다. 앉아서 적을 맞아 싸우나, 달려나가 싸우나 어차피 천명회와 우리가 칼부림을 해야 하는 것은 정해진 이치. 선수(先手)가 유리한 것은 비단 바둑만은 아니지 않겠습니까?"

천뢰신창이 거들고 나섰다. 천뢰신창은 은거를 깨고 나온 김에 칠대마인과 우열을 가려보고 싶은 사람이었다. 그리고 칠대마인과 한 번쯤 싸워야 한다면, 이왕이면 아군이 많을 때 하는 편이 유리하다. 천뢰신창은 지금이 그 기회라고 생각했다.

해월선사가 담담한 미소로 말을 받았다.

"소승(小僧)의 생각도 같습니다. 어차피 우리가 단심맹을 도와 천명회를 제압해야 한다면…… 소림사를 지키고 앉아 있는 것은 의미가 없다고 생각합니다."

사실 해월선사의 경우 '소림사에서 싸움을 해서는 안 된다'는 생각이 더 컸다. 수도처를 피로 물들이고 싶지 않았던 것이다.

게다가 싸움이 소림사에서 벌어지면 전각과 경전이 소실될 위험도 있다.

그런 저런 이유로 해월선사는 싸움터를 옮기는 것을 으뜸으로 삼고 있었다.

유일하게 입장을 밝히지 않고 있던 무주공선이 담담한 미소로 말했다.

"여러분들의 뜻이 그러하다면 노부도 군말 없이 따르겠소이다."

"……"

무주공선의 말은 짧았지만 강했다. '뜻이 모아졌으니 이제는 무조건 나가자'는 것이다. 회의의 주재자이자 지휘자인 석도문이 아직 결정을 내리지 않았지만, 누구도 다른 말을 입에 올리기 어려운 기이한 분위기가 되고 만 셈이다.

석도문이 자리에서 일어나 네 명의 전대기인을 둘러보았다.

"그럼 날이 밝는 대로 하산을 하도록 하겠습니다. 부족한 후배는 여러 고인들만 믿고 가겠습니다. 아무쪼록 끝까지 잘 이끌어 주십시오."

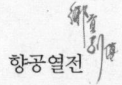
향공열전

석도문이 머리를 숙이자 네 사람의 전대기인들도 자리에서 일어났다.
 비록 석도문이 까마득한 후배라고 해도 단심맹 소속의 무인이자 지휘자다. 그런 석도문이 머리를 조아리니 가만히 앉아 있을 수만은 없었던 것이다.

제3장

운명을 개척하는 사람들

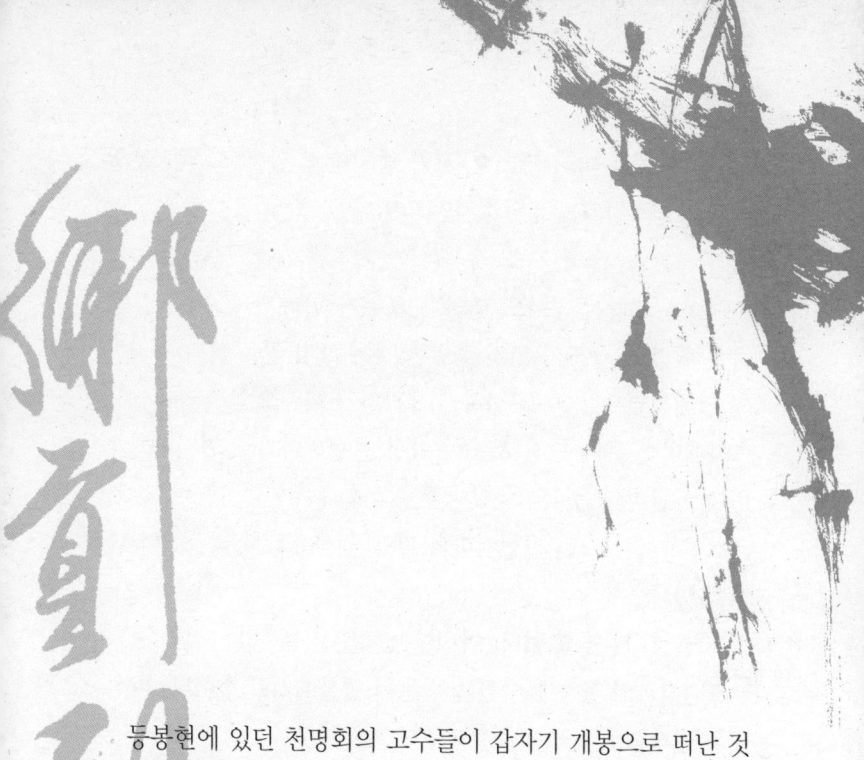

 등봉현에 있던 천명회의 고수들이 갑자기 개봉으로 떠난 것은 전적으로 소면시마 때문이었다. 뒤늦게 씩씩거리며 달려온 소면시마는 등봉현으로 가지 않고 개봉의 사파인 혈사문(血死門)으로 갔다. 그리고 수하를 보내 다른 사대마인들을 불러들였다.

 자존심이 강한 사대마인인지라, 평소였다면 소면시마의 부름에 콧방귀를 뀌고 말았을 것이다. 하지만 사대마인은 소면시마에게 지은 죄가 있어 급히 혈사문으로 향했다.

 단심맹과의 큰 싸움이 코앞으로 다가왔으니 어떻게든 적전분열(敵前分裂)만은 피하자는 생각도 한몫했다. 물론 소림사에 정파고수들이 파리 떼처럼 꼬여 들지만 않았어도, 적전분열 따위는 생각하지도 않았겠지만 말이다.

"허허, 그렇지 않아도 조만간 모두가 만나게 될 거라고 생각은 했었소. 우리가 먼저 출발한 것은 그저 일을 빨리 처리하기 위해서였으니, 너무 섭하게 생각하지 마시오."

사대마인 중에 가장 무공이 약한 잔혈검마가 소면시마에게 변명 아닌 변명을 늘어놓았다.

소면시마는 그런 잔혈검마의 말을 귓등으로 흘려들으며 급히 물었다.

"다른 건 다 필요 없다. 마신단(魔神丹)은 몇 개나 남았나?"

소면시마의 물음에 마인들의 눈이 혈불에게로 향했다. 마신단은 전적으로 혈불의 소관이었던 까닭이다.

혈불이 소면시마의 시선을 피하며 중얼거렸다.

"삼백."

"사, 삼백 개밖에 안 남았다는 말이더냐!"

"도마(刀魔; 소면시마)야, 아직 삼백 개나 남았다고 생각해라."

"그게 어떤 약인데…… 그 귀한 약을…… 길거리에다가 뿌리며 다녔느냐!"

"흥! 마신단이 무슨 천하의 영약이라고 아끼고 자시고 하느냐? 있으면 처먹이고, 없으면 마는 거지."

말은 그렇게 하면서도 혈불은 소면시마의 눈을 마주보지 못

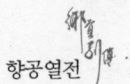

했다. 마신단의 가치를 뒤늦게나마 깨닫게 된 탓에 염치가 없었던 것이다.

마신단을 복용하자마자 눈이 돌아가며 평소보다 몇 배의 능력을 보이던 마인들을 생각하면, 소면시마가 벌벌 떠는 것도 당연했다.

"내놓아라."

소면시마가 낮게 가라앉은 음성으로 중얼거렸다.

얼핏 들으면 힘이 실려 있지 않은 무기력한 음성이었지만, 사대마인들은 하나같이 긴장한 얼굴이다. 소면시마의 전신에서 흘러나오는 살기 때문이다.

"……."

혈불은 군말 없이 목갑 하나를 건넸다.

소면시마는 혈불에게 받은 목갑을 천천히 쓰다듬었다.

얼마나 시간이 흘렀을까?

어색한 침묵을 견디다 못한 옥면수라가 멋쩍은 미소를 지으며 말했다.

"이제라도 다 모였으니 단숨에 소림사를 개박살 내버립시다. 소림사에 모인 놈들만 정리하면 단심맹은 입가심거리도 안 될 거외다."

"맞소. 전대의 은거기인들이 모여들었다고 하지만, 그래봤자 모두 별 볼일 없는 것들이니 이참에 소림사를 정리하고 곧바로 단심맹으로……."

운명을 개척하는 사람들

잔혈검마의 말은 채 이어지지 못했다.

소면시마가 건조한 음성으로 말을 가로막았던 것이다.

"검마, 당분간 단심맹은 잊으시오. 지금은 소림사만 생각해야 할 거외다."

"……."

잔혈검마가 이해하기 어렵다는 눈으로 소면시마를 바라보았다. 현재 '단심맹보다 소림사의 전력이 더 우세하다'는 것은 세 살 먹은 아이도 안다.

그런데 소림사를 박살내도 되지만 그보다 약한 단심맹을 잊으라니? 무림 역사상 최초일 게 분명한 정사대전에서의 완벽한 승리를 코앞에 두고 그 무슨 맥 빠지는 소리란 말인가!

"단심맹에는 고적산인과 검성은 물론…… 천하제일인이라는 소문이 돌고 있는 검공까지 있소. 검공이 천하제일인지는 모르겠으나, 고적산인과 검성의 이름은 우리 칠대마인보다 앞서 있는 게 사실이외다. 십대문파가 그들을 중심으로 뭉치면 우리로서는 승산이 없는 싸움을 해야만 하오. 게다가……."

소면시마가 무덤덤한 눈으로 마인들을 둘러보았다. 어느새 분노를 가라앉힌 평상시의 능청스러운 모습이었다.

"고금제일인(古今第一人)으로 불리던 마제 화운비가 살아났소."

소면시마의 말에 사대마인이 인상을 찡그렸다. 도무지 믿어지지 않는 말을 태연히 하고 있는 소면시마 때문이다.

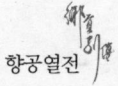
향공열전

"여러분은 지금까지 고작 마신단 육백 개를 사용하여 불패(不敗)의 길을 걸어왔소. 하남성까지 말이오. 마제 화운비가 단심맹을 흔들어 놓지 않았다면 불가능했을 것이오. 단심맹의 전력이 분산되어 각개격파 당하고 있는 것도, 따지고 보면 마제 화운비의 덕이외다."

"누군가 마제 화운비에게 강시대법이라도 썼느냐?"

혈불의 물음에 소면시마가 피식 웃어 보였다.

"고작 강시 하나가 십대문파를 저렇게 흔들 수 있다고 생각하느냐? 말 그대로 죽은 마제 화운비가 땅속에서 기어 나왔든지, 누군가 마제 화운비의 행세를 하고 다니는지 알 길이 없으나…… 마제 화운비의 전성기에 버금가는 무공으로 누군가 단심맹을 박살 낸 것만은 틀림없다. 그게 아니었다면 천명회가 무슨 재주로 개봉까지 탈 없이 올 수 있었겠느냐?"

"그야 마신단의 힘으로……."

혈불이 무심코 중얼거리자 소면시마가 즉시 비웃었다.

"훗! 마신단이 무슨 전설의 영약이라고 그것 하나로 이런 일이 가능했겠느냐? 똥인지 된장인지 먹어봐야 구별하는 어리석은 것 같으니! 개봉까지 별다른 피해 없이 온 것도 다행이지."

"……."

혈불은 소면시마의 비웃음에도 발작하지 않았다. 아직은 빚이 더 많은 탓이다.

잔혈검마가 고개를 갸웃거리며 물었다.

"마제 화운비는 사파의 고수가 아니오? 마제 화운비가 다시 나타났다면 그와 손잡고 단심맹을 박살내면 되지 않겠소?"

"마제 화운비라는 자의 진실한 정체도 모르는데, 단지 무공이 강하다는 이유 하나로 그와 손을 잡는다는 건 말도 안 되는 일이외다. 게다가 그렇게 되면 그를 천명회의 회주(會主)로 모셔야 할지도 모르는데…… 당신들은 그의 밑으로 머리를 숙이고 들어갈 생각이오? 솔직히 나는 족보도 불확실한 그런 놈의 밑으로 기어 들어갈 생각은 없소이다. 백번 양보해도 그자가 우리와 손을 잡는다는 보장도 없고……."

"……."

소면시마의 말에 다들 생각에 잠겼다. 아닌 게 아니라 이제 와서 갑자기 정체불명의 고수와 손을 잡는다는 것도 내키지 않았다.

마인들의 고민은 이어지는 소면시마의 말에 완전히 날아가 버렸다.

"게다가, 그자가 정말 마제 화운비라면 필시 천명회의 태상들부터 때려죽일 터인데…… 그런 놈과 손을 잡는다니…… 말도 안 되는 소리!"

"아!"

혈불의 입에서 탄성이 흘러나왔다. 뒤늦게 소면시마의 말을 알아들은 것이다.

"과연! 그자가 정말 마제 화운비라면 천명회는 피바다에 잠기겠지. 어차피 마제 화운비는 그런 자이니까. 마제 화운비와 관계된 일은 잊는 게 낫겠군."

뒤늦게 다른 마인들도 고개를 끄덕였다. 그들도 마제 화운비가 자신이 공들여 키운 문파를 어떻게 끝장냈는지 잘 알고 있었던 것이다.

"허면 소림사를 깨고 어떻게 할 생각이오?"

잔혈검마의 물음에 소면시마가 떨떠름한 표정으로 답했다.

"당분간은 단심맹과 마제 화운비의 싸움을 지켜봐야 하지 않겠소? 그 둘이 양패구상해 준다면 더할 나위 없이 잘된 일이겠지만…… 그게 여의치 않으면 상황에 따라 우리가 마제 화운비를 거들어 주거나, 혹은 양쪽 모두를 없애 버릴 수도……."

"오호!"

잔혈검마와 마인들이 소면시마가 한 말의 의미를 곰곰 생각하고 있을 때다.

옥면수라가 초혼요마의 눈치를 힐끗 살피며 물었다.

"그런데 지금 천하제일로 불리고 있다는 검공이…… 얼마 전까지 요마가 뒤를 봐주고 있던 그 어린놈이라는 말이 있던데, 맞소?"

"그렇소. 바로 그놈이오."

소면시마의 말에 옥면수라가 혀를 내둘렀다.

"허어! 그 비리비리해 보이던 놈이 소문의 주인공이었다니…… 믿어지지 않는구려."

"본래 소문이란 게 그런 법이 아니오? 우리 칠대마인을 삼두육비(三頭六臂; 머리가 셋에 팔이 여섯)의 괴물로 아는 자들도 적지 않소. 칼질 좀 한다 싶으면 천하제일이 어쩌고 하며 띄워 주는 게 세간의 입놀림인데, 그깟 천하제일이 무슨 대수라고?"

아무래도 소면시마는 검공의 소문이 과장되었다고 믿고 있는 듯했다. 산채에서 만나본 서문영에게 특별한 뭔가를 느끼지 못했기 때문이다.

그런 소면시마의 태도에 혈불이 불쑥 끼어들었다.

"하지만 독행노조의 말을 들어보면 소문이 과장된 것만은 아닐 수도 있다."

"독행노조가 그놈을 어찌 안다고?"

소면시마가 고개를 갸웃거렸다. 독행노조는 칠대마인에 버금가는 고수로 알려져 있었다. 다만 독행노조가 은거를 한 뒤에 칠대마인이 등장해서 직접 비교당할 만한 일은 아직 없었다. 과거의 유물이라고 할 수 있는 독행노조가 강호초출인 검공을 안다고 하니 의아한 것이다.

"쯧! 노괴(老怪; 독행노조)가 검공에게 패했다는 소문은 아직 듣지 못했나 보군."

"뭐? 독행노조가 검공에게 패했다고?"

"노괴의 말로는 시간이 없어서 자리를 떴다고 하는데 그건 개소리고. 본 사람마다 하나같이 '싸우다가 힘에 부치자 서둘

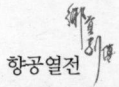
향공열전

러 자리를 피했다'고 하더군. 노괴와 그 일행이 우리에게 투신했으니, 아무에게라도 넌지시 물어보면 바로 알게 될 일. 노괴가 검공에게 당한 것은 틀림없는 사실이다."

고개를 설레설레 흔들던 소면시마가 탄식을 터뜨렸다.

"흠! 허기사 요마가 거둔 놈인데 보통은 아니겠지……. 하지만, 그래도, 너무 심하군."

독행노조쯤 되는 악인이 자리를 피하다니? 그건 달아났다는 말이 아닌가!

'그놈이 언제 그렇게 컸지?'

잠시 독행노조와 자신의 무공을 비교하던 소면시마가 살짝 인상을 찡그렸다. 자신은 죽었다가 깨어나도 독행노조를 달아나게 만들 수 없다는 생각에서다.

왠지 분위기가 무거워지자 잔혈검마가 나섰다.

"험, 험, 그래도 요마가 있는데 그 녀석이 우리에게 칼끝을 돌리겠소? 소문에 의하면 그놈과 단심맹의 관계도 별로라고 하던데……."

기세 좋게 운을 뗀 것과 달리 잔혈검마는 말끝을 흐렸다.

검공은 요마와 관계가 있다. 그런데 요마는 어디로 튈지 모르는 마물이다. 자연히 언행에 주의를 기울이지 않을 수 없다.

"흥! 괜히 좋지도 않은 머리 굴리느라 애쓰지들 마. 그와 나는 아무런 관계도 없으니까. 그를 감당할 자신이 있으면 건드리고, 자신이 없으면 멀리 돌아가. 그리고 시간이 남으면 독행노조에게 가서 요령을 가르쳐 달라고 해봐. 패하는 것과 피하는 것을 같아 보이게 하는 기술은 꽤나 도움이 될 거야."

초혼요마는 아무 관계도 없다는 말과 달리 뭔가 뿌듯해 하는 표정이다.

마인들은 요마가 정인(情人)의 출세에 내심 기뻐하고 있는 것이라고 생각했다.

소면시마가 푸들푸들 웃으며 말을 받았다.

"헐헐, 요마야. 나도 그놈과 우리가 싸울 일은 없을 거라고 생각하고 있다. 우리가 그놈의 목숨을 살려준 일이 있으니, 그놈도 사람이라면 은혜를 잊지는 않겠지."

"늙은이, 그를 구해준 건 우리가 아니라 나야. 괜히 묻어 갈 생각하지 마."

초혼요마가 비꼬자 소면시마가 히죽히죽 웃으며 말했다.

"우리 다섯이 한 몸처럼 뭉치기로 약조했으니, 너의 일이 곧 우리 모두의 일이 아니겠느냐? 우리가 그 녀석과 싸우지 않는 게 너에게도 좋은 일이니, 너무 앙탈 부리지 말거라."

"호호호! 늙은이들이 그와 싸우다가 모두 나자빠져도 나는 아무 문제없어. 왜 그래? 강호초출처럼. 나, 스승도 잡아먹은 초혼요마야."

"……."

소면시마는 그냥 입을 다물고 말았다. 별일도 아니니 그냥 넘어가 줄 수도 있건만 초혼요마는 목숨이라도 걸린 일인 양

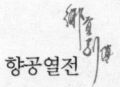

따지고 든다. 초혼요마의 그런 괴팍한 행동을 하루 이틀 본 것도 아니지만, 이럴 때는 정말 죽여 버리고 싶다.

살기가 치밀어 올랐지만 소면시마는 심호흡을 길게 하며 분을 가라앉혔다.

칠대마인 가운데 최강자라 불리는 초혼요마와 자신이 충돌하면 천명회는 그날로 문을 닫게 된다. 개봉까지 와서 천명회를 해체시킬 수는 없지 않은가!

'공자(孔子)가 난 놈이야……'

여자와 소인배와는 다투지 말라고 했다던가?

소면시마가 눈을 질끈 감자 혈불이 궁금한 듯 물었다.

"도마야, 단심맹의 총단은 기다린다고 치고, 소림사는 언제 치러갈 생각이냐?"

"흥! 내 마신단을 훔쳐가서 제멋대로 탕진할 때는 언제고, 이제 내 생각이 궁금해지냐?"

소면시마가 파르스름한 안광을 쏟아냈다. 초혼요마의 일로 속이 뒤집힌 상태에서 다시 마신단을 떠올리니 피가 끓어오른 것이다.

"이런 젠장, 미친년에게 물리고 왜 점잖은 노부에게 분풀이냐? 네놈이 우리를 개봉까지 불러들였으니 물어 보는 것 아니냐!"

혈불은 소면시마가 폭발 직전이라는 것을 알고는 더 이상 자극하지 않았다. 평소 소면시마에게 사사건건 시비를 걸었지만, 지금은 그럴 때가 아니라는 느낌이 들었다. 소면시마는

'웃으면서 칼질한다' 는 평소의 생활신조마저 잊을 정도로 잔뜩 독이 오른 상태였다.

위기를 느낀 혈불이 거듭 양보하자 소면시마도 금세 이성을 되찾았다.

혈불과의 싸움은 초혼요마보다 부담이 덜한 게 사실이다. 하지만 그것도 어디까지나 평화시에나 해당되는 말이다. 지금처럼 한치 앞을 내다보기 어려운 때에는 자중지란(自中之亂)을 피해야 한다.

괜히 분에 못 이겨 혈불을 죽이기라도 했다가는 오대마인의 모임도 끝이다.

그렇게 오대마인이 흩어지면? 당연히 천명회도 해산이다. 그리고 천명회가 해산되면 다시 단심맹의 집요한 추격을 받게 될 것이었다.

소면시마가 땅이 꺼져라 한숨을 내쉬며 중얼거렸다.

"하아! 여러분, 내일 아침에 떠나도록 합시다. 다들 알겠지만, 소림사를 점령하면 천하의 절반은 손에 쥔 것이나 다름없소. 나머지 절반도 머지않아 우리의 것이 되고 말 게요."

그리고 천하를 온전히 손에 넣는 날을 초혼요마와 혈불의 기일(忌日)로 만들 것이다. 소면시마는 반드시 그렇게 하겠다고 수없이 다짐했다. 그렇게라도 하지 않으면 당장 주화입마에 들 것 같았다.

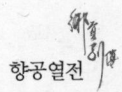
향공열전

*   *   *

"흐흐흐! 검공, 그냥 우리를 죽이시게. 마기가 온몸에 가득해…… 이미 우리는 사람이라 부르기 어렵게 되었네."

"선배! 나는 아직…… 버틸 만합니다. 왜 그렇게 약한 소리를 하십니까? 서 소협, 점혈을 풀어주시게."

고적산인과 검성이 번갈아 소리쳤다.

"어서 죽이라니까!"

"뭐 하는가 이 사람아! 점혈을 풀어!"

"……."

서문영은 석실 한가운데 우두커니 서서 두 사람을 바라보았다.

만년한철로 만든 손가락 굵기의 사슬이 견갑골을 뚫고 벽에 박혀 있다. 견갑골에 연결된 차갑게 빛나는 쇠사슬은 양 손바닥과 발뒤꿈치까지 무자비하게 꿰고 있었다. 두 사람 모두 점혈을 해 두었지만, 순수한 마기만으로도 석벽이 흔들릴 정도로 힘을 써댔다.

서문영의 입에서 한숨이 길게 흘러나왔다.

사흘째 같은 모습이다. 고적산인과 검성은 자신이 뇌옥에 들어온 첫날 발견한 모습 그대로였다. 서로의 몸을 쇠사슬로 꿰어 석벽에 고정시킨…….

첫째 날 점혈을 하고, 고적산인이 가르쳐준 진언(眞言)을 암

운명을 개척하는 사람들 83

송하며 변화를 지켜봤지만 모두 허사였다.

오늘도 고적산인은 죽이라 하고, 검성은 풀어 달라 했다.

두 사람을 두고 어찌할지 몰라 지켜보기만 한 지 사흘이나 지났다. 이제는 풀어주든지, 죽이든지, 그냥 떠나든지 결정해야 할 때인지도 모른다.

"제가 두 분을 위해 마지막으로 해 보고 싶은 것이 있습니다."

"그냥 죽여!"

"풀지 않고 뭐 하나!"

서문영은 고적산인과 검성이 듣거나 말거나 또박또박 말을 이어나갔다. 그 방법을 끝으로 이 일에서 손을 뗄 생각이었다. 그러니 지금 하고 있는 말은 자기 자신에게 하는 것인지도 몰랐다.

사슬에 묶인 두 사람이 이글거리는 눈으로 서문영을 노려보았다. 시키는 대로 하지 않고 시간을 끄는 서문영이 못마땅한 것이다.

"산인께서 가르쳐 주신 제마주(制魔呪)로도 안 되니 제 방법이 된다는 보장은 없습니다. 하지만 제가 아는 것이라고는 이것 하나밖에 없으니, 써볼 수밖에 없지 않겠습니까?"

고적산인이 부르르 떨며 말했다.

"크흐! 그게 무엇이기에, 그렇게 뜸을 들이는 건가? 조금이라도 우리를 존중한다면, 그냥 죽여주시게. 이 마기를 제어할

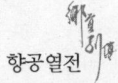

수 있는 것은 인세에 없네."

"아니야. 자네의 제마주로 나는 마기를 누를 수 있게 되었어. 선배님의 정신이 멀쩡하다는 걸 자네도 알고 있지 않은가? 나머지는 시간이 해결해 줄 걸세. 그러니 어서 해혈을 해주게."

"……"

서문영의 마음이 조금 흔들렸다. 아닌 게 아니라 두 사람 모두 이지를 상실했다고 단정하기에는 미심쩍은 부분이 많았다. 당장 "죽여 달라"는 고적산인의 부탁조차도 남을 생각하는 마음이 없다면 불가능한 것이 아닌가! 검성의 경우는 더욱 분명했다.

"어쨌든 제가 이곳에 온 지도 사흘이나 지났습니다. 두 분이 원하시는 것이 너무 달라서…… 두 분 모두를 만족시킬 수 있는 방법은 없습니다. 그렇다고 아무 소득도 없이 두 분의 곁을 떠날 수도 없는 일이니…… 마지막으로……."

서문영이 두 사람에게 앞으로의 계획에 대해 말하려고 할 때다.

검성의 몸이 경련을 일으키는가 싶더니 이내 허공으로 떠올랐다.

"끄으으윽!"

검성의 입에서 고통스러운 비명이 흘러나왔다.

퍽. 퍽. 퍽. 퍽.

곧이어 검성의 전신에서 뭔가 터져 나가는 소리가 석실을 울렸다.

그런 검성을 지켜보던 고적산인이 이를 갈며 소리쳤다.

"으드득! 그냥 죽여 달라고 하지 않던가! 이제 골수(骨髓)에까지 마기가 찼으니 정혈(精血)도 마혈(魔血)이 되었을 터! 더 늦기 전에 손을 쓰라!"

"손을 쓰라 하심은?"

서문영의 물음에 고적산인이 소리를 버럭 내질렀다.

"죽이라 하지 않던가!"

쩡.

날카로운 쇳소리에 서문영의 시선이 돌아갔다.

검성의 어깨에 박혀 있던 만년한철로 만든 쇠사슬이 썩은 새끼줄처럼 끊어져 나가고 있었다.

"헉! 점혈이 풀렸나?"

자신이 직접 한 점혈이다. 당연히 자신에 버금가는 공력이 아니고서는 누구도 풀 수 없다. 그런데 지금 검성의 몸은 스스로 막힌 혈도를 풀어 버린 것이다.

차라라락.

만년한철의 쇠사슬이 서문영을 향해 날아왔다.

서문영은 한 걸음 비켜서며 쇠사슬을 피했다.

퍽.

쇠사슬이 서문영의 뒤편 석벽에 박혔다.

"왜 우리를 점혈한 건가! 십대문파 장문인들이 나를 죽이라고 했는가! 그들이 언제고 내게 등을 돌릴 줄은 알았지만! 자

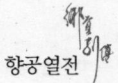
향공열전

네가 그들의 주구(走狗)가 되어 나를 죽이러 올 줄은 몰랐군!"
 차라락.
 쇠사슬이 다시 검성의 손으로 빨려 들어갔다.
 "그렇지 않습니다. 제가 온 것은 두 분을 돕기 위해서입니다."
 검성이 적당한 길이로 쇠사슬을 잘라냈다.
 우우웅.
 검성의 공력이 전해지자 쇠사슬은 기이한 공명음을 흘리며 검처럼 빳빳하게 몸을 세웠다.
 "그래. 우리를 열반(涅槃)에 들게 하는 것도 돕는 거겠지. 그럼 이젠 우리가 자네와 십대문파 장문인들을 도와주도록 하겠네. 믿음대로 가게. 극락이건, 도원경이건, 하늘이건, 지옥이건!"
 검성이 쇠사슬로 만든 검을 종횡으로 휘둘렀다.
 츠츠츠츠.
 붉은 검기의 다발이 서문영을 향해 밀려갔다.
 서문영은 피처럼 붉은 검기에서 느껴지는 불길함에 허겁지겁 뒤로 물러섰다.
 치이익. 치익.
 검성의 붉은 검기가 스치고 지나간 자리마다 검게 그을린 자국이 생겼다.
 '과연! 저 검기는 보통의 기운이 아니었구나!'
 만약 저것이 검성의 내력이었다면 검기가 닿은 자리는 부서지거나 잘려나가고 말았을 것이다. 하지만 붉은 검기는 뭔가를 자르기보다는 불살라 버리는 느낌이었다. 마치 앞뒤 생각 없이 자신을 불사르고 있는 지금의 검성처럼 말이다.

'허! 십대문파 장문인들을 죽이겠다니? 마기가 머리까지 이상하게 만든 모양이로구나!'

문득 십팔나한을 제압할 때의 일이 떠올랐다.

십팔나한들은 법륜에 맞는 순간 다시 한 번 죽음을 맞았다. 그것은 '사자(死者)의 서(書)'로도 살릴 수 없는 영원한 죽음이었다.

'법륜이 그들의 존재양식에 지대한 영향을 끼친 것처럼, 저 붉은 마기도 타인의 삶에 영향을 줄지 모른다. 역병에 걸리듯이……'

'아! 검성과 고적산인도 어쩌면 전염된 것인지 모른다.'

그렇게 생각하자 마주하지 않고 피하길 잘했다는 생각이 든다.

'그렇다면! 역시 법륜이 답인가!'

법륜에 담긴 무상의 능력은 한낱 마기 따위에 비할 바가 아니다. 다만 법륜의 힘이 검성과 고적산인에게 어떤 식으로 전해지는지가 문제다. 과거 십팔나한은 죽었다. 만약 검성과 고적산인이 죽는다면, 자신이 이곳까지 온 의미가 없다.

서문영이 고민하고 있는 동안에도 검성의 손은 쉬지 않았다. 서문영이 불구대천의 원수라도 되는 양, 검성은 죽기 살기로 검기를 쏟아냈다.

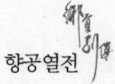
향공열전

"크크큭!"

태풍처럼 몰아치는 검풍을 뚫고 뒤틀린 웃음소리가 들려왔다.

서문영의 시선이 웃음소리를 따라 돌아갔다.

이번에는 고적산인의 몸이 허공으로 떠오르고 있었다.

거의 동시에 고적산인의 몸에서도 작은 폭발음이 들려왔다. 충만해진 마기가 저 홀로 움직여 막혀 있던 혈도를 뚫고 있는 것이다.

촤라라라락.

고적산인의 몸에 감겨 있던 쇠사슬이 뱀처럼 똬리를 틀었다.

서문영의 얼굴이 딱딱하게 굳어갔다. 검성의 공격을 피하는 것도 버거운 마당에 고적산인까지 합류하려고 한다.

"미안합니다. 설명은 나중에 드리겠습니다."

서문영이 착잡한 눈빛으로 검성과 고적산인을 쓸어보았다. '나중에'라는 말속에 담긴 뜻을 저 두 사람은 결코 모를 것이다. 운이 좋으면 일각 후가 될 수도 있지만, 그게 아니라면 저승에서나 가능한 것이 '나중에'다.

차라라라락.

마기로 빨갛게 달아오른 쇠사슬이 석실에 퍼져 나갔다.

고적산인은 검성과 달리 쇠사슬을 거미줄처럼 사용했다. 좁은 공간을 채워나가는 고적산인의 쇠사슬은 서문영에게 치명

적이었다.

어렵게 마음의 결정을 내렸지만, 서문영은 쇠사슬과 검기를 피해 석실의 구석으로 내몰렸다. 고적산인과 검성은 본능적으로 거의 완벽한, 공방(攻防)이 조화를 이룬 합공(合攻)을 하고 있었다. 그러다 보니 한 사람을 먼저 제압하는 것도 쉽지 않았다.

'휴우! 쉽지 않아!'

서문영은 아까부터 두 사람을 동시에 무력화시킬 기회를 노리고 있었다. 아무리 두 사람의 합공이 뛰어나다 해도 한 사람을 먼저 제압하지 못할 리가 없다.

하지만 차마 그렇게 할 수 없었다. 자칫 먼저 제압당한 사람이 다른 사람에 의해 치명적인 부상을 입을 수도 있기 때문이다.

결국 서문영은 고적산인과 검성에게 빈틈이 생기기만을 기원했다.

하지만 서문영의 안타까운 마음에도 불구하고 고적산인과 검성의 손발은 시간이 갈수록 더 잘 맞아떨어졌다.

서문영의 얼굴이 어둡게 가라앉았다.

시간이 제법 지났지만 두 사람의 마기는 조금도 줄어들지 않았다. 이런 식으로 시간을 끌다가는 자신이 먼저 지칠 것 같았다.

'그렇다면 승부다!'

서문영이 이를 악다문 순간이다. 고적산인의 쇠사슬이 또다

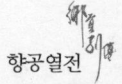

시 얼굴로 날아들었다.

차라라락.

지금까지 피하기만 하던 서문영이 정면으로 금강검(金剛劍)을 휘둘렀다.

퍼엉.

폭발음과 함께 쇠사슬 조각인지, 붉은 마기의 파편인지 모를 것들이 사방으로 튀었다.

서문영은 재빨리 호신강기를 일으켰다.

티티팅.

재앙의 조각들이 사방으로 튕겨나갔다.

금강검으로 베고 호신강기를 두른 것은 거의 동시에 이루어진 동작이었다.

단 한 차례 손을 쓴 것 치고는 상당히 손이 많이 가는 마무리라고 할 수 있다. 이런 식의 싸움이면 자신에게 불리하다.

서문영이 가볍게 인상을 찡그렸다.

하지만 한 차례의 격돌은 서문영에게 손해만 준 것이 아니었다.

예상치 못한 반격 때문일까? 고적산인은 물론 검성의 움직임까지 한순간 멈칫거렸던 것이다.

"……."

눈 한 번 깜빡일 정도로 짧은 시간이었지만, 서문영과 같은 고수에게 그것은 영원과도 같다.

서문영의 손에서 금강검이 떠났다.

동시에 서문영의 손가락이 검결지를 형성했다.

우우웅.

귀를 울리는 검명과 함께 금강검이 허공에서 분열했다. 석실은 눈 깜짝할 사이에 열두 자루의 금강검으로 뒤덮였다. 대림사의 범천십이검(梵天十二劍)이 펼쳐진 것이다.

파도처럼 밀려오는 검기에 고적산인과 검성의 얼굴이 굳었다.

비록 이성은 잃었지만 무인의 감각으로 알게 된 것이다. 저 검기 앞에서 피할 곳이 없다는 것을 말이다.

"잔혹하구나!"

"우리만 당할까 보냐!"

고적산인과 검성이 호통과 함께 서문영에게 쇠사슬을 날렸다. 함께 죽자는 동귀어진의 수법이었다.

깜짝 놀란 서문영이 황급히 검기 몇 개를 돌려 쇠사슬을 후려쳤다.

퍼펑.

범천십이검의 검기와 쇠사슬이 서로를 휩쓸고 지나갔다.

후두두둑.

바스라진 쇳조각이 서문영의 앞으로 떨어져 내렸다.

"대단한 수법이로군……."

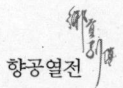

고적산인이 야릇한 눈으로 서문영을 바라보았다. 분명 검기에 몸의 여러 곳이 꿰뚫렸는데 죽지 않았다.

서문영은 검기를 이용해 점혈만 했던 것이다. 그 급박한 와중에 점혈이라니? 고적산인은 서문영의 무공에 탄복하지 않을 수 없었다.

"너에게 잘해 줬거늘…… 너는 이렇게 우리를 욕보일 셈이냐!"

검성이 분노로 몸을 떨었다. 고적산인과 검성이 합공을 펼치고도 서문영에게 제압당했다는 사실이 못내 수치스러운 것이다.

서문영은 대답 대신 화끈거리는 이마와 볼을 매만졌다. 왼쪽 이마에서 오른쪽 광대뼈까지 일직선으로 갈라졌는지 끈적끈적한 피가 만져진다.

"……"

서문영이 피에 젖은 손을 내려다보았다. 어쩐지 기분 나쁜 검붉은 색이다. 보면 볼수록 얼굴이 화끈거리며 피가 끓어오르는 것 같았다.

멍하니 서 있는 서문영에게 검성이 소리쳤다.

"놈! 너도 십대문파 장문인들처럼 우리를 부정하고 욕보일 셈이냐! 그러려면 차라리 이 자리에서 우리를 죽여라! 우리는 죽을지언정……."

"닥치세요! 두 분을 도와주려고 왔다지 않습니까!"

서문영이 붉게 충혈된 눈으로 검성을 노려보았다. 아까부터 자신을 의심하고 비난하는 검성의 목소리가 귀에 거슬렸던 것이다.

"크흐흐! 부처님 가운데 토막 같더니…… 성깔이 있는 사람이었구먼."

"……"

고적산인의 말에 서문영의 안색이 딱딱하게 굳었다.

상처 때문에 이마와 얼굴이 화끈거리는 줄 알았다. 그런데 아무래도 마기에 감염 된 것 같다는 생각이 든다.

서문영은 즉시 가부좌를 틀고 앉았다.

아니나 다를까! 고적산인의 음성이 귓가로 들려 왔다.

"으흐흐, 검공의 얼굴이 검게 변한 것을 보니 중독이라도 당한 것 같군. 우리는 독을 쓰지 않았는데…… 대체 어디서 중독이 된 거지?"

"오지랖이 넓은 놈이니 어디선가 당했겠지요."

"……"

서문영은 울컥하고 치밀어 오르는 격한 감정을 가라앉혔다.

지금은 먼저 자신을 돌보아야 할 때였다. 만약 자신이 마기를 제어하지 못한다면, 두 사람을 구하는 것은 물론 자신의 안위마저도 장담할 수 없었다.

'법륜대법(法輪大法). 전법륜(轉法輪)!'

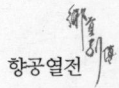

순간 서문영의 머리 위로 금빛 찬란한 법륜이 떠올랐다.

법륜이 나타나자 서문영의 얼굴이 일그러졌다. 본능적으로 법륜이 자신에게 해롭다는 생각을 한 것이다.

서문영이 법륜을 없애기 위해 이리저리 생각을 굴릴 때다.

공중에서 빙빙 돌던 법륜이 한순간 서문영의 머리로 파고들었다.

"끄아악!"

서문영의 입에서 처절한 비명이 터져 나왔다.

쿵.

비명과 동시에 서문영의 신형이 뒤로 넘어갔다. 정신을 잃고 만 것이다.

고적산인과 검성이 황당하다는 표정으로 서문영을 바라보았다. 공들여 자신들을 제압하더니, 기이한 공력으로 황금 법륜을 만들고, 그것으로 제 몸을 상하게 한 뒤 정신줄을 놓는다?

그렇지 않아도 이성을 잃은 고적산인과 검성에게 서문영의 행동은 더욱 이해하기 어려운 것이었다.

죽은 사람처럼 축 늘어져 있던 서문영이 일어난 것은 그로부터 한 시진이나 지난 뒤였다.

서문영은 눈을 뜨자마자 다시 한 번 법륜대법으로 전법륜을 일으켰다.

그리고 이번에는 법륜이 고적산인과 검성을 향해 날아갔다.

"고맙네. 자네가 아니었으면…… 휴우!"

고적산인이 머리를 절레절레 흔들었다. 그 뒤의 일은 생각하고 싶지도 않았다. 과거에 마제 화운비가 어떤 일을 했는지 잘 아는 까닭이다.

검성이 어색한 표정으로 운을 뗐다.

"험! 험! 고맙네. 그리고, 우리가 자네에게 무슨 말을 했든지, 그것이 우리의 본심이 아니었다는 것만 알아주시게."

서문영이 희미하게 웃으며 물었다.

"기억은 나십니까?"

검성이 억지로 웃으며 답했다.

"꿈속에서 있었던 것처럼 어렴풋이 기억이 나네. 며칠 지나면 모든 게 꿈이었다고 잊을지도 모를 정도로 말일세."

"정말 끔찍한 마기였습니다."

차라리 기억이 나지 않는다고 하면 편하다. 완전히 정신을 잃고 벌인 짓이니 말이다. 하지만 마제 화운비가 만든 마기는 그렇지 않았다.

자신의 주관적인 판단 속에서 최악의 선택을 하게 만들었다. 미친 것도 아니고 미치지 않은 것도 아닌 광란의 상태. 그것을 뭐라고 해야 할까?

"그런 마기는 나도 처음이었네. 검공이 아니었으면 우리는 우리의 믿음 속에서 살겁을 저지르고 있었을 걸세. 그나저나 검성과 내가 원기(元氣)를 상실할 정도로 미쳐 날뛰어서…… 이

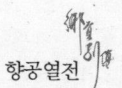

제 우리는 보통의 말 많은 늙은이가 되고 말았네. 그러니 마제 화운비의 일은 검공에게 부탁할 수밖에 없네. 단심맹의 부덕(不德)을 알지만…… 천하창생(天下蒼生)을 위해 도와주시게."

고적산인이 서문영에게 머리를 숙였다.

서문영이 고개를 설레설레 저으며 말했다.

"산인께서는 너무 저를 몰아붙이지 마십시오. 저 그렇게 속 좁은 사람이 아닙니다. 그리고 어차피 마제 화운비의 일은 제가 나서야 합니다."

고적산인의 부탁이 아니더라도, 마제 화운비가 삼백 년 전의 사람이라면 자신이 해결해야 하는 일이다. 그것은 법륜의 주인인 자신의 사명이기도 했다.

잠시 후 검성이 서문영에게 물었다.

"그런데 마제 화운비의 소식은 없는가?"

"예, 아직 단심맹에서 마제 화운비와 관계된 이야기는 듣지 못했습니다."

"흠! 그는 우리가 단심맹의 사람들을 죽이기만 기다리고 있었네. 우리가 오래도록 움직이지 않는다면 다른 수를 쓰지 않겠는가?"

"다른 수라 하심은?"

"그가 단심맹에 직접 손을 쓸지도 모른다는 말일세."

"그렇지 않아도 마제 화운비가 나타나면 저에게 연락을 하라고 했습니다. 하지만 지금까지 아무런 연락이 없는 것을 보면……."

 서문영이 말끝을 흐렸다. 자신은 아직 마제 화운비의 인물됨을 모른다. 당연히 달아났는지 근처에 숨어 있는지 알 길이 없었다.

 고적산인이 담담한 음성으로 말했다.

 "마제 화운비라면 우리가 스스로 뇌옥에 갇힌 것을 알 걸세. 마기가 폭발하여 쇠사슬을 끊고 혈겁을 일으킬 것도 알겠지. 조만간 모습을 드러낼 걸세."

 "산인께서는 그를 잘 아시는 것 같습니다?"

 서문영의 물음에 고적산인이 허허로운 표정으로 허공을 응시했다. 산중에서 그와 만났던 일이 떠오른 것이다.

 살아 있으나 생기가 깃들지 않은 사람.

 자신의 죽음도 모른 채 천하를 떠도는 남자.

 번뇌에서 벗어났으면서도 번뇌에 사로잡혀 있는 무림의 절대자.

 "마제 화운비는 보통의 악인이 아니라네. 옳고 그른 것이 무엇인지 알지만, 운명적으로 악을 선택할 수밖에 없게 된 사람일세."

 고적산인은 자신의 문도와 식솔들을 죽일 수밖에 없었던 마제 화운비를 동정하고 있었다.

 "그는 우리가 단심맹에서 혈겁을 일으키기를 기다리고 있을 걸세. 적당한 거리에서 단심맹을 지켜보고 있겠지. 그러다 우리가 무사하다는 소식을 들으면……. 운명에 굴복한 자신과 그것을 극복한 우리를 비교하게 될 테지. 그때는 그가 또 어떤 선택을 하게 될까……."

서문영이 얼굴에 새겨진 상흔을 더듬으며 중얼거렸다.

"그가 어떤 선택을 하든, 그의 길은 정해져 있습니다."

"……."

잠시 분위기가 숙연해 졌다.

문득 고적산인의 입에서 한숨이 길게 흘러나왔다.

"하아! 그래, 어쩌면 우리 모두의 운명이 정해져 있는 건지도 모르지."

"선배님, 그 무슨 섭섭한 말씀이십니까? 우리는 운명을 개척하는 사람들이 아닙니까?"

검성이 나이에 걸맞지 않게 볼멘소리를 내뱉었다.

"허허, 후배님의 말이 맞네. 늙으니 자꾸 헛생각이 드는 것 같으이. 그나저나 이제 그만 나가야 하지 않겠나? 기다리는 사람들 생각도 해줘야지."

"검공이라면 모를까, 공력도 없는 우리를 누가 기다리겠습니까?"

농담 속에 뼈가 있는 검성의 말에 고적산인이 웃으며 힐난했다.

"이 사람아, 일 년 정도 죽은 듯이 운기하면 잃었던 공력을 되찾을 텐데, 뭘 그리 앓는 소리를 하시는가? 칠대마인의 뒤를 쫓아다닌다더니 아직도 그놈의 공명심을 못 버렸는가?"

"헛! 공명심이라니요? 억울합니다. 악인 하나를 처치하면 백 명을 구하는 것이 아닙니까? 백성들 구하는 일을 공명심이라고 매도하시면 섭하지요."

"쯧! 하여튼 일 년간 조심하시게. 검성이라는 이름을 노리는 자들이 적지 않을 걸세. 마제 화운비보다 공명을 탐하는 낭인들이 더 위험할지도 모르네."

"알고 있습니다. 그렇지 않아도 폐관수련을 한다고 할 생각입니다. 선배님은 계획이 있습니까?"

"객사하지 않으려면 나도 당분간 강호유랑을 그만 두어야겠지. 무당파로 돌아가서 약선의 제자들을 좀 가르쳐 볼 생각이네."

"아!"

검성의 입에서 탄성이 흘러나왔다. 무당파의 약선이 태청단을 만들고 죽었으니 그 제자들에게 특별한 가르침을 내려주려는 것일 게다.

묵묵히 듣고 있던 서문영이 조용히 말했다.

"부족하지만 저의 도움이라도 필요하면 언제든지 연락 주십시오."

"신경 쓰지 말게. 그들은 단약을 만드는 도사들이니 자네가 도울 일은 없을 걸세."

완곡하게 거절하면서도 고적산인은 만족한 미소를 짓고 있었다. 서문영이 무당파에 은혜를 입었다고 생각하고 있으니, 담운의 일로 무당파가 화를 당하지는 않겠다는 생각에서다.

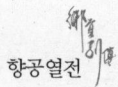
향공열전

'마제 화운비의 일이 정리되면 장문인에게 문호를 정리하자고 해야겠어……'

아무리 생각해도 담운은 무당파의 큰 우환덩어리였다.

'담운은 그렇게 한다고 치고……'

담운보다 더 큰 골칫거리가 있었다. 누군가 역천(逆天)의 법술을 마음대로 사용하고 있다는 것이다. 그가 누군지 알아내지 못한다면, 마제 화운비의 일은 언제라도 반복될 것이었다.

서문영의 얼굴에 난 상처를 바라보던 고적산인이 한숨을 내쉬었다.

"그런데, 마제 화운비를 되살린 자가 누군지 알아냈는가?"

"아직 모릅니다."

"자네가 신경 써야 할 사람은 마제 화운비가 아닌지도 모르네."

"예."

뭔가를 곰곰 생각하던 검성이 조심스럽게 물었다.

"나도 선배님에게 들었네만…… 그가 누군지 전혀 감이 잡히질 않는가?"

"실은 단심맹과 관계된 사람이라는 생각을 하고 있습니다."

"헐! 천명회가 아니라 단심맹?"

검성이 믿어지지 않는다는 눈으로 서문영을 바라보았다. 그런 극악무도한 짓을 하는 사람이 천명회가 아닌 단심맹의 관계자라니?

운명을 개척하는 사람들 101

"그렇게 생각하는 이유라도 있는가?"

"단심맹의 관계자가 아니라면 누가 소림사의 십팔나한을 제압할 수 있겠습니까? 평생을 소림사 안에서만 생활하는 십팔나한이 소리 소문 없이 당했습니다. 평소 십팔나한과 교류하던 사람이 아니면 불가능한 일이라고 생각합니다."

"흠! 일리 있는 말이지만…… 매우 위험한 생각이로군."

"그렇습니다."

"자네를 위해서라도 그자가 누군지 빨리 밝혀내는 게 좋을 것이네. 그와 자네가 상극(相剋)이라면, 상상할 수 없는 수를 쓰지 않겠는가!"

"지금은 그가 저에게 어떤 수라도 써주기를 기다리고 있는 형편입니다."

"그 수가 자네에게 위험할 거라는 생각은 하지 않나?"

"예, 왠지 그가 저와 대화를 나누고 싶어 한다는 느낌을 받았습니다."

"느낌이라……."

검성이 이해할 수 없다는 듯 고개를 저었다. 평화로운 세상에 마제 화운비와 같은 악마를 풀어놓은 자가 대화를 원하는 것 같다니?

"십팔나한은 그의 익지를 이어받은 사람들입니다. 그런데 저는 십팔나한에게서 살의(殺意)를 읽지 못했습니다."

"……."

검성과 고적산인이 각자 생각에 잠겼다. 서문영의 말이 사실이라면 그가 원하는 게 무엇인지 궁금했던 것이다.
 하지만 아무리 머리를 쥐어짜도 암중의 그가 원하는 것이 무엇인지 알 수 없었다.
 "두 분은 너무 고민하지 마십시오. 조만간 그가 누구인지 알게 될 것 같으니까요."
 검성이 피식 웃으며 물었다.
 "그것도 역시 느낌인가?"
 "그렇습니다."
 서문영은 어떤 일도 헤쳐 나갈 자신이 있다는 듯 담담하게 말했다.
 하지만 그렇게 서문영이 기다리고 있던 미래는, 훗날 서문영의 지인들이 즐겨 쓰는 표현에 의하면, 지옥의 문턱이었다.

 서문영과 고적산인, 검성이 뇌옥 문을 열고 나온 것은 땅거미가 뉘엿뉘엿 질 무렵이었다.
 고적산인과 검성은 뇌옥에서 나오자마자 심호흡을 크게 했다.
 감회가 새로운 것은 서문영도 마찬가지다. 대놓고 말하지 못했지만, 고적산인과 검성의 합공에 몇 번이나 생사의 위기를 넘겼던 것이다.
 뇌옥을 지키던 무사는 서문영의 얼굴에 난 상처를 보고는 시선조차 마주치지 못했다.

　피딱지가 길게 엉겨 붙은 서문영의 얼굴은, 저녁노을 아래 더욱 기괴하게 보였다.

　고적산인이 지나가는 말로 "인물 다 버렸군"이라고 한 것도 그런 이유에서다. 물론 검성은 "이제야 관록이 묻어난다"고 위로했지만 말이다.

향공열전

제4장

살아 있는 것은 변한다

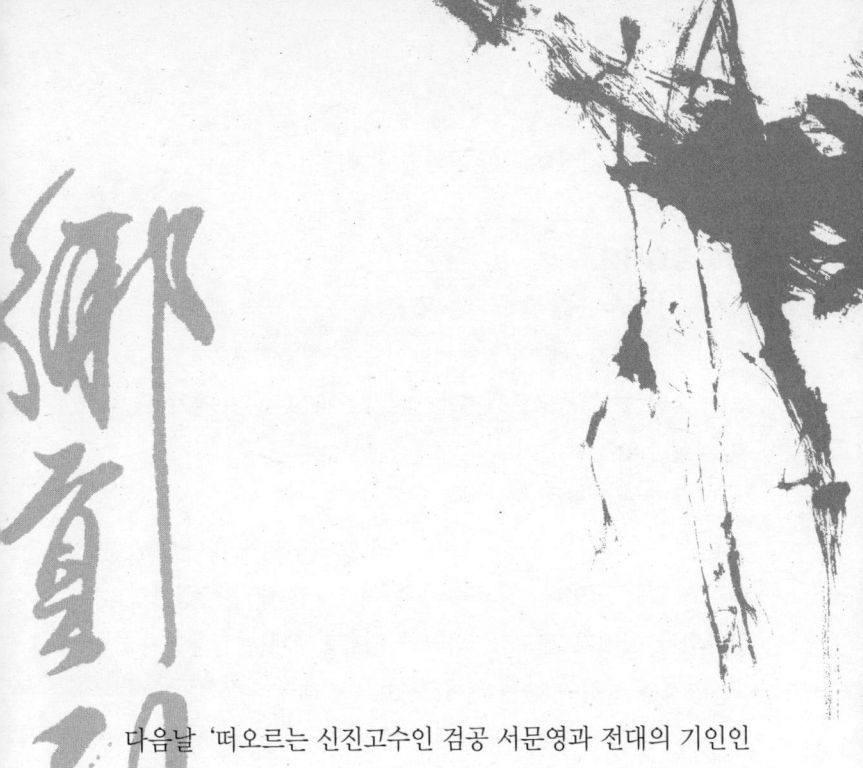

 다음날 '떠오르는 신진고수인 검공 서문영과 전대의 기인인 고적산인, 검성이 단심맹을 위해 검을 뽑았다'는 소문이 퍼져 나갔다.
 고적산인과 검성이 자청하여 뇌옥에 들어갔다가 나온 것은 비밀이었다. 대신 단심맹은 '세 명의 절대 고수가 단심맹을 위해 떨치고 나섰다'는 것을 대내외적으로 선전했다.

 단심맹에서 홍보를 하기 위해 마련한 조촐한 자축 행사가 끝날 즈음이다.
 단심맹의 내당(內堂) 무사 하나가 서문영에게 다가갔다.

살아 있는 것은 변한다 107

"대협, 숙소에서 손님이 기다리고 계십니다."
"손님이요?"
"그렇습니다."
서문영이 무사를 향해 되물었다.
"나를 찾아올 사람이 없는데…… 누가 왔을까요?"
"누군지는 저도 모르겠지만, 상당히 아름다운 소저가 한 분 와 계십니다."
"아름다운 소저?"
서문영이 고개를 갸웃거렸다. 우선은 자신에게 찾아올 만한 여자가 없는 탓이다. 알고 지내는 여자라고 해봐야 성가장의 성유화나 설지가 전부다. 하지만 성유화에게는 정혼자가 있고, 설지는 사경(死境)을 헤매고 있다. 이래저래 둘 다 단심맹까지 올 수 없는 형편이었다.
무사가 빙그레 웃으며 읍(揖)을 해 보였다.
"무림삼봉(武林三鳳)도 울고 갈만 한 미모의 소저였습니다."
"……."
서문영이 더욱 모르겠다는 듯 머리를 긁었다. 무림삼봉이라면 요즘 한창 사람들의 입에 오르내리는 세 명의 절세미녀. 모두가 단심맹 산하의 여고수들로 후기지수의 영입을 위해 띄워주고 있는 미소녀들이다. 그런데 그런 무림삼봉보다 더 아름다운 여자가 찾아왔다니?
'설마 소싯적에 사귀었던 기녀가 소문을 듣고 찾아온 건 아

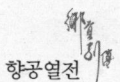
향공열전

니겠지?'

서문영은 불안 반 기대 반의 심정이었다.

멀리 숙소가 보이자 기대는 사라지고 불안이 엄습해왔다.

가슴이 세차게 고동쳤다.

이유는 알 수 없지만 이대로 돌아가고 싶었다.

서문영은 숙소의 앞에 이르러서도 감히 들어서지 못했다.

인기척을 들었는지 손님이 방문을 열고 밖으로 고개를 내밀었다.

순간 서문영은 심장이 내려앉는 충격을 받고 말았다.

"오라버니?"

빼꼼히 고개를 내민 소저는 독고현이었다.

"……."

서문영은 숨이 차올라 아무런 말도 하지 못했다.

대림사에서 자기 손으로 시체를 수습해 화장을 치러 준 사람이다. 객방의 구석에 피를 토하고 처참하게 죽어 있던 독고현이, 아무렇지도 않은 얼굴로 자신을 바라보고 있었다.

"어머, 제가 왔는데 반갑지 않은가 봐요?"

"바, 반갑지 않을 리가 있겠느냐? 반갑다. 너무 반가워서 이러는 것이다."

"저를 혼자 두고 언제 가신 거예요?"

"……."

서문영은 떨며 대답하지 못했다. 과거 독고현은 혼자 죽어갔다. 그녀의 말은 왜 자신을 혼자 죽게 했냐고 항의하는 것 같았다.

"대림사에서 오라버니를 기다리다가…… 누가 이리로 가보라고 해서 왔어요. 아, 그가 안부를 묻는다고 했어요. 어? 그가 누구지? 이상하네…… 그런데, 제가 잘못 온 건가요? 오라버니가 혼자 가고 싶었던 건데, 제가 따라온 건가요?"

"아니다. 아니다. 나는 혼자 오고 싶지 않았다."

서문영은 애써 치밀어 오르는 눈물을 삼켜야 했다.

독고현의 애처로운 얼굴을 보고 있자니 슬픔과 분노가 미칠 듯이 치밀어 올랐다.

'누구냐! 대체 누가 나에게 이런 고통을 안겨 주느냐!'

서문영은 법륜의 주인으로 자신이 해야 할 일을 누구보다 잘 알고 있었다. 십팔나한을 처리한 것도 그 때문이다. 죽은 사람이 산 사람의 세계에 있어서는 안 된다.

그것이야말로 역천이며, 천하를 혼돈으로 이끄는 일이다. 아니, 그게 아니라고 해도 자신과 죽은 자는 서로 어울리지 못한다. 자신은 죽은 자를 배척하고, 죽은 자는 자신을 두려워한다.

서문영은 그 자리에 못 박힌 듯 서서 필사적으로 생각했다.

누군가 자신에게 고약한 짓을 하고 있었다. 그것이 선의(善意)인지 악의(惡意)인지는 이제 중요하지 않았다. 그를 찾아서 찢어 죽여야만 이 떨림이 가라앉을 것 같았다.

자신에게 악의를 가질 만한, 몇 안 되는 사람들의 얼굴이 뇌리를 스치고 지나갔다.

 '이놈은 아니다. 이놈도 아니다. 아니다.'

 끼이익.

 거북한 소리와 함께 문이 열리며 독고현이 걸어 나왔다.

 대림사에 머무르며 요양하던 모습 그대로였다.

 서문영은 저도 모르게 한 걸음 앞으로 내딛었다.

 이 순간만큼은 사자(死者)에 대한 배척보다 반가움이 앞섰다. 독고현은 태어나 처음으로 정을 준 여자였다. 서문영이 손을 뻗었다.

 "현아……."

 "오라버니, 왜 그렇게 무서운 눈으로 저를 보세요."

 독고현이 파리하게 질린 얼굴로 물었다.

 불쌍하게도 독고현은 서문영만큼 강하지 못했다. 그녀는 서문영을 사랑하면서도 서문영의 전신에서 풍겨오는 죽음의 냄새에 기가 질려 있었다.

 서문영의 얼굴을 길게 가로지르는 검은 빛깔의 자상(刺傷)도 무서웠다.

 언젠가 처음 서문영의 이름을 들었을 때 느꼈던 두려움이, 자꾸만 작은 독고현의 몸을 움츠러들게 했다.

 "현아, 나, 나는……."

 서문영은 울 것 같은 얼굴로 서 있는 독고현을 바라보았다.

 여전히 그린 듯이 아름다운 얼굴이지만 잔뜩 굳어 있었다.

살아 있는 것은 변한다

죽은 사람은 자신을 보는 것만으로도 공포를 느낀다.

 서문영이 뒤로 한 걸음 물러났다.

 그제야 독고현의 얼굴에 깃든 어둠의 장막이 조금 걷혔다.

 서문영은 독고현의 향해 뻗었던 손을 거두었다. 독고현은 죽음 직전의 기억으로 자신을 사랑한다. 하지만 자신은 과거의 서문영이 아니다.

 그러지 않았다면 이렇게 빨리 절망하지는 않았을 것이다. 되살아난 독고현을 보기가 이토록 괴로운 것은 자신이 변했기 때문이다.

 문득 한 사람의 얼굴이 떠올랐다.

 서문영은 애써 그 얼굴을 떨쳐내려 했다. 하지만 그가 한 말이 귓가에 울려왔다.

 "아직도 많이 그리우냐?"
 "예, 그렇지 않다면 거짓이겠지요."
 "그토록 그립다면, 독고현을 다시 살리고 싶다는 생각은 해본 적이 없느냐?"
 "한 번 죽은 사람을 무슨 수로 되살릴 수 있겠습니까? 모두 부질없는 생각일 뿐이지요."
 "부질없는 생각이라…… 허나 사람이 하늘 아래의 일들을 모두 알 수는 없는 법. 만약 누군가 독고현을 살릴 수 있다면, 너는 그를 위해 무엇이든 할 각오가 되어 있느냐?"
 "그런 사람이 있을 리가 없지 않습니까?"
 "그러니 만약이라고 하지 않더냐."

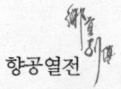
향공열전

"……"

독고현을 살리는 것에 대해서는 생각해 본 적도 없다.
죽음은 끝이다.
정작 큰일은 살아남은 자가 어떻게 살 것인가 하는 점이다.
그런데 죽은 사람을 다시 살리다니?
그런 건 이상하다.
아! 왜일까?
그때 '독고현을 다시 보고 싶다'는 마음보다 '이상하다'는 생각이 먼저 들었다.
보통은 살릴 방법을 물을지 모른다.
그러나 그때는 분명히 '이상하다'고 생각했다.
역천을 거부하는 법륜의 씨앗이 발아(發芽)했기 때문일까?

> 그에게 말했다.
> "솔직히 잘 모르겠습니다."
> "허! 잘 모르겠다?"
> "예, 천리(天理)를 거역하는 것이 옳은지 어떤지……."
> "허어! 이제 보니 목숨 걸고 하는 사랑은 해본 경험이 없는 게로군. 독고현이 목숨과 바꾸어도 아깝지 않은 상대였다면, 고리타분하게 천리타령이나 해대고 있었겠느냐? 알았으니 그만 물러가거라. 앞으로 군문(軍門)의 일로 너를 부르는 일은 없을 것이다."

살아 있는 것은 변한다

'그가 바로 보국왕이었구나!'

혼탁하던 머리가 맑아졌다.

보국왕이 잠행(潛行)을 할 때의 신분은 무주공선(無主空仙)이다. 무림의 기인으로 단심맹을 제집처럼 드나들었을 것이다. 하필 찢어 죽이고 싶던 그가, 존경하는 보국왕이라니! 되살아난 독고현 만큼이나 받아들이고 싶지 않은 현실이었다.

"오라버니?"

독고현의 부름에 서문영이 현실로 돌아왔다.

"응? 불렀느냐?"

"제가 잘못한 게 있나요?"

"아니, 너는 잘못한 것이 없다."

그건 독고현의 잘못이 아니다. 불쌍한 독고현에게는 아무런 죄가 없다. 죄가 있다면 보국왕이다. 죽은 사람을 제 맘대로 살려서 꼭두각시로 사용하는 무주공선에게 있다. 보국왕이 아무리 훌륭한 황실의 어른이라고 해도, 해서는 안 될 짓이 있다.

서문영이 이를 갈았다.

독고현을 향한 애정만큼, 보국왕을 향한 증오가 커져갔다.

"보국왕은 어디 있느냐?"

서문영의 물음에 독고현이 눈을 깜빡이며 답했다.

"몰라요. 제가 황궁에서 나온 지 꽤 되었잖아요. 오라버니께서 그쪽으로는 얽히지 말라고 하셔놓고……."

향공열전

"아! 최근에 보국왕을 만난 적이 없다는 말이냐?"
"예, 왜요? 보국왕 전하를 만나야 하나요?"
"아니다. 앞으로 너는 보국왕을 만나지 말아라. 보국왕이 나타나면 즉시 나에게 알려 주어야 한다. 그렇게 해줄 수 있겠느냐?"
"네, 그런데…… 오라버니 좀 변하신 것 같아요."
"변했다고?"

서문영이 울 것 같은 눈으로 독고현을 바라보았다. 변했을 것이다. 독고현의 시체가 타들어 가던 날, 돌처럼 굳었던 마음도 다 태웠으니까.

"전에는 훨씬 따뜻했는데…… 좀 차가워진 것 같아요. 무섭고…… 그리고 보국왕 전하에 대해서도……."
"미안, 미안, 그런데 보국왕에 대해서는 말하지 말아라."
"거봐요. 변했잖아요."

독고현이 입술을 삐죽였다. 전에는 서문영도 보국왕 전하라고 깍듯이 불렀다. 그런데 지금은 개를 부르듯 존경심 없이 막 부른다. 보국왕 전하의 인품을 생각하면 있을 수 없는 일이었다.

"언제고 너도…… 내가 왜 이러는지 알게 될 날이 올 게다."

서문영의 음성이 떨렸다. 그날이 오지 않기를 바랐다. 하지만 그날은 어김없이 올 것이었다. 자신은 법륜의 전승자로, 해야 할 일을 해야 한다. 만약 이제 와서 그것을 거부한다면, 십팔나한의 원혼을 대할 면목이 없게 된다.

"왜 그러는 건데요? 지금 알면 안 되나요?"

"지금은, 아직은, 내가 준비가 되어 있지 않으니까······."

"칫! 준비는 무슨 준비!"

서문영이 독고현의 시선을 외면했다.

가슴이 먹먹해졌다.

코끝이 시큰해지는가 싶더니 눈물이 핑 돌았다.

서문영은 황급히 고개를 돌려 눈물을 떨어냈다. 아직은 아니다. 조금 더 독고현을 지켜보고 싶다. 자신의 손으로 끝내야 한다는 것을 알지만, 살아있는 독고현을 조금 더 보고 싶었다. 독고현에게 못다 해준 일들을 해주고 싶었다.

멀리서 와자지껄한 소음이 들려왔다.

"허허! 미모의 아가씨가 검공을 찾아왔다고? 그럼 내가 안 볼 수 없지!"

"선배님, 너무 목소리가 크십니다."

고적산인과 검공이었다.

서문영이 당황한 얼굴로 독고현을 바라보았다. 고적산인은 독고현이 죽은 사람이라는 것을 알지도 모른다.

"빨리 안으로······."

서문영이 말을 끝내기도 전에 고적산인과 검성이 들이닥쳤다.

"허허! 안에 숨기면 우리가 그냥 돌아갈 줄 알았나?"

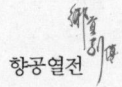
향공열전

"섭섭하네. 자네와 우리가 남인가? 손님이 왔으면 우리에게 소개를 했어야지!"

고적산인과 검성의 시선이 독고현에게로 향했다.

고적산인이 멍한 눈으로 독고현을 바라보았다.

도력이 높은 고적산인은 단번에 독고현에게서 죽음의 그림자를 발견했다. 그것은 언젠가 마제 화운비에게서 느껴지던 것과 같은 것이었다.

"허허허! 무림삼봉보다 윗줄을 뭐라고 해야 하나? 검공 자네, 참 재주가 좋구먼. 솔직히 어제까지만 해도 내 손녀와 엮어 주려고 했는데, 졌네. 졌어. 저 소저에 비하면 내 손녀는 그냥 시골처녀야. 죽은 내 처의 소싯적 모습을 보는 것 같구먼. 소저는 대체 뉘집 딸이오?"

검공의 물음에 독고현이 얼굴을 붉히며 답했다.

"소녀는 장안(長安) 독고가(獨孤家)의 장녀 현(玹)이라고 하옵니다."

"아! 독고현, 이름도 독보적으로 아름답구려. 선배님, 아까부터 왜 아무 말씀도 없으시오?"

아까부터 혼자 떠들던 검성이 고적산인의 옷깃을 슬그머니 잡아당겼다.

고적산인이 어색한 미소를 지으며 말했다.

"빈도는 무당파의 고적산인이라고 하오."

"네, 두 분의 존성대명(尊姓大名)은 귀가 따갑게 들었습니다.

강호의 신선 같은 분들을 뵈니 몸 둘 바를 모르겠어요. 오라버니를 따라다니니까 이런 날도 오네요."

"오히려 우리가 안목을 넓힐 수 있어서 영광이외다."

검성이 서문영을 위해 입에 침이 마르도록 독고현의 외모를 칭찬했다.

한참 만에 더 이상 쏟아낼 말이 없는 검성이 입을 다물자 장내는 조용해졌다.

고적선사는 담담한 눈으로 독고현과 서문영을 바라보았다.

서문영의 시선은 주로 독고현에게 머물렀지만, 때때로 먼 허공을 응시하기도 했다.

분위기가 가라앉을 때마다 독고현이 웃으며 이런저런 이야기를 꺼냈지만, 황실의 암투 속에서 자란 독고현인지라 이야기꺼리가 단순해 도움이 되지 못했다.

"아무래도 두 사람을 위해 우리가 자리를 피해 주어야 할 것 같구려."

고적산인이 서문영과 독고현에게 눈인사를 건넸다.

검성은 좀 더 남아 있고 싶었지만, 어쩔 수 없이 자리를 떠나야 했다.

두 사람이 떠나가자 숙소 앞은 갑자기 절간처럼 조용해졌다.

"오라버니, 무슨 생각하세요?"

"하늘이 참…… 높다는 생각."

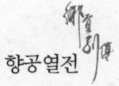
향공열전

서문영은 '하늘이 참 야속하다' 말하려고 했다. 자신이 법륜의 주인이 아니었으면 좋았을 것을. 그러고 보니 법륜을 완성하던 날 독고현은 독살 당했다.

 법륜은 독고현의 죽음과 뗄 수 없는 관계였다. '보국왕이 독고현을 통해 자신에게 말하려고 하는 것이 그것일지도 모른다'는 생각이 불현듯 들었다.

 '둘 중에 하나를 선택하라는 것인가?'

 지잉.

 심령에 자리 잡은 법륜의 진동이 느껴졌다. 법륜이 떨릴 때마다 머리가 터져 나갈 듯 아팠다.

 "오라버니, 어디 아프세요?"

 "아니, 아니, 나는 아프지 않다. 너는 어디 아픈 곳은 없느냐?"

 "……."

 서문영의 물음에 독고현이 배시시 웃으며 고개를 저었다.

 지잉.

 법륜이 거세게 진동했다.

 순간 이마의 상처가 터지며 선홍색 피가 흘러나왔다.

 "어머! 오라버니 얼굴에서 피가……."

 깜짝 놀란 독고현이 단숨에 달려왔다. 서문영에 대한 알 수 없는 두려움도 이 순간만큼은 잊었다. 독고현은 옷깃을 찢어 내 피를 닦아냈다. 독고현이 닦으면 닦을수록 서문영의 이마에서는 더욱 많은 피가 흘러나왔다.

"어, 어떻게 해요! 피가! 피가!"

독고현의 두 손이 모두 붉게 물들었다.

서문영은 독고현의 손을 잡았다.

"괜찮아. 깊은 상처가 아니야. 조금만 지나면 모두 괜찮아질 거야."

서문영은 자기 자신에게 계속해서 말했다.

조금만 지나면 모두 괜찮아질 거야. 조금만 지나면 모두 괜찮아질 거야. 조금만 지나면 괜찮아질 거야.

하지만 피는 쉽게 멎지 않았다. 이마에서 시작해 이제는 볼에서까지 흘러나왔다.

독고현이 공황상태에 빠지려고 하자 서문영은 급히 돌아섰다.

"오, 오라버니……."

"들어가서 쉬거라. 나는…… 치료를 받으러 가야겠다."

"네…… 다시 오실 거죠?"

"그래."

대답과 함께 서문영은 빠른 걸음으로 숙소를 벗어났다.

뒤쪽은 단 한 번도 돌아보지 않았다. 아무것도 모르는 독고현이 근심 어린 표정으로 서 있을 것 같아서다.

독고현에게서 멀어지자 들끓던 마음이 가라앉았다.

스멀스멀 흘러나오던 피도 멎었다.

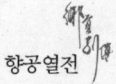

서문영이 떨리는 손으로 상처를 더듬어 나갔다. 상처는 거짓말처럼 아물어 있었다.

'마기에 당한 상처가 법륜의 진동에 민감하게 반응한 건가?'

서문영의 입에서 장탄식이 흘러나왔다.

독고현에게 가까이 가지 말아야 하는 이유가 하나 더 생겼다. 갑자기 속에서 뭔가 울컥! 하고 치밀어 올랐다.

서문영이 주먹으로 땅바닥을 힘껏 내리찍었다.

쿠웅.

결코 용서하지 않겠다. 독고현의 죽음에 관계된 자들을! 독고현의 안식을 방해한 자를! 그리고 독고현을 애써 잊으려는 자신을!

* * *

"중산(重山; 담운의 속명)에 관한 새로운 소식은 있소?"

고적산인의 물음에 단심맹의 맹주이자 무당파의 당대 장문인인 청암진인(靑巖眞人)이 조심스럽게 답했다.

"아직 없습니다. 그러나 단심맹의 이름으로 무림첩을 돌렸으니 곧 그를…… 찾게 될 겁니다. 검공에게 죄스러울 뿐입니다."

"그에게 속은 사람이 어디 장문인뿐이겠소? 인자한 얼굴로 자신의 직계제자들까지 살인멸구(殺人滅口)한 악마이니, 너무

살아 있는 것은 변한다 121

자신을 탓할 필요는 없소."

"그를 중용한 사람은 저이니…… 맹주 직은 물론 장문인 자리도 내어 놓을 생각입니다."

"……"

고적산인은 가타부타 말하지 않았다. 오래전부터 담운과 거리를 두라고 충고했는데, 그것을 받아들이지 않은 사람은 청암진인 자신이었다.

"장문인 직이야 그렇다고 해도, 단심맹에서까지 손을 떼려고 하시오?"

"예, 전쟁 중에는 장수를 바꾸지 않는다고 하지만…… 일이 너무 커져서 그래야 할 것 같습니다. 벌써부터 소질이 맹주 직에 연연해한다고 비난하는 사람들이 있습니다."

"쯧! 그 악적은 무슨 생각으로 적혈비에 손을 댔는지……."

고적산인이 안 됐다는 듯 혀를 찼다.

적혈비만 아니었어도, 담운의 악행(惡行)은 무당파 내부의 일로 수습될 수 있었다. 하지만 담운은 단심맹을 떠나면서 적혈비까지 훔쳐 달아났다.

적혈비는 단심맹은 물론 당금 무림의 최대 화두다. 그런 적혈비를 도난당하자 비난의 화살은 사람을 잘못 쓴 단심맹과 제자를 잘못 거둔 무당파로 쏟아졌다. 단심맹과 무당파에서 그 일을 책임질 사람은 청암진인뿐이었다.

청암진인이 문득 생각났다는 듯 말했다.

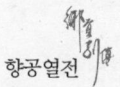
향공열전

"참! 조금 전에 개방에서 보내온 전서구를 받았습니다. 태청단이 잘 도착했다고 하더군요. 검공과 검성께 마음을 놓아도 되겠다고 전해 주십시오."

"잘됐구려. 두 사람 모두 그 일로 마음이 무거운 것 같더니……."

"그런데 검공은 왜 절영운검에게 그 일을 부탁한 걸까요? 내키지 않는 일이었을 텐데 말입니다. 철완도사(鐵腕道士)의 말을 들으니 검공이 오히려 더 적극적이었다고 들었습니다."

"허허! 그렇지 않아도 그에게 왜 후회할 일을 했느냐고 물은 적이 있소."

"뭐라고 하던가요?"

"마음으로는 믿어지는데, 머리로는 의심이 가더라고 합디다."

"어려운 일이로군요."

"나는 이해할 수 있었소. 그는 사물의 본질을 꿰뚫어 보는 심안(心眼)이 열린 사람이오. 분명히 절영운검의 인간됨을 알았을 게요. 하지만 시간이 지나면서 부정적인 말들이 쏟아져 나오니 심란했겠지……. 지금 그의 고민은 '마음이 믿은 것을 왜 의심하고 번민하는가?' 라 하더이다."

"그래도 경솔한 선택이었습니다. 결과가 좋았으니 망정이지…… 까딱 잘못했으면 화산파가 검공에게 씻지 못할 죄를 지을 뻔하지 않았습니까?"

"쯧! 나무를 보지 말고 숲을 보도록 하시오. 검공이 전인미답(前人未踏)의 경지에 이른 것은 분명하나 그는 아직 이십 대 후반의 젊은이요. 마음이 가는 대로 머리가 따라가려면, 인생의 경륜이 필요하지 않겠소? 만약 그가 '마음이 가는대로 몸이 가는 경지'에 이르면 우리는 그를 검공이라 부르지도 못할 게요. 검공과 같은 경지의 사람이니 절영운검에게 태청단을 맡긴 것이라오. 아직 자신의 능력을 정확히 몰라서 생긴 부질없는 번민일 뿐……."

말과 함께 고적산인이 자리에서 일어났다. 검공과 검성에게 좋은 소식을 전하기 위해서다.

"나오지 마시구려."

청암진인이 머슥한 표정으로 고적산인을 배웅했다.

홀로 남겨진 청암진인의 표정이 어둡게 가라앉았다. 조금 전 맹주와 장문인의 자리에서 물러나겠다고 했을 때 고적산인은 인사치레로라도 만류하지 않았다. 청암진인은 왠지 섭섭했다. 서문영의 일에는 큰 이해심을 보여주면서 동문의 일에는 왜 그처럼 냉정한지.

"무당파 통합의 부작용인가……."

*　　　*　　　*

고적산인은 서문영에게 태청단이 잘 전해졌음을 알려 주고,

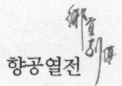

곧바로 검성을 찾아갔다.

검성은 폐관수련을 해야 하지만 아직 화산파로 떠나지도 못하고 있었다. 담운의 일로 무당파를 욕하다가 우연히 철완도사에게 "절영운검이 검공의 태청단을 꿀꺽 할지도 모른다"는 청천벽력 같은 소리를 들었기 때문이다.

오늘도 검성은 한껏 시름에 잠긴 얼굴이었다.

고적산인은 치밀어 오르는 웃음을 누르며 다 이해한다는 표정으로 물었다.

"후배님, 화산파로 언제 가려고 그러시는가?"

고적산인의 말에 검성이 복잡한 표정으로 답했다.

"사제의 소식을 듣고 난 뒤에 움직이려고 합니다. 시절이 수상하니 걱정이 되는군요. 괜히 천명회의 잔당들과 시비나 붙지 않을 런지…… 제가 칠대마인을 들쑤셔 놓아서 그것도 신경이 쓰이고…… 살아남은 칠대마인들이 작정하고 사제를 노린다면, 그것도 큰일이 아닙니까."

"절영운검이 잠적할 것이라고는 생각하지 않는 것 같군?"

"사제는 그럴 사람이 아닙니다."

검성이 단호하게 부인했다.

고적산인은 어딘지 어설퍼 보이는 검성의 표정을 더 즐기기로 했다.

"후배님은 절영운검과 별로 친한 것 같지 않은데…… 어떻게 확신하는가?"

"친하다고 해서 상대를 다 알 수 없고, 다소 소원한 관계라고 해서 상대를 모를 수 없지요. 사제와 가깝게 지내지는 못했지만, 그의 사람됨은 누구보다 잘 알고 있습니다."

"……."

검성의 말에 고적산인은 깨달아지는 바가 있었다.

"과연 그렇군! 검공이 그에게 태청단을 맡긴 것은…… 정말 그의 인물됨을 간파했기 때문이었던 거로군!"

"저도 그렇게 생각하고 있습니다. 물론 사제에게 얼마간의 공명심(功名心)이 있는 것은 사실입니다. 하지만 그건 평소 저의 이름에 가려진 것 때문이지, 그가 유달리 성공에 집착해서는 아닙니다."

"허허! 후배님이 그토록 사제를 믿고 있으니 더 이상 장난을 치지 못하겠구먼. 조금 전에 맹주를 만나고 왔네. 태청단이 잘 도착했다는 연락을 받았다더군. 절영운검의 일은 더 이상 걱정하지 않아도 되네."

검성이 환한 얼굴로 되물었다.

"정말입니까? 상무극이 딴 짓 하지 않고 잘 전해 주었답니까?"

믿고 있다고 했지만 검성 역시 상무극이 달아날까봐 잔뜩 긴장하고 있었던 모양이다.

고적산인은 피식 실소를 흘리고 말았다. 마음으로 믿는 것과 머릿속으로 받아들이는 것은 이렇게나 큰 차이가 있는 것

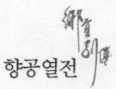
향공열전

이다.

"그렇다네. 그러니 이제 자네도 화산파로 돌아가도록 하게. 마제 화운비나 천명회 고수들을 생각하면 장안은 더 이상 안전한 곳이 아니네."

"그러는 선배님은 왜 남아 계십니까?"

"흠! 나에게는 검공의 일을 끝까지 지켜보아야 하는 사명이 있다네."

"하하! 누가 선배님에게 그런 사명을 맡겼습니까?"

"하늘일세. 나에게 천기(天機)의 흐름을 알게 한 것은 그런 이유에서라고 믿고 있네."

"헐! 결국 선배님 혼자만의 다짐 아닙니까?"

"그래, 그렇다고 해두지."

고적산인은 "검공의 주변에 있는 사자(死者) 때문에라도 남아 있으려고 한다"는 말은 차마 하지 못했다. 도가 깊어 스스로 알게 된다면 모를까, 다른 사람에게 전하기 어려운 이야기였다. 특히나 서문영과 독고현의 관계는 더욱 그랬다.

"선배님, 지금의 우리는 보통 사람들보다 겨우 조금 더 나은 정도입니다. 그런데도 검공의 곁에 남아 있는 게 도움이 되겠습니까?"

"검공을 직접 도울 수는 없겠지. 하지만 그의 곁에서 지켜봐 줄 수는 있다네. 때로는 지켜봐 주는 것이 큰 힘이 될 때가 있다네."

"그렇다면 저도 남아서 지켜보고 싶습니다."

"입장을 바꿔서 후배님이 젊었을 때를 생각해 보게. 늙은이 둘이 뒤를 따라다니면 어떨 것 같은가?"

"……."

검성이 질렸다는 표정으로 고개를 흔들었다.

결국 혼자 화산파로 돌아가라는 소리다. 고적산인이 저렇게까지 말할 때에는 이유가 있을 것이다.

"알겠습니다. 말씀대로 따르지요. 그런데 검공의 손님으로 와 있는 독고현이라는 소저 말입니다. 분위기가 어딘지 모르게 묘하지 않습니까?"

"응? 묘하다니?"

고적산인이 뜨끔한 표정으로 검성을 바라보았다. 혹시라도 검성이 이상한 낌새를 눈치챈 게 아닌가 하는 염려가 들었다.

"뭐라고 할까, 전체적으로 상당히 비상한 머리를 가진 것 같은데…… 순간순간 백치미적인 아름다움이 느껴진다고 할까요?"

"그게 뭐?"

"좀 이상합니다. 검공에게 집착하는 것 같이 보이는데, 검공에게 가까이 다가가지도 않는 것 같고…… 무엇인가 뒤죽박죽 된 사람 같다는 느낌입니다. 지혜로우면서도 멍해 보이고, 눈으로는 검공만 바라보는 것 같은데 검공과 상당한 거리가 느껴지고…… 선배님은 아무렇지도 않던가요?"

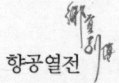
향공열전

"이상할 것 없네. 그런 게 바로 젊은 사람들의 밀고 당기기가 아니겠는가?"

"흐음!"

검성의 입에서 침음성이 흘러나왔다. 고적산인의 말에 쉽게 납득이 가지 않아서다.

'그런 기이한 분위기가 정말 젊은 남녀의 밀고 당기기일까?'

모를 일이다.

"그래, 그런 걸 이해 못하는 자네에게도 호시절이 있었을 테지. 자고로 젊은 남녀란, 가까운 듯 멀고 먼 듯 가까운 사이가 아닌가! 화산파로 돌아가거든 깊이 명상해 보게. 명상으로도 모르겠거든 이 기회에 새장가를 들어 보는 것도 좋겠지."

"하하! 이 나이에 무슨 새장가를 가라고 하십니까?"

"본래 고목(古木)에서 피는 꽃이 더 아름다운 법일세."

"진심이십니까?"

"어허! 이 사람! 정말 내 핑계 대고 새장가를 갈 기세로군! 그 열정으로 명상을 하게. 못해도 반년이면 내력이 회복될 걸세. 몸부터 만들고 다시 생각해 보게나."

"오늘 선배님 덕분에 큰 깨우침을 얻었습니다. 밀고 당기기라……."

밀고 당기기의 법칙으로 보니 독고현과 서문영의 관계가 이해가 됐다. 당연한 현상을 자신은 왜 이상하다고 생각했을까!

"알았으면 어여 화산으로 돌아가시게."

"선배님과 검공에게만 너무 짐을 지우는 것은 아닌지 염려가 됩니다."

검성의 음성이 진중하게 가라앉았다. 뇌옥에서 빠져나온 이후로 뭔가 이상하게 돌아가는 느낌을 받았다. 그건 단지 단심맹과 천명회의 눈에 보이는 전쟁 같은 게 아니었다. 그보다 더 크고 위험천만한 뭔가가 단심맹과 서문영의 주변에 있었다.

"후배님도 이 기회에 도력(道力)을 닦아 보는 것이 어떻겠는가?"

"쩝! 그게 닦는다고 닦아지겠습니까? 다 타고난 대로 살아가는 게지요. 무당파에도 약선 같은 분이 계시지 않았습니까?"

"쯧쯧! 약선이 평생 단약만 만든 사람인 줄 아는가? 그에게 도력이 없었다면 태청단도 세상에 나오지 못했을 걸세."

"끙! 알겠습니다. 더 관심을 기울이도록 하겠습니다."

"지금 그 말 기억해 두겠네."

"설마 도력을 측정하는 술법이라도 익히고 계신 겁니까?"

"그런 술법이 있다면 천하가 이처럼 어지럽겠는가!"

"……."

검성은 묵묵히 고개를 끄덕였다. 세상만 욕할 것이 아니다. 도사와 승려의 세계도 세상만큼이나 거짓이 판을 쳤다. 얼마 전 파문당한 담운은 빙산의 일각에 불과하다.

지금도 부도덕과 탐욕에 물든 도사와 승려들에게 생명과 재

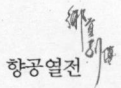

산을 헌납하는 백성들이 부지기수였다.

"먼저 가겠네."

공력을 상실한 고적산인이 터벅터벅 걸어갔다.

검성은 멀어져 가는 고적산인의 뒷모습을 향해 고개를 숙였다.

그렇게 하라고 내몬 사람도 없고, 대가로 얻을 것도 없다. 알아주고 기념해 줄 사람도 없건만, 고적산인은 노구(老軀)를 이끌고 풍파(風波) 속으로 걸어가고 있었다.

"천하무쌍 고적산인……."

고적산인과 같은 도사는 전에도 없고, 후에도 없을 것이라는 생각이 든다. 그런 의미에서 고적산인의 별호는 잘 붙여진 것이었다.

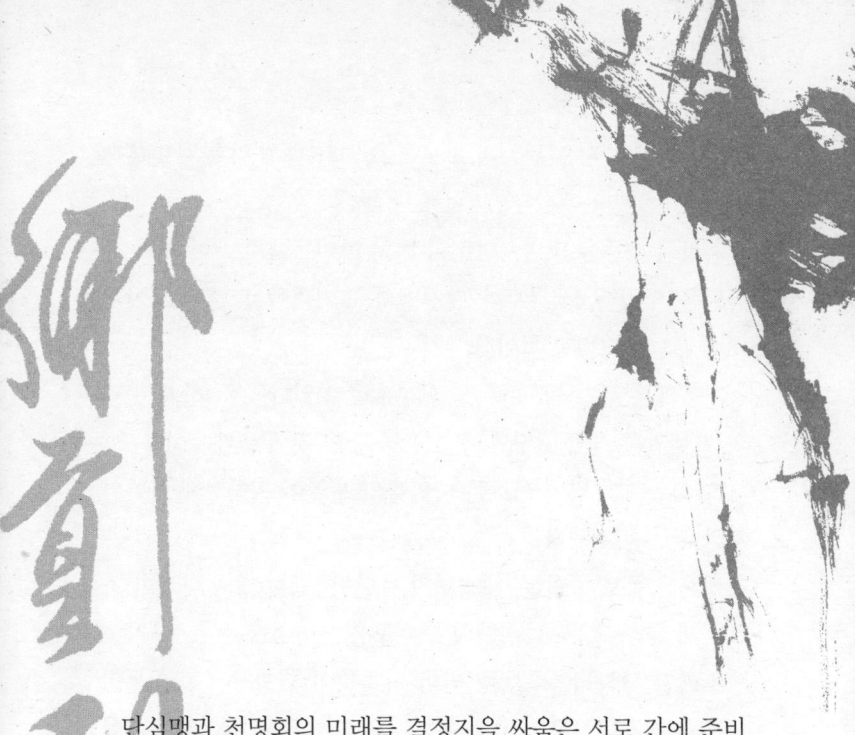

단심맹과 천명회의 미래를 결정지을 싸움은 서로 간에 준비나 예비동작도 없었다.

숭산 소림사를 출발한 정파 지사들과, 개봉에서 소림사로 진군하던 천명회의 고수들이 관도(官途)에서 만나고 만 것이다.

단심맹과 정파지사들은 천명회가 숭산으로 다시 오고 있을 줄은 꿈에도 몰랐던지라 처음에는 멍하니 상대를 바라보기만 했다.

놀라기는 천명회의 고수들도 마찬가지다. 소림사로 도망갔던 단심맹의 고수들이 감히 자신들의 뒤를 밟아 오고 있었다니!

"쳐라!"

누구의 입에서 나왔는지도 모를 소리와 함께 양측은 맞부닥쳤다.

혼란의 와중에 소면시마는 주변의 마인들에게 백여 개의 마신단을 뿌렸다. 생각보다 단심맹의 떨거지들이 많아 보여서 내심 부담스러웠던 것이다.

처음에는 누가 봐도 백중지세(伯仲之勢)였다. 순수하게 숫자와 기세만을 가지고 정면 승부를 하게 된 것이기 때문이다.

그러나 백여 명에 이르는 마인들의 눈알이 획하고 돌아가면서 상황은 바뀌었다.

생사를 돌보지 않는, 내력까지 충만한, 백여 명의 마인이 파죽지세(破竹之勢)로 단심맹의 고수들을 몰아쳤다.

부러진 팔다리를 덜렁거리며 악착같이 달라붙는 마인들의 모습은 흡사 지옥도(地獄道)를 보고 있는 듯한 착각을 불러일으켰다.

"으으! 미쳤다!"

"마물(魔物)이다! 마물!"

심지가 약한 사람들이 뒤로 몸을 빼기 시작했다.

그러자 둑이 터지듯, 팽팽하게 유지되던 전열은 단숨에 무너져 버렸다.

"크흐흐! 죽어라! 죽어!"

"크하하하! 놈들이 달아난다! 모두 죽여!"

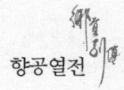
향공열전

석도문이 공허한 눈으로 주변을 쓸어 보았다.

몇 날 며칠을 계획했던 싸움은 이런 게 아니었다.

적의 뒤를 그림자처럼 따르다가 기습적으로 치고 들어가 치명타를 가하는 것이 본래 하산(下山)의 목적이 아닌가!

하지만 아군은 입에 거품을 물고 달려드는 적의 기세에 밀려 사방팔방으로 흩어지고 있었다.

'이미 진 싸움이다.'

석도문이 이를 악물었다.

그래도 이 마구잡이식 개싸움 와중에 제대로 건진 게 하나 있다. 그것은 벼르고 벼르던 최강 마인들과 전대고수들의 대결이다.

전대고수들이 내뿜는 투기가 호승심을 자극한 것일까?

다섯 명의 마인은 수하들도 거느리지 않고 느긋하게 다가와 눈앞에 도열했다. 그래도 무인이라고 제대로 해보자는 얼굴들이다.

석도문이 저도 모르게 인상을 찡그렸다.

'누가 합류한 건가?'

예상했던 수보다 하나가 더 늘어난 것이 영 불안했다. 하지만 그렇다고 싸움을 무를 수도 없다. 친선을 도모하자는 비무대회가 아니지 않은가!

'피차 머릿수는 같다.'

다섯 명의 마인과 다섯 명의 기인이다.

석도문은 다섯과 다섯의 싸움이라고 스스로를 납득시켰다. 자신의 존재가 다른 기인들에 비하면 많이 부족했지만, 어쩔 수 없는 문제였다.

초혼요마가 히죽 웃으며 말했다.

"뭐야? 안 싸워? 관상 봐주러 나온 거야?"

"……."

초혼요마의 도발에도 전대의 기인들은 함부로 움직이지 않았다. 그들 역시 자기편이 불리하다는 것을 온몸으로 느끼고 있었던 것이다.

"안 싸울 거면 집에서 손주들 재롱이나 보지 여기까지는 왜 기어 나온 거야? 착한 며느리가 멀리 나가서 죽어달라고 했구나?"

"……."

묵묵히 전황을 둘러보던 천중일검이 느릿하게 말문을 열었다.

"노부는 천중일검 양소천이라고 하오. 이러니저러니 해도 싸움은 결국 고수들의 대결로 결판이 나더이다. 피차에 물러서기 어려운 상황이니 한바탕 드잡이질만 남은 것 같은데…… 유치하게 상대를 자극하지 말고 강호의 존장(尊長)다운 모습을 보입시다. 무림에서 칠대마인이라면 모두가 높게 쳐주는데, 자신의 손으로 얼굴에 똥칠을 해서야 되겠소?"

천중일검의 정중한 말에 초혼요마가 즉시 대꾸했다.

"우리를 죽이겠다고 몰려온 늙은이들이 비무대회에 나온 청소년처럼 체면을 차리자고? 에라! 이 부끄러운 줄 모르는 늙은이야!"

계속된 조소에 분노한 천중일검이 한 마디 하려는 순간이다.

평소 남의 눈을 제법 의식하며 살아가던 옥면수라가 불쑥 끼어들었다.

"흘흘! 요마야 너무 나대지 말아라. 보는 사람도 많은데 구색을 갖추어서 나쁠 게 뭐가 있겠느냐?"

사실 지금 옥면수라는 "칠대마인을 높게 쳐준다"는 천중일검의 말에 마음이 좀 너그러워진 상태였다. 살아생전 천중일검과 같은 정파의 명숙에게 대접받는 날이 올 줄이야!

하지만 초혼요마는 천중일검을 표독스럽게 노려보며 냉소를 쳤다.

"흥! 당신 같은 늙은이는 고운 말을 하며 상대를 죽이는지 몰라도 나는 안 그러거든. 뻔한 상황에서 말 빙빙 돌리며 잔머리 쓰는 것들은 딱 질색이야. 늙은이들! 제삿밥 먹고 싶으면 빨리 칼이나 뽑아. 벽에 똥칠할 때까지 살고 싶으면 저 인간들처럼 달아나고."

초혼요마의 손이 달아나고 있는 정파인들을 가리켜 보였다.

천중일검은 물론 곁에 서 있던 네 명의 고수들까지 붉그락푸르락 한 얼굴로 초혼요마를 노려보았다. 살다 살다 이런 모욕은 처음이었던 것이다. 다섯 명 모두 정상적으로 말이 통하지 않는 상대를 처음 만난 얼굴들이었다.

옥면수라가 천중일검에게 손사래를 쳐보였다.

"흐흐! 본래 이년이 막돼먹은 년은 아닌데, 종종 미친 망아지처럼 길길이 날뛴다오. 사연이 많은 년이라 그러니 한 귀로 듣고 흘려버리시구려."

좋게 넘어가자는 말을 나름 농담으로 풀어낸 것이다. 하지만 옥면수라의 이 한 마디 말은 돌이키기 어려운 결과를 가져와 버렸다.

초혼요마의 눈에서 붉은 광채가 줄기줄기 뻗어 나왔던 것이다. 그것도 천중일검을 비롯한 정파인이 아니라 옥면수라를 향해서 말이다.

"오호홋! 더러운 입에 나의 과거를 담다니! 그러고도 살기를 바랐더냐!"

적안마공(赤眼魔功)이 펼쳐지자 옥면수라는 하얗게 질린 얼굴로 소리쳤다.

"미, 미쳤구나! 우리의 적은 단심맹이다!"

그러나 초혼요마는 살기를 풀풀 내뿜으며 답했다.

"우리라니? 언제 봤다고 우리야? 곱게 죽기나 해!"

옥면수라가 급하게 뒷걸음질 쳤다. 적안마공의 범위에서 벗어나려는 것이다. 그러나 너무 가깝게 붙어 있었던 것일까? 몇 걸음 가지도 못하고 몸이 뻣뻣하게 굳어갔다.

"미친년! 피아(彼我)를 구별할 줄도 모르다니! 오냐오냐 했

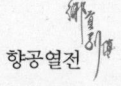
향공열전

더니 뵈는 게 없더냐!"

더 이상 피할 수 없게 되었다고 느낀 옥면수라가 검을 뽑아들었다. 말과 함께 전신 공력을 끌어 올려 진기를 일주천시켰다. 그제야 굳어가던 몸이 조금 풀리는 듯했다.

초혼요마가 두 손을 현란하게 휘두르며 달라붙었다.

"그냥 죽어!"

휘리리릭.

허공에 하얀 손바닥이 떠올랐다. 손바닥은 바람에 날리는 꽃잎처럼 이리저리 흔들리며 옥면수라를 향해 날아갔다.

"헉! 섬섬옥수(纖纖玉手)?"

다짜고짜 펼쳐진 초혼요마의 절기에 마인들의 입에서 신음이 흘러나왔다. 그제야 초혼요마의 출수가 단지 겁을 주기 위한 것이 아님을 알았던 것이다.

큰소리치며 검을 뽑아든 옥면수라의 얼굴도 잿빛으로 물들었다. 섬섬옥수는 초혼요마가 반드시 상대를 격살하고자 할 때 펼치는 무공이다. 한순간에 목숨을 내놓아야 할 정도로 자신이 잘못했단 말인가?

"진짜 미쳤구나!"

옥면수라가 혼신의 힘을 다해 검을 휘둘렀다. 자신의 성명절학을 사용할 틈도 없었다. 지금은 사방에서 휘몰아쳐 오는 손바닥을 쳐내야 했다.

퍼퍼퍼펑.

손바닥과 검이 만날 때마다 둔중한 음향이 울려 퍼졌다.

 퍽.

 나비처럼 흐느적거리던 손바닥 하나가 옥면수라의 어깨로 떨어져 내렸다.

 옥면수라의 어깨가 금방 피로 물들어갔다.

 한쪽 어깨가 상하자 옥면수라의 움직임은 더욱 둔해졌다. 적안마공에 무거워진 몸에 부상까지 당했으니 그럴 수밖에 없다.

 퍼퍼퍽.

 곧이어 손바닥 여러 개가 옥면수라의 몸에 내려앉았다.

 소면시마의 인상이 일그러졌다. 적전분열, 적전분열 말만 들었지 눈으로 보기는 처음이다.

 울화가 치밀어 올랐지만 나서지 않았다. 싸우기 전이라면 모를까, 지금은 끼어들 수도 없었다. 두 사람의 공력을 고스란히 받아 내야 하기 때문이다.

 "크흑!"

 마침내 옥면수라의 입에서 고통스러운 신음이 흘러나왔다.

 옥면수라의 무릎이 지면에 닿았다.

 정파의 기인들과 마인들 모두 순식간에 벌어진 일에 놀란 표정을 감추지 못했다. 옥면수라가 초혼요마의 손에서 반각(半刻; 약 7-8분)을 넘기지 못한 것이다.

 초혼요마가 빙글 돌아섰다.

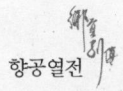

옥면수라의 입술이 움찔거렸다. 분한 표정으로 보아 욕이라도 내뱉으려는 것 같았다.

하지만 옥면수라는 아무런 말도 하지 못했다. 가슴에 가득한 욕설 대신 옥면수라의 입술로 검붉은 핏물이 꾸역꾸역 밀려나왔다.

털썩.

옥면수라의 얼굴이 지면에 닿았다. 절명한 것이다.

소면시마가 옥면수라의 곁으로 뚜벅뚜벅 걸어가는가 싶더니 시신을 거칠게 걷어찼다.

"병신 같은 놈! 잘 죽었다! 천중일검에게 아부를 떨기 위해 요마를 깎아내리다니! 내가 요마라면 찢어 죽였을 것이다!"

퍽퍽퍽.

옥면수라의 시신을 몇 번 더 걷어차던 소면시마가 웃는 얼굴로 돌아섰다.

"자아, 이제 본론으로 들어갑시다. 언제부터 우리가 말로 싸웠다고? 얼른 짝을 지어 끝을 봅시다. 내 손에 죽고 싶은 분이 누구요?"

"……"

은연중에 무리의 대표 역할을 해온 천중일검이 주변을 둘러보았다.

마인 넷에 정파의 고수 다섯이다. 비록 자기편이 다섯이지만 석도문은 큰 도움이 되지 못한다. 결국 한 사람이 마인 하나를 상대해야 한다는 소리다.

초혼요마를 피하고 싶었던 천중일검이 한 걸음 나섰다.

"노부가 그대를 상대해 드리리다."

천중일검이 먼저 나서자 남은 네 기인의 표정이 복잡해졌다. 그들 역시 초혼요마 만큼은 상대하고 싶지 않았던 것이다. 칠대마인의 하나인 옥면수라를 고작 반각 만에 쳐 죽인 초혼요마니 아무래도 부담스러운 것이다.

해월선사가 혈불의 앞으로 걸어갔다.

"불문(佛門)의 파문제자는 아무래도 빈승이 맡아야겠지요."

혈불이 어이가 없다는 표정으로 해월선사를 바라보았다.

"땡중아! 파문제자라니? 본인은 단 한 끼도 절밥을 먹은 적이 없다! 여승은 몇 번 먹어 왔지만. 크흐흐흐!"

"소림사의 불목하니로 있다가 달아난 것을 내가 모를 줄 알았는가? 그대의 절학이 장경각에 보관되어 있던 칠절마공(七絶魔功)이니, 그대는 불문의 파문제자가 맞다."

"……"

혈불의 얼굴이 붉게 달아올랐다. 소림승들이 금서(禁書)로 정하고 쳐다보지도 않던 마공이 칠절마공이다. 그런데 그것을 알고 있었을 줄이야!

"소림사도…… 칠절마공을 익혔다냐?"

혈불의 말에 해월선사가 담담한 음성으로 말했다.

"아니요. 진경(眞經)을 읽은 사람이 나고, 필사본을 가지고

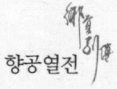
향공열전

달아난 사람이 그대일 뿐이오."

"……"

더 할 말 없다는 듯 혈불이 어깨를 으쓱해 보였다.

잔혈검귀의 얼굴에 조소가 떠올랐다. 그동안 혈불을 소뢰음사(小雷音寺)에서 사고를 치고 나온 마인으로만 알고 있었다. 물론 혈불이 자신의 입으로 그렇게 말한 적은 없다. 하지만 사람들이 혈불을 소뢰음사 출신이라고 할 때, 혈불은 애써 부인하지 않았다. 그런데 소림사의 불목하니였다니?

'이제 보니 족보도 없는 잡놈이었군…….'

문득 '이번 싸움이 지나고 나면 혈불도 좀 잠잠해질지 모르겠다'는 생각이 뇌리를 스치고 지나갔다. 혈불은 칠대마인 가운데 소면시마에게 고분고분하지 않은 유일한 사람이었다. '소뢰음사의 혈불'이 소면시마에 맞서는 것과 '소림사 불목하니 혈불'이 맞서는 것은 확실히 느낌이 다르지 않은가!

생각에 잠긴 잔혈검귀의 앞으로 한 노인이 다가왔다. 천뢰신창이었다.

"노부는 평소에 검술의 고수와 창을 맞대고 싶었소."

"흐흐! 생각은 생각으로 끝내는 것이 좋았을 텐데……."

"……"

천뢰신창이 묵묵히 창을 앞에 세웠다. 천뢰신창의 전신(全身)에서 투기(鬪氣)가 폭풍처럼 일어났다.

"성질이 급한 늙은이로군. 아니면 내가 만만하게 보였던가……."

 잔혈검귀가 짜증이 가득한 얼굴로 검을 뽑았다.

 하지만 천뢰신창이나 잔혈검귀는 곧바로 싸움을 시작하지 않았다. 아직 초혼요마와 무주공선이 어떻게 할지 모르는 까닭이다.

 초혼요마의 눈치를 살피는 것은 잔혈검귀나 천뢰신창만이 아니었다. 조금 전에 벌어진 옥면수라의 일로 마인과 전대기인 모두가 긴장하고 있었다.

 마인들은 같은 편도 쳐 죽이는 초혼요마의 꼴통짓에, 정파의 기인들은 옥면수라를 해치운 요마의 무공에 마음이 놓이지 않았던 것이다.

 그중에서도 가장 신경 쓰고 있는 사람은 소면시마다. 초혼요마가 미친 척하고 마인들에게 실수를 쓰면 판이 뒤집어지는지라 출수(出手)도 미루고 있었다.

 사태를 파악한 무주공선의 입에서 가벼운 한숨이 흘러나왔다. 가장 껄끄러운 사람의 상대로 자신이 남겨진 게 마음에 들지 않는다는 표정이다.

 사람들의 시선이 모아지자 무주공선이 먼저 움직였다.

 "아이야, 노부는 무주공선이라고 한다."

 무주공선이 다가오자 초혼요마가 차갑게 말했다.

 "당신은 다른 사람들과는 조금 다르군요. 지금이라도 그냥 돌아가는 게 어때요?"

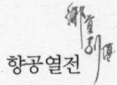
향공열전

무주공선의 눈에 이채가 떠올랐다.
"너는 무엇이 다른지 알 수 있겠느냐?"
"……."
초혼요마의 고운 아미가 찌푸려졌다. 하지만 그것은 불쾌해서가 아니다. 노인의 하대(下待)는 그다지 귀에 거슬리지 않았다. 정작 초혼요마를 고민하게 만드는 것은 노인에게서 느껴지는 이해할 수 없는 기운이다.

노인은 추측하기 어려울 정도의 욕망과 그에 버금가는 허무로 가득했다. 천명회의 앞길을 막고 있는, 단지 공명(功名)에 목숨을 건 다른 정파의 고수들과 다르게 말이다.

초혼요마는 어려서부터 미염흡정공으로 타인의 정혈을 흡수해 왔다. 그런데 미염흡정공의 최고 경지에 이르게 되자 전에 없던 능력이 생겨났다.

애쓰지 않아도 사람의 성정(性情)을 알 수 있게 된 것이 그것이다. 초혼요마의 손속이 잔혹해진 것도 실은 그런 이유 때문이다. 상대를 보면 죽일 놈인지 아닌지 알 게 되니 동정심이나 망설임 따위가 파고들 틈이 없었던 것이다.

노인에게서 느껴지는 욕망을 생각하면 칠대마인은 순수할 정도다.

초혼요마가 붉은 혀끝으로 입술을 축였다. 그럼 죽여야지. 물러날 기미를 보이지 않는 욕망 덩어리에게 자비를 베풀어줄 정도로 막 살지는 않았으니까.

"뭐가 다르냐고? 달라 봤자 그놈이 그놈이지. 그런데, 같은 편과 다르다는 말이 꽤나 듣고 싶었나 보네? 일행이 마음에 안 들었나 봐? 줄을 잘못 선 거 아냐?"

초혼요마의 말투는 처음으로 돌아가 있었다. 얼굴에도 희롱하는 듯한 특유의 요염한 표정이 떠올랐다. 초혼요마와 같은 마녀가 요염한 표정을 짓는다는 것은 전투준비가 끝났다는 뜻이다.

무주공선이 인상을 찡그리며 고개를 설레설레 저었다. 방심하다가 허를 찔렸다. '그토록 오래 살았건만 여자의 마음은 여전히 모르겠다'는 생각이 뇌리를 스친다.

"내 눈에 들기란 쉬운 일이 아닌데, 복이 많은 아이로구나. 너 때문에 계획이 조금 틀어졌지만, 오늘 너를 죽이지는 않겠다."

"호호호! 고마우셔라. 그런데 능력이 될까 몰라?"

말과 함께 초혼요마의 눈이 붉게 물들었다. 적안마공을 펼치고 있는 것이다.

초혼요마를 지켜보고 있던 마인들과 정파의 기인들이 일제히 시선을 돌렸다. 적안마공의 붉은빛을 보면 몸이 둔해지니 미리 외면해 버린 것이다.

그러나 무주공선은 담담한 눈으로 초혼요마를 응시했다.

자존심이 상한 초혼요마가 번개처럼 달려가며 손을 휘저었다.

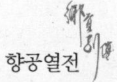
향공열전

하얗게 빛나는 손바닥 두 개가 둥실 떠오르는가 싶더니 이내 무주공선의 가슴으로 날아갔다.

무주공선이 한 걸음 물러났다. 물러나는 무주공선의 손에는 한 자루 고색창연한 보검이 들려 있었다.

"소수마공(素手魔功)이라면 황도십이검(皇圖十二劍)의 상대가 될 만하지!"

무주공선의 검이 한 차례 떨리는가 싶더니 두 가닥 검기가 쏘아져 나와 손바닥을 꿰뚫었다.

퍼펑.

초혼요마의 얼굴이 더욱 요염하게 변해갔다.

상대의 검공이 평범하지 않다는 것을 깨달은 초혼요마는 우뚝 멈춰 섰다.

"제법이구나! 그래도 아직 멀었다!"

초혼요마의 두 손이 허공에서 현란하게 움직였다. 무수히 많은 손바닥이 팔랑거리며 무주공선을 향해 날아갔다. 섬섬옥수가 다시 펼쳐진 것이다.

무주공선이 호기로운 음성으로 소리쳤다.

"어디 보자! 제법 많구나! 그래도 모두 잡아먹어라! 황도칠검(皇圖七劍) 사자진공(獅子進空)!"

콰아앙!

뜻밖에도 무주공선의 검신(劍身)에서 굉량(宏量)한 소리가 터져 나왔다.

그것은 마치 호랑이나 사자가 포효(咆哮)하는 것 같았는데, 대전(對戰) 상대를 응시하고 있던 사람들이 움찔하고 놀랄 정도로 컸다.

 '헛!'

 기세등등하던 초혼요마의 얼굴이 당혹감으로 발갛게 물들어갔다.

 무주공선의 검에서 뛰쳐나온 검기는-정말 뛰쳐나왔다고밖에 표현할 수가 없다- 한 마리 사자처럼 허공에 떠 있는 손바닥을 물어뜯었다.

 '사자모양의 검기라니?'

 강호를 종횡하며 수많은 무공을 접해 봤지만, 저런 무공은 구경은커녕 들어본 적도 없다.

 황망한 와중에도 초혼요마는 무주공선의 검끝에서 쏟아져 나온 검기를 노려보았다. 적당한 대비책을 찾지 못한다면 무주공선이 말한 대로 이루어질 것이었다. 상대의 의지에 자신의 생사를 맡긴다는 것은 있을 수 없는 일이다.

 초혼요마는 무주공선의 검기가 손바닥을 모두 찢어발기자 뒤로 십여 걸음이나 물러섰다. 강호에 나온 이래로 오늘처럼 암울한 적도 없지만, 이쯤에서 포기할 생각은 없었다. 자신의 절기는 남들에게 알려진 것처럼 소수마공이 아닌 까닭이다.

 무주공선의 검공을 지켜보던 소면시마가 나직이 중얼거렸

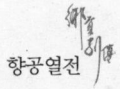
향공열전

다.
 "요마가 물러서다니…… 오래 살고 볼일이로군."
 그런 소면시마의 맞은편에 서 있던 천중일검이 검을 뽑았다.
 "우리도 시작해야 하지 않겠소?"
 "……."
 소면시마가 떨떠름한 표정으로 천중일검을 바라보았다. 무주공선의 무공을 좀 더 보고 싶었는데 천중일검의 생각은 다른 듯했다. 소면시마는 '시간을 좀 달라고 하면 줄까?' 생각했지만, 부질없는 짓이라는 생각에 고개를 저었다.
 공력을 끌어 올리던 소면시마는 그래도 미련이 남는지 슬며시 물었다.
 "그런데 저 무주공선이 십 년 전에 황하의 수적들을 도륙했다는 그 무주공선이오?"
 천중일검이 고개를 끄덕였다.
 "노부도 그렇다고 알고 있소. 그리고 오늘 귀하의 상대는 무주공선이 아니라 나 천중일검 이외다."
 "……."
 소면시마가 미심쩍은 표정으로 무주공선을 힐끔거렸다. 초혼요마에 맞설 정도의 무공이면 사파에 소문이 나도 크게 났을 터인데, 무주공선은 그저 장강어옹(長江漁翁) 정도의 무위(武威)로 알려져 있었다. 그리고 당연히 장강어옹은 초혼요마의 꼬리만 봐도 미친 듯이 달아날 위인이다.

"허어! 이해가 안 가는군……."

갑자기 천중일검이 "흥!" 하는 냉소와 함께 한 걸음 내딛으며 검을 찔렀다.

검극(劍戟)에서 쏘아진 검기가 소면시마의 얼굴로 날아갔다.

"이크!"

소면시마가 급하게 허리를 틀어 검기를 뒤로 흘렸다.

천중일검이 딱딱한 음성으로 말했다.

"나도 귀하를 이해할 수 없소. 격장지계를 쓰고 있는 것이라면 모를까, 그렇지 않다면 귀하는 우리의 싸움에 신경을 더 쓰는 게 좋을 것이오. 나는 귀하를 그냥 보낼 생각이 없으니까!"

천중일검은 정파의 대협객답게 기습으로 승기를 잡고 싶지 않았다.

사실 검기를 날린 것도 단지 경고의 의미였다. 소면시마를 정정당당하게 꺾고 싶었던 것이다.

돌연 소면시마의 입술에서 뒤틀린 웃음이 흘러나왔다.

"크크크크! 나를 그냥 보낼 생각이 없다고? 옥면수라가 애송이들 버릇을 다 버려놨군! 하룻강아지 범 무서운 줄 모른다더니, 네놈이 딱 그 짝이로구나! 내가 바로 천살성(天殺星)이라는 소면시마님이시다! 온몸이 간으로 된 놈이 아니고서야! 어디 한번 갈라서 확인해 보자꾸나!"

소면시마가 천중일검을 향해 성큼성큼 다가갔다.

천중일검은 소면시마가 두 손을 늘어트리고 다가오자 잠시 멈칫했지만, 이내 이를 악물고 검을 찔러갔다.

소면시마는 보폭을 줄이거나 속도를 늦추지 않았다. 마치 '찌를테면 찔러 봐라'라고 온몸으로 말하는 듯했다.

천중일검의 검끝이 잠깐 흔들렸다. 무방비로 다가오는 상대의 움직임에 저도 모르게 움찔 놀라고 만 것이다.

그래도 천중일검은 경험 많은 노강호다.

"죽고 싶다면!"

호통과 함께 멈칫 했던 검극을 소면시마의 가슴으로 밀어 넣었다.

하지만 천중일검이 움찔 놀라고 멈칫거린 그 짧은 순간이 생사를 갈랐다.

소면시마는 별다른 희생 없이 자신이 원하던 위치에 도달했다. 최소한 살가죽 정도는 베일 줄 알았는데, 너무도 쉽게 천중일검의 앞까지 다다라서 믿어지지 않을 정도였다.

쉭.

검이 밀려오자 소면시마는 상체를 가볍게 틀어 흘려보냈다.

그것으로도 마음이 놓이지 않았던지 왼쪽 손바닥으로 검면을 가볍게 밀어내기까지 했다. 아니 밀어내는 것처럼 보였다.

천중일검은 즉시 검을 회수하며 베려고 했다.

그러나 검이 생각처럼 움직이지 않았다. 마치 검면(劍面)이 소면시마의 손바닥에 달라붙기라도 한 것처럼 무거웠다.

깜짝 놀란 천중일검의 호흡이 급격히 빨라졌다.

사실 이때는 벌써 소면시마의 손바닥이 검면을 움켜쥔 상태였다. 검을 흘리고 밀고 움켜쥐는 동작이 한순간에 일어나 착각했지만 말이다.

소면시마가 손을 뒤로 젖혔다. 천중일검의 검이 그 힘을 이기지 못하고 딸려갔다. 자연히 천중일검의 상체가 앞으로 쏠렸다.

소면시마의 오른손이 훤히 드러난 천중일검의 상체에 닿았다.

대경실색한 천중일검이 검을 비틀며 한 손으로 소면시마의 손바닥을 쳐냈다.

퍽.

쩡.

두 종류의 파열음 속에 두 사람의 몸이 후다닥 떨어졌다.

천중일검이 거칠게 숨을 몰아쉬며 손에 들린 검을 내려다보았다. 반쪽이 나버린 애검이 보였다. 조금 전의 쇳소리는 검이 부러지는 소리였던 것이다.

"우웩!"

천중일검의 입에서 검붉은 핏덩어리가 터져 나왔다.

"묵혈천강수(墨血天强手)라는 것인가······."

전해지기를 '족보도 없는 외공(外功)인데 터무니없이 강하

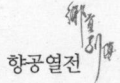
향공열전

다'는 묵혈천강수의 위력은 소문 이상이었다.

흔들리던 천중일검의 눈빛이 어둡게 가라앉았다.

묵혈천강수는 소면시마의 절학으로 손을 강철보다 단단하게 만든다고 했다.

자신의 검이 맥없이 잡힌 것도 그런 이유 때문이리라. '그래봤자 외공일 뿐이다'라고 생각했는데, 공력이 깃든 검날에도 상하지 않는 외공이 존재할 줄이야!

'소면시마가 맨손으로 다가온다고 마음을 놓다니······.'

상대에게 절세의 도법(刀法) 외에도 묵혈천강수라는 희대의 공력이 있다는 사실을 망각했다. 후회는 아무리 빨라도 늦다고 하던가! 도(刀)를 뽑지 않은 소면시마를 가볍게 본 대가는 너무 컸다. 하지만 이렇게 끝낼 수는 없다.

천중일검은 최후의 일격을 위해 자신의 상태를 점검했다.

소면시마가 피식 웃으며 손에 들린 반토막의 검을 한쪽으로 휙 내던졌다.

"쯧쯧! 뭔가 억울하다는 표정인데······ 내가 명성에 걸맞지 않게 '죽여줍쇼!' 하고 대가리를 들이미니까 방심이라도 한 건가? 하지만 방심하지 않았어도 결과는 같았을 것이다. 하늘아래 가장 강하다는 묵혈천강수에 맞아 죽게 된 것이니, 부끄러워하지 않아도 된다."

"아직······ 끝나지 않았다······."

그러나 천중일검의 음성에는 힘이 없었다. 조금 전 소면시마의 손이 닿았을 때 내부의 장기가 파괴되었던 것이다.

가쁘게 숨을 몰아쉬던 천중일검이 좌우를 둘러보았다.

천뢰신창과 잔혈검귀는 백중지세(伯仲之勢)를 유지하고 있다. 하지만 내심 기대했던 해월선사는 어느새 시체로 변해 있었다.

천중일검의 입에서 한숨이 흘러나왔다. 칠대마인의 벽은 생각보다 더 높았다.

출전(出戰)한 네 사람 중에 상대를 몰아세우고 있는 사람은 무주공선뿐이다. 칠대마인보다 더 뛰어난 무주공선을 보고 있자니 갑자기 그의 정체가 궁금해진다. 저렇게 고강한 무공을 가진 사람이 그동안 왜 눈에 띄지 않았을까?

소면시마의 끈적끈적한 음성이 천중일검의 귀로 들려왔다.

"흐흐! 무주공선의 무공이 제법 뛰어나지만, 그도 이곳에서 무사히 벗어나지는 못할 것이다."

"무주공선을 장강어옹에 빗대 말하는 사람들에게 꼭 보여주고 싶은 장면이구려……. 그런데, 우리의 싸움은 아직 끝나지 않았소."

천중일검이 반토막 난 검을 가슴 앞에 세웠다. 자신의 성명절기라고 할 수 있는 천중일섬(天中一閃)을 쓰려는 것이다.

일신의 내력을 토막 난 검에 끌어 모았다.

목울대를 타고 피가 넘어왔다.

지금과 같은 상황에서의 천중일섬은 동귀어진(同歸於塵)이

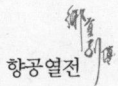
향공열전

될 수밖에 없다. 천중일검은 소면시마와 함께 죽을 생각이었다.

천중일검의 흉험한 기세를 느낀 소면시마가 히죽 웃으며 말했다.

"칠대마인의 이름이 거저 생긴 줄 아나."

스슥.

소면시마의 신형이 꺼지듯 사라졌다.

막 출수를 하려던 천중일검이 황급히 좌우를 살폈다. 대상이 보이지 않으니 마지막 공격을 할 수가 없다. 설상가상(雪上加霜)이라고 놀란 마음에 기혈이 다시 요동쳤다.

쿨럭.

격하게 피를 토하는 천중일검의 뒤로 소면시마가 유령처럼 솟아났다.

언제 뽑았는지 소면시마의 손에는 날렵하게 생긴 도(刀)가 들려 있었다.

"잘 가라."

쉬익.

바람을 가르는 소리와 함께 둔탁한 소리가 장내에 울려 퍼졌다.

곧이어 머리를 잃은 천중일검의 몸이 천천히 허물어졌다.

재빨리 도를 갈무리한 소면시마가 우두커니 서 있는 석도문에게 시선을 돌렸다.

"너는 누구의 손에 죽고 싶으냐?"

"본인은…… 칠대마인의 상대가 되지 못하니 끼어들지 않겠소."

"흐흐! 단심맹의 떨거지들을 인솔해 온 것이 네놈이 아니더냐? 끼어들고 싶지 않다고 해서 피할 수 있는 자리가 아니다! 죽어라!"

소면시마가 십여 장의 거리를 단숨에 좁혀 들어갔다.

위기를 느낀 석도문은 무조건 무주공선이 있는 곳으로 몸을 피했다. 무주공선의 곁이 안전하다고 판단한 것이다.

석도문의 선택은 틀리지 않았다. 석도문이 무주공선의 근처에 도달할 즈음, 천뢰신창의 머리가 몸통에서 분리되었기 때문이다.

깜짝 놀란 석도문이 목이 터져라 소리쳤다.

"대협! 우리만 남았습니다! 이곳에서 속히 떠나야 합니다!"

석도문의 말은 과장된 것이 아니었다. 달아나는 와중에도 간헐적으로 싸우던 정파의 고수들까지 자취를 감춘 뒤였다.

한편 석도문이 무주공선의 뒤로 숨자 소면시마는 추격을 멈추었다. 초혼요마를 희롱하는 무주공선에게 다가갈 엄두가 나지 않았던 것이다.

"시펄! 달아나는 재주가 비상한 새끼였구나!"

닭 쫓던 개 지붕 쳐다보는 심정이 이런 걸까? 울화가 치밀

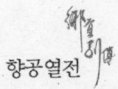
향공열전

어 오른 소면시마가 지난 십 년 동안 쓰지 않던 저속한 욕을 내뱉었다.

단심맹의 고수라는 놈이, 동료가 죽어 나자 빠지는데, 저 살자고 꽁지가 빠지게 달아나니 짜증이 났던 것이다.

무주공선이 한 다발의 검기로 초혼요마를 물러서게 한 뒤에 시선을 돌렸다. 소면시마를 응시하는 무주공선의 눈에는 은은한 분노가 깔려 있었다.

"살고자 하는 마음은 누구에게나 있지 않은가? 너는 나의 검 앞에 당당하게 맞설 수 있을 것 같으냐!"

나직한 호통과 함께 무주공선이 좌수(左手)를 내뻗었다.

우르릉.

우레 소리와 함께 소면시마의 주변으로 시퍼런 번개가 떨어져 내렸다.

"으헉!"

소면시마의 입에서 비명이 터져 나왔다. 뇌전(雷電)이 몸에 닿지 않았음에도 옷은 물론 살가죽까지 터져 나갔던 것이다. 직격으로 당하지 않았는데도 이 지경인데, 스치기라도 하면 어떻게 될까? 생각하고 말고 할 것도 없다.

소면시마는 이형환위(移形換位)의 신법으로 뇌전이 쏟아지는 지역을 벗어났다.

하지만 무주공선은 소면시마를 쉽게 놔줄 생각이 없는 듯했다. 무주공선의 좌수가 소면시마가 이동하는 지역을 계속 가리쳤던 것이다.

결국 소면시마는 미친놈처럼 사방팔방으로 뜀박질을 하는 수밖에 없었다.

'이런 말도 안 되는 일이……'

소면시마가 하얗게 질린 얼굴로 무주공선을 바라보았다. 무주공선은 한 손으로는 초혼요마를 상대하고 다른 손으로는 자신을 몰아치고 있었다.

칠대마인의 으뜸이라는 초혼요마와 자신이 고작 한 사람을 상대로 이렇게 고전하는 날이 올 줄이야!

그렇게 소면시마가 두려움에 사로잡혔을 때, 초혼요마는 분노하고 있었다. 자신과의 싸움 도중에 감히 한눈을 팔았기 때문이다.

초혼요마는 무주공선의 무공이 그 정도로 뛰어나다고는 믿지 않았다. 초혼요마가 바싹 독이 오른 눈으로 무주공선을 노려보았다.

하지만 그것도 잠깐, 이내 초혼요마의 눈매가 부드러워졌다. 그리고 요염한 얼굴에 담담한 미소가 떠올랐다. 청순함과 요염함으로 뒤섞인 초혼요마의 자태는 천상의 선녀 같아서 일순 무주공선의 움직임까지 멈추게 만들었다.

무주공선이 멈칫거리는 동안 소면시마는 멀찍이 달아났다.

한눈을 팔다가 소면시마를 놓친 무주공선이 고개를 설레설레 저으며 중얼거렸다.

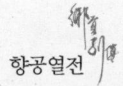
향공열전

"휴우! 미염흡정공은 본래 황궁의 무공으로 실전(失傳)된 지 오래인데…… 그것을 강호에서 다시 보게 되다니…… 믿어지지 않는군."

무주공선이 머리를 절레절레 흔들었다. 내력의 흐름이 불규칙하고 꿈을 꾸듯 정신마저 몽롱했다. 궁녀(宮女)들의 암투 속에 만들어진 무공이라더니 그 농염함이 상상을 초월하지 않은가!

퍽.

손바닥 하나가 어깨에 꽂혔다.

지극한 고통 속에서 무주공선은 오히려 정신이 번쩍 들었다.

"허허! 아무래도 오늘은 이만 물러가야겠군. 석 대협, 함께 가세나!"

무주공선이 석도문의 손을 잡고 허공으로 날아올랐다. 순식간에 두 사람은 나무꼭대기에 오르는가 싶더니 아스라이 멀어져 갔다.

남겨진 네 명의 마인이 황당한 표정으로 숲을 바라보았다. 어떻게 해볼 틈도 없이 바람처럼 사라져 버린 무주공선의 경공에 다시 한 번 놀란 것이다.

소면시마가 한숨을 내쉬며 중얼거렸다.

"무주공선이라…… 저런 사람이 왜 지금까지 알려지지 않은 거지…… 허! 거참!"

초혼요마가 손을 탈탈 털며 중얼거렸다.

"뒤가 구리니 비밀도 많은 거겠지."

소면시마가 초혼요마에게로 다가갔다.

"비밀? 어떤 비밀?"

"글쎄, 궁금하면 다음에 잡고 물어 보든가."

말을 마친 초혼요마가 휙 돌아서 가 버렸다.

다급해진 소면시마가 그 뒤를 황급히 따라붙었다. 초혼요마가 무주공선에 대해 더 알고 있다는 느낌을 받은 탓이다.

"헐헐! 요마야, 저 늙은이에 대해 아는 게 있으면 속 시원히 말해 보거라."

"쯧쯧! 어깨 위에 달린 게 머리라면 가끔은 생각도 좀 하지? 무주공선의 무공은 생소한 것인데 그 위력이 무궁하고, 고대의 황궁무공까지 알아보잖아. 그래도 모르겠어?"

"무주공선이 황실의 사람이라는 말이냐?"

소면시마가 휘둥그렇게 떠진 눈으로 초혼요마를 바라보았다. 초혼요마가 익힌 미염흡정공이 고대의 황궁무공이라는 것도 놀라운데, 그게 무주공선과 같은 초인조차 경시하지 못할 위력을 가졌다고 생각하니 머릿속이 복잡해졌다.

'적 앞에서 동료도 때려죽이는 미친년에게 고대 황실의 무공이라니······.'

갑자기 가슴이 답답해졌다. 예정에 없이 갑자기 등장한 강적들 때문이다. 그야말로 산 너머 산이 아닌가? 이래서는 단

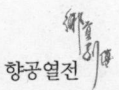
향공열전

심맹을 격파하기도 어렵지만, 만에 하나 그렇게 된다고 해도 천명회를 장악할 자신이 없었다.

"황실이 개입되었다면 골치 아픈데……."

어느 틈에 다가온 혈불이 말끝을 흐렸다. 계속해서 단심맹까지 가야 하는지 확신이 서질 않았던 것이다. 지금 황군이 끼어들어 단심맹을 돕기라도 한다면 천명회는 가루가 되고 말 것이었다.

소면시마가 마인들의 눈치를 살피며 운을 뗐다.

"그건 아닌 것 같소. 황실이 끼어들 생각이었으면 진즉에 군사를 일으켰을 거외다. 하지만 지금까지 황군(皇軍)이 움직였다는 소리는 없었소. 그러니 무주공선이 황궁무학을 썼다고 해도…… 황실이 조직적으로 개입되지는 않았을 것이오. 가끔 황실에서 무공에 미친 자들이 한둘쯤 나오질 않소? 무주공선은 분명 그런 자들 중 하나일 게요."

소면시마는 이제 와서 돌아갈 생각이 없었다. 출신성분이 불분명한 절정고수 하나 때문에 회군(回軍)한다니? 그야말로 구더기가 무서우니 장을 담그지 말자는 말이 아닌가!

"확실히 그 늙은이 하나 때문에 우리가 돌아간다는 건 말이 안 되는 소리지."

잔혈검귀가 거들고 나섰다. 잔혈검귀는 단심맹의 끝을 보고 싶은 사람이었다. 과거 십대문파의 추격대 때문에 얼마나 많은 날을 숨어 지내야 했던가! 지금 단심맹의 숨통을 끊어놓지 못한다면, 다시 쫓기는 생활로 돌아갈 게 분명하다.

"누가 돌아가자고 했나. 그냥 황실이 개입되면 귀찮아진다는 소리지……."

혈불이 한걸음 뒤로 뺐다. 분위기를 보니 단심맹까지 일단 밀어붙일 기세다. 이럴 때 혼자서 반대하면 두고두고 욕을 먹게 된다.

혈불은 그래도 혹시나 하는 마음으로 초혼요마에게 시선을 돌렸다.

"요마야, 너의 생각은 어떠냐?"

초혼요마가 무덤덤한 표정으로 혈불을 바라보았다.

"무슨 생각?"

"황실이 개입할지도 모르는데 단심맹까지 밀고 갈 것인지, 이쯤하고 다시 돌아갈 것인지 말이다."

"훗! 겁이 나는 거야?"

"누가 겁이 난다고 했느냐!"

"그런데 왜 자꾸 이 사람 저 사람 물고 늘어지지?"

"그야 우리는 모두 같은 뜻을 가진 사람들이니까, 각자의 의견을 존중해서……."

"어머! 칠대마인이 언제부터 같은 뜻을 가졌다고 그래? 의견을 존중하기는 개뿔! 그냥 단심맹에게 쫓겨 다니는 게 싫어서 여기까지 우르르 몰려 온 거 아냐?"

'이런 개 같은 년아! 그러니까 어쩌자는 것이냐! 가자는 것

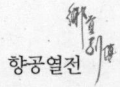
향공열전

이냐 말자는 것이냐!'

혈불은 목구멍으로 욕이 치밀어 올랐지만 꾹 참았다. 옥면수라가 맞아 죽는 것을 본 뒤로는 전처럼 "이년 저년"이라는 욕도 쉽게 나오지 않았다.

혈불이 깊은 숨으로 혈기를 가라앉히며 다시 물었다.

"알았다. 다 필요 없고, 너는 어떻게 할 생각이냐?"

"나? 나는 무주공선이라는 늙은이와 계산이 끝나지 않아서 가볼 생각이야. 그리고 몇 사람이 겁먹은 거 같아서 해주는 말인데…… 무주공선이 마지막으로 한 말이 뭔지 알아?"

"대충 '석 대협 함께 가세나'라고 한 것 같은데? 그게 어때서?"

"쯧쯧! 그런 머리로 어떻게 칠절마공을 익혔는지 몰라. 잘 생각해봐. 그 전에 '오늘은 이만 가겠다'고 했잖아. '오늘은 이만 가겠다'는 말은 '다음에 다시 보자'는 말 아냐? 난 그렇게 들었는데. 이유는 모르겠지만 무주공선은 오늘 살수를 쓰지 않았어. 그럼 다음에는?"

"……."

초혼요마가 묻자 혈불이 고개를 저었다. 자신이 무주공선의 속을 알 리가 없지 않은가.

"그에게 혹시 다른 꿍꿍이가 있다면 우리를 종처럼 부리기 위해서라도 살려 주겠지. 하지만 그게 아니라면 죽이려고 들거야. 정파의 대협객이 칠대마인과 친목할 일이 있겠어? 그러니 이제 단심맹의 떨거지들보다 무주공선을 더 조심해야 할 때가 된 거라고. 무주공선이 무서우면 영원히 은거를 해. 은거가 싫으면 그를 죽이거나, 종이 되면 될 거야."

"……"

혈불은 물론 소면시마와 잔혈검귀까지 멍한 얼굴이었다. 그러고 보니 무주공선은 극악한 살수는 쓰지 않은 것 같다. 정파의 고수들이 옆에서 죽어 나자빠지는데도 말이다. 실로 그 속을 알 수 없는 살벌한 인간이 아닌가!

침체한 분위기와 달리 소면시마가 눈을 빛내며 말했다.

"여러분, 요마의 설명을 들으니 단심맹에 꼭 가야 한다는 생각이 드오."

"그건 또 무슨 봉창 두드리는 소리냐?"

혈불이 소면시마를 노려보았다. 피해 다녀도 시원치 않은 마당에, 무주공선이 있을게 뻔한 단심맹에, 그것도 꼭 가야 하다니?

"흐흐! 괜히 복잡하게 머리 굴릴 것 없다. 요마의 말을 들으니…… 아무래도 무주공선은 우리가 단심맹을 깨주길 바라는 것 같다. 그렇지 않고서야 우리에게 살수를 쓰지 않을 리가 없지 않느냐?"

"정파의 전대기인이라는 자가 단심맹을 왜?"

"그 사정이야 모르지. 개인적으로 단심맹에 원한이 있거나……."

골똘히 생각하던 잔혈검귀가 불쑥 끼어들었다.

"양패구상(兩敗俱傷; 양쪽이 다 패하고 상처를 입음) 당하기를 바라는지도 모르지."

"……."

무거운 침묵이 장내에 감돌았다.

이런 경우에는 확실히 '차도살인(借刀殺人)' 아니면 '양패구상'이다. 천명회를 이용해 단심맹을 없애려고 한다면 다행이지만, 천명회와 단심맹의 몰락을 바라고 있다면 고민하지 않을 수 없다. 기세 좋게 갈 수도 없고, 피하자니 뒤가 께름칙하고……

오랜 시간 눈치 보기 끝에 마인들은 일단 단심맹까지 끝까지 가보기로 결정했다. 무주공선이 전면에 나서지 않는다면 승산이 있다고 생각한 것이다. 물론 모두의 기대를 깨고 무주공선이 나타나면, 밑천을 아끼지 말고 제대로 싸워 봐야겠지만 말이다.

'하남성에서 단심맹의 고수들이 천명회에 무참히 박살났다'는 소문은 목격자들의 입을 통해 삽시간에 퍼져 나갔다. 사람 좋은 원로 고수로만 알려져 있던 무주공선의 무공이 입신(入神)의 경지에 이르렀다는 소문도 잇따랐다.

말하기 좋아하는 사람들은 한결같이 사대마인에 대적할 만한 고수로 무주공선과 검공을 꼽았다.

하지만 '무주공선과 검공이 사대마인과 싸울 것인가?'에 대해서는 의견이 엇갈렸다. 무엇보다 무주공선과 검공이 단심맹의 사람이 아니라는 게 가장 큰 이유였다.

거기에 '무주공선이 관인(官人)이라는 소문'과 '검공과 단심맹의 해묵은 은원(恩怨)'도 한몫했다.

 소문은 변방에 있는 성가장에도 전해졌다. 성가장에 소문을 전한 사람들이 궁금해 하는 것은 '검공이 천명회에 검을 빼들 것인가?'였다.
 그들은 검공이 성가장 출신이니 속 시원히 알려달라고 했다. 하지만 서문영이 어떻게 할지 궁금하기는 성가장의 사람들도 마찬가지였다.

 말 많은 손님들을 모두 돌려보낸 뒤 성유화는 절영운검을 찾아갔다.
 절영운검은 성유화를 보자마자 급히 물었다.
 "설 소저(雪小姐)의 상태는 어떻습니까?"
 성유화가 화사하게 웃으며 답했다.
 "선단의 공능이 뛰어나 내일이면 장도(長途)에 올라도 될 것 같아요. 모두 대협께서 애써주신 덕분입니다. 이 은혜는 잊지 않겠습니다."
 "허허! 아닙니다. 저는 심부름만 한 것을요. 그럼 내일 아침 떠나도록 하겠습니다. 괜찮겠습니까?"
 절영운검이 조심스럽게 물었다.
 태청단을 전달한 뒤로 벌써 열흘이 지났다. 처음에는 설지가 정신을 차리면 떠나려고 했다. 하지만 엉뚱한 일로 발이 묶

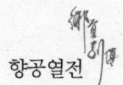

이고 말았다. 설지가 정신을 차리자마자 "단심맹에 가겠다"며 고집을 부렸던 것이다. 결국 "몸이 좋아지면 함께 가자"는 말로 설지를 진정시키는 수밖에 없었다.

"예."

"그럼 저도 그렇게 알고 준비하겠습니다."

절영운검은 따로 준비할 것도 없었지만 행여나 날짜를 또 미룰까봐 단단히 말을 했다. 사실 단심맹의 홀대를 생각하면 서두르고 싶은 마음은 눈꼽만큼도 없다. 마음이 단심맹에서 떠났음에도 다시 가려는 것은 제자들 때문이었다.

"그리고⋯⋯ 내일 저도 함께 갈 생각입니다."

"⋯⋯."

갑작스러운 성유화의 말에 절영운검은 잠시 머뭇거렸다.

설지는 굳이 서문영에게 인사를 하러 가야 한다니 그런가 보다 했다. 그런데 성가장의 장주인 성유화는 왜 가겠다는 것일까?

"소저, 혹시 아직 설 소저의 몸이 낫지 않아서 동행하시려는 거라면⋯⋯."

그런 이유 때문이라면 날짜를 더 늦추어도 상관없다. 시간 맞춰 가야 하는 상황도 아닌데 무리하게 움직이고 싶지는 않았다.

"아니에요. 언니 때문이 아니라, 제 개인적인 일로 서 대협을 만날 일이 있어서요."

"아……."

비록 고개는 끄덕였지만 속으로는 '더욱 모를 일이다'라고 중얼거렸다. 성가장과 단심맹의 총단은 엎어지면 코 닿을 거리가 아니다. 마차를 이용한다고 해도 두 달은 족히 걸린다. 그토록 먼 곳을 찾아가 만나야 할 개인적인 일이란 대체 뭘까?

*　　*　　*

절영운검을 만나고 난 뒤 성유화가 향한 곳은 설지가 묵고 있는 사무정(使無亭)이다.

열흘 전 정신을 차린 설지는 집으로 돌아가지 않았다. 그렇다고 전처럼 성유화와 함께 안채에 있지도 않았다. 무슨 생각에서인지 설지는 과거 서문영이 사용하던 사무정에 머무르고 있었다.

사무정에 도착한 성유화는 쓸쓸한 표정으로 주변을 둘러보았다. 한때 서문영이 머무르는 동안 사무정은 손님들로 들끓었는데, 지금은 고적하기만 하다. 설지가 혼자 있기를 좋아해서 그런 건지, 다른 이유 때문인지는 모르겠지만 말이다.

성유화는 자리에 앉자마자 설지가 궁금해 하는 결과부터 알려 줬다.

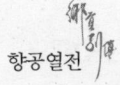
향공열전

"언니, 내일 출발하기로 했어요."

"그래, 내일이구나……."

설지가 애써 담담한 표정으로 고개를 끄덕였다.

"그런데…… 괜찮겠어요?"

"뭐가?"

"서 대협에게 불쑥 찾아가는 거라서……."

"괜찮아. 살려줘서 고맙다고 구명지은(救命之恩)에 대한 인사를 하러 가는 건데 뭐 어때? 그리고, 만약 서 대협이 모른 척하면 그냥 돌아올 거야. 내가 발이 없는 거도 아니고, 돌아갈 집이 없는 거도 아닌데, 뭐가 걱정이야?"

말은 그렇게 하면서도 설지의 음성에는 자신감이 없었다. 자신이 서문영에게 아무런 의미도 아니라는 것을 알기 때문이다.

"저도 같이 갈게요."

"어? 동생은 왜?"

"혼자 다니기에는 길이 너무 멀잖아요. 이참에 세상 구경을 좀 하고 싶기도 하고요."

"후후! 동생이 함께 가준다면 나는 좋지. 선단을 복용해서 내력이 늘어났지만…… 그 유명한 나찰옥녀(羅刹玉女; 성유화의 별호)의 무공에 비할 바는 아니니까."

"피이! 정말 제가 함께 가도 괜찮겠어요?"

성유화가 의미심장한 눈으로 설지를 바라보았다.

설지가 고개를 끄덕였다.

"응, 동생이 원한다면 나는 당연히 괜찮아. 사실 나는 그의 그림자만 보고 돌아와도 만족해."

"언니…… 고마워요. 그리고 미안해요."

성유화가 고개를 숙였다. 설지가 자신을 반대하지 않아서 고맙고 미안했다. 설지가 어떤 마음으로 서문영을 찾아가는지 알기 때문이다.

"아냐, 아냐, 괜찮아. 신경 쓰지 마. 마음이 어디 생각처럼 되니? 솔직히 난…… 너라도 잘됐으면 좋겠어. 나는, 누구를 좋아할 자격이 없는 여자잖아."

깜짝 놀란 성유화가 설지의 손을 잡으며 말했다.

"아니에요. 언니가 어때서요. 전 언니가 누구보다 잘되기를 바라요. 자격이 없다는 말은 두 번 다시 하지 마세요."

"……"

설지의 큰 눈망울에 눈물이 그렁그렁 매달렸다. 성유화의 위로를 듣고 있자니 과거와 현재와 미래가 뒤죽박죽 섞이며 가슴이 먹먹했다.

성유화는 설지가 눈물을 뚝뚝 흘리자 한숨만 푹푹 내쉬었다. 어떤 말로도 위로할 수 없다는 것을 뒤늦게 깨달은 것이다.

성유화가 입을 다물자 설지의 눈에도 눈물이 말랐다.

"참! 언니, 옛날에 서 대협이 장터에서 무공시연 하던 거 기억나요?"

"응."

"그때 진짜 웃겼었는데, 그쵸?"

"픕! 웃기기만 했는 줄 아니? 난 분위기 수습하느라 얼마나 힘들었다고……."

"휴우~ 그러던 사람이 이젠 검공이래요. 검공."

성유화는 분위기를 전환하기 위해 지난 추억을 끄집어냈다. 심사가 복잡한 설지를 위해 암울한 현재와 미래의 일들은 애써 입에 올리지 않았다.

하지만 성유화는 몰랐다. 그날 설지가 눈물을 쏙 뺀 것은, 다음날 자신에게 일어날 일에 비하면 아무것도 아니라는 것을.

* * *

다음날 아침, 일행과 함께 막 대문을 나서던 성유화의 얼굴이 딱딱하게 굳었다.

이가장의 가주 이주성(李主星)이 문 앞에 서 있었던 것이다. 그의 등 뒤에는 부담스러우리만치 커다란 보따리가 매어져 있었다.

"유화야, 소식은 들었다. 나도 함께 가겠다."

"오라버니, 그러지 않아도 돼요."

"무슨 소리냐. 갈 때는 상 대협과 같이 간다고 해도…… 올 때를 생각해야 하지 않겠느냐? 남자가 하나쯤은 같이 있어줘야 편안한 법이다. 그렇지 않습니까? 상 대협?"

고루한 변명 끝에 이주성은 갑자기 상무극을 끌어들였다.

"……"

하지만 상무극은 대답 대신 성유화를 바라보았다. 이주성과 성유화의 사이가 보통이 아니라는 것쯤은 알고 있었다. 그럼에도 불구하고 성유화가 혼자서 단심맹에 가겠다고 했을 때에는, 반드시 그 이유가 있지 않겠는가?

'아무래도 성 소저가 서문영을 따로 만나려고 하는 것 같은데…….'

문제는 대체 성유화가 무슨 생각으로 서문영을 만나려고 하느냐 하는 점이다. 그게 뭔지를 알아야 이주성을 떼어놓고 가든지, 데리고 가든지 하지 않겠는가?

성유화가 난처한 표정으로 설지를 바라보았다. 상무극과 이주성의 사이에서 어떻게 말해야 할지 갈피를 잡지 못한 탓이다.

설지의 얼굴에 의미심장한 미소가 떠올랐다.

"유화야, 일단 모두 함께 가는 것이 어떻겠니? 어쩌면 평소에 하지 못했던 이런저런 이야기를 나눌 수 있을지도 몰라. 시간은 많으니까."

"하지만…… 돌아오는 길이 힘들어 질지 몰라요."

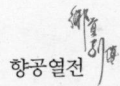

"그런가……."

설지는 돌아오는 길이 힘들어 질지도 모른다는 말의 의미를 곰곰 생각해 보았다.

'이주성이 힘들어 질 수도 있다는 뜻인가?'

그럴 수도 있고, 젊은 남녀의 여행 자체를 의미하는 것일 수도 있다. 어느 쪽이든 지금 분위기에서 확인할 수는 없었다.

하지만 이주성은 작정이라도 한 듯 물러서지 않았다.

"유화야, 나는 신경 쓰지 말거라. 있는 듯 없는 듯 오갈 자신이 있으니까! 혹시 부담이 된다면 멀찍이서 따라갈 수도 있다."

이주성이 그렇게까지 나오자 성유화도 포기하고 말았다. 그렇게까지 동행하겠다는 사람을 억지로 떼어 놓고 가는 것도 이상했다.

"아니에요. 오라버니, 함께 가요. 나중에 드릴 말씀도 있고……."

성유화의 마지막 말은 아주 작았지만 근처의 사람들은 놓치지 않았다.

이주성이 억지로 웃으며 말했다.

"하하, 그래. 기다리고 있겠다."

그렇게 이주성이 일행에 합류했다.

나이도 많지만 길에 밝은 상무극이 인솔자 역할을 했다.

구성원이 남자 둘에 여자둘인지라, 이주성은 상무극과 붙어

다니는 수밖에 없었다. 이주성은 어색한 자신의 위치 때문에 상무극과의 대화에 공을 들였다. 그 바람에 고역을 치르고 있는 사람은 번거로운 것을 싫어하는 상무극이다. 젊은 이주성이 곁에서 쉴 틈 없이 떠들어 대는 통에 머리가 지끈거릴 지경이었다.

사흘쯤 지났을까?

황산(黃山)을 지날 때다.

그날도 이주성은 어김없이 상무극의 곁에서 황산의 경치와 시인 묵객에 대해 떠들어 댔다.

자기 딴에는 분위기를 띄우기 위해서였지만, 그걸 고스란히 들어 줘야 하는 상무극에게는 고문이었다. 마침내 '새로운 깨달음으로 더 높은 경지로 가야 한다'는 강박관념을 가지고 있던 상무극이 견디다 못해 입을 뗐다.

"이 소협."

착 가라앉은 상무극의 음성에 이주성이 급히 말을 멈추었다.

"예?"

"빈도는…… 보다시피 조용히 명상을 즐기는 구도자(求道者)요. 그게 아니라고 해도, 요즘은 마음속에 정리해야 할 일이 많은 터라…… 조용히 나만의 시간을 가지고 싶소."

"아…… 죄송합니다."

"그럼. 부탁드리오."

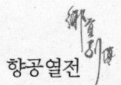
향공열전

"예."

"……."

이내 상무극은 미련 없이 먼 곳으로 시선을 돌렸다.

냉정한 듯 허허로운 상무극의 태도에 이주성은 감히 말을 걸 수가 없었다.

오후 내내 침묵 속에 걷던 이주성이 성유화를 힐끔 바라보았다.

성유화는 설지와 도란도란 이야기를 나누고 있다.

문득 이주성의 입에서 한숨이 흘러나왔다. 성유화는 "돌아가는 길이 힘들지도 모른다"고 했지만, 가는 길도 힘들었다. 하지만 여기서 포기하고 싶지는 않았다. 성유화가 무슨 마음으로 단심맹에 가는지 어렴풋이 짐작하고 있었기 때문이다.

'유화야, 네가 단심맹에 가려는 것이나, 내가 너와 동행 하려는 것은…… 모두 같은 마음에서. 네가 힘써 그를 찾아가려고 하듯, 나는 네 곁에 남아 있으려는 거지. 너와 나, 누구의 노력이 결실을 맺을지 모르겠지만…… 포기하지 않겠다.'

이주성이 이를 악물었다.

서문영을 바라보는 성유화나, 성유화를 바라보는 자신이나 같은 처지다. 하늘은 분명히 어느 한 사람의 소원을 들어 줄 것이다. 그게 누구일지는 아직 모르지만 말이다.

상무극과 이주성의 대화는 설지와 성유화에게도 들렸다. 설지와 성유화는 아주 잠깐 '이주성이 안됐다'고 생각했지만, 그렇다고 그를 동정하지는 않았다. 알고 보면 자신들의 처지도 이주성과 별반 다름이 없었기 때문이다.

땅거미가 짙어갈 무렵, 설지가 지나가는 말로 물었다.

"그런데 이 가주에게도 말해줘야 하지 않아?"

"......"

성유화가 의아한 눈으로 설지를 바라보았다. 갑자기 뭘 말하라는 것인지 감이 잡히지 않았던 것이다.

"네가 나를 따라가는 이유 말이야."

"언니는 어떻게 생각하세요?"

성유화가 구름에 감싸인 황산을 바라보며 되물었다.

"응? 뭘 어떻게 생각해?"

"지금 제가 하는 일에 대해서요. 이 가주와 함께 서 대협을 만나러 가는 거요."

성유화의 시선은 여전히 구름에 가려진 황산에 머물러 있었다.

잠시 생각하던 설지가 중얼거렸다.

"난…… 우리가 자신과 주변 사람들에게 좀 더 솔직했어야 한다고 생각해. 솔직하지 못했기 때문에…… 이렇게 먼 길을 돌아가고 있는 거니까."

"부러워요."

"뭐가?"

"그렇게 말할 수 있는 언니가요."

"후후! 내가 부럽다는 사람은 네가 처음이다. 나는 네가 부러워. 나는 서 대협과 오붓한 시간을 가진 적이 없는 걸? 나를 만나면 서 대협은 분명히 '이 사람이 왜 여기까지 왔을까?' 하고 이상하게 생각할 거야. 하지만 너는……."

"언니, 잘못 난 길은 애초에 나지 않은 만 못하다고요."

"무슨 소리야? 서 대협과 사이가 좋았으면서……."

"나에게 서 대협은 처음부터 중매쟁이였어요. 시간이 흐른 뒤에야 뭔가 어긋나고 있다는 걸 알았지만…… 서 대협은 자신의 역할을 받아들였어요."

"피이! 그렇게 말하면 나는 그냥 얼치기 무공사부였다고. 그것도 그냥 무공사부야? 그와는 개와 고양이 사이 같은 무공사부였어. 우리가 어땠는지 알잖아. 게다가……."

설지가 말끝을 흐렸다.

'난, 정혼자를 먼저 떠나보낸 죄 많은 여자이기까지 하다' 라는 말을 하려다가, 그냥 마음에 묻었다. 그 정혼자가 성유화의 오빠이기 때문만은 아니다. 죽은 정혼자에 대한 미안함과 연민을 떨쳐 버리지 못한다면, 서문영을 좋아할 자격도 없다고 생각한 것이다.

…….

설지의 마지막 말이 두 사람 사이를 맴돌다가 바람에 흩어져 갔다.

가을로 접어든 지 오래라, 산중의 바람은 차갑기까지 했다.

성유화의 시선이 설지를 향했다.

"언니."

"응."

"빨리 눈이 내렸으면 좋겠어요."

"그래."

설지의 얼굴에 미소가 떠올랐다.

불현듯 '눈이라도 흠뻑 내려 산천을 다 덮으면 좋겠다'는 생각이 든다. 복잡한 걸 묻으면, 살아가는 게 조금 더 가벼워지지 않을까?

설지와 성유화가 겨울을 소재로 이야기꽃을 피우고 있을 때다.

앞서가던 상무극이 돌아왔다.

"마을이 아직 보이지 않으니…… 오늘은 노숙을 피할 수 없을 것 같소. 해가 진 뒤의 이동은 위험하니, 적당한 곳을 찾아 쉬도록 합시다."

상무극이 설지와 성유화를 번갈아 바라보았다. 통보가 아니라 동의를 구하고 있는 것이다. 다른 때 같았으면 "출발과 휴식"만 지시했을지 모른다. 하지만 상무극은 자신과 동행하고 있는 두 여협의 특별한 신분을 확실히 인지하고 있었다.

"알겠어요."

성유화가 주변을 둘러보며 고개를 끄덕였다.

강호의 원로인 상무극도 그렇겠지만, 자신과 설지에게도 노숙은 익숙한 것이었다. 과거 현천문과의 전쟁 때에는 한겨울에도 노숙을 했다. 생사대전을 앞두고 했던 과거에 비하면 지금의 노숙은 낭만적인 것이라고 할 수 있다.
 그렇게 노숙이 결정되자 사람들의 발걸음이 빨라졌다.

 노숙을 해야겠다고 생각했을 때, 상무극의 마음은 무거웠다. 강호 초행이 분명해 보이는 젊은이들에게 가르칠 것이 많다고 생각한 탓이다.
 그러나 얼마 지나지 않아 상무극은 자신의 생각이 틀렸다는 것을 알게 되었다. 이주성은 물론 성유화와 설지까지, 일일이 가르치지 않아도 자연스럽게 잠자리를 마련하고, 불을 피웠기 때문이다.
 세상인심은 정사대전으로 흉흉했지만, 노숙 중인 네 사람은 크게 신경 쓰지 않는 분위기다.
 이주성은 화산파 기인인 절영운검 상무극과 강서성 최고 고수인 옥면나찰 성유화를 철석같이 믿었다.
 설지는 태청단의 복용 이후 생사현관이 뚫려 고수로 거듭난 상태였다.
 성유화는 성무십결의 팔단공에 든 뒤로 어지간한 일에는 눈도 꿈쩍하지 않았다.
 절영운검 상무극은 태청단을 넘긴 터라, 일체의 부담 없이 주어진 상황을 편하게 받아들였다.

그러다 보니 쉼터 한가운데 불을 피운 뒤로는 한가하게 불장난을 할 뿐, 주변을 경계한다거나, 작은 소리에 조마조마하게 반응하지 않았다.

네 사람은 불씨가 사그라지면 알아서 마른 나무를 주워와 불을 키웠다.

어둠 속에서 지루한 시간이 흘렀다.

특별히 대화의 상대가 없던 상무극이 가장 먼저 잠들었다.

그 다음으로 설지가 가물거리는 눈을 감았다.

타닥. 타닥.

불씨 튀는 소리가 은은하게 울려 퍼졌다.

오래도록 쪼그리고 앉아 불씨를 헤집던 이주성이 작게 말했다.

"피곤하지?"

"……."

성유화는 대답하지 않았다. 아까부터 이주성에게 해야 할 말들을 정리하느라 머리가 복잡했다.

"불은 내가 볼 테니까, 너도 어서 자."

"제가 나중에 드릴 말씀이 있다고 했었지요?"

"어……."

성유화가 상무극과 설지의 숨소리에 귀를 기울였다.

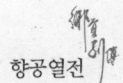

잠이 들었는지 두 사람의 숨결은 깊고, 편안해 보였다.
"오래전 서 대협이 사무정에 머무르고 있을 때의 일이에요."
"……."

이주성은 생가지로 불더미를 가볍게 뒤집었다. 연기와 재가 사방으로 날렸다. 그래도 이주성은 움직이지 않았.

"오라버니가 서 대협을 찾아간 일로…… 서 대협은 서가장을 떠나겠다고 했었죠."

이주성이 머리를 긁적였다. 그날 서문영을 찾아가서 헛소리를 늘어놓은 죄로 성유화에게 얻어터진 일이 떠오른 것이다.

"나름 반성하고 있다……."
"서 대협이 서가장을 떠나기 전에 그분을 만났어요."
"……."

잔뜩 긴장한 이주성의 목울대로 마른침이 꿀꺽 하고 넘어갔다. 이어지는 성유화의 말에 왠지 불길한 느낌이 들었던 것이다.

"오라버니와 통하는 부분이 많았어요. 현천문과의 싸움에서 부친을 잃었고, 오라버니도 저처럼 이가장을 떠맡았으니까요. 그래서일까…… 한 달, 두 달 지내다 보니 저도 모르게 마음이 열리더군요."

"하하, 나도 그랬어."

이주성이 조마조마한 마음으로 추임새를 넣었다.

"그날 저는 서 대협에게…… 의지하는 마음과 베풀어 주는 마음으로 오라버니를 만나는 게 아니라고…… 거짓말을 했어요."

"……."

이주성의 손에 잡힌 생가지가 목적도 없이 이리저리 움직였다. "의지하는 마음과 베풀어 주는 마음"이 구체적으로 뭔지 모르겠지만, 좋은 뜻은 아닌 것 같았다.

"오라버니에게서는 동병상련(同病相憐)의 정을 느끼고 있어요. 상처가 있고 처지가 비슷한 사람들끼리 의지하게 되는, 그런 상대와 자기 자신을 향한 동정심으로 뭐든 도와주고 싶어지는…… 그런 걸 진정한 사랑이라고 말하기는 어렵겠지요."

"단지 그것뿐이었다고 단정하지는 말자……."

"저를 향한 오라버니의 마음은…… 항상 감사하고 있어요. 하지만 저의 마음은…… 동병상련의 정, 그 이상도 이하도 아니었던 것 같아요."

"동병상련의 정……."

이주성이 신경질적으로 생가지를 불 위로 던졌다. 불길이 잠시 머리를 숙이는가 싶더니, 이내 생가지를 삼키고 거세게 타올랐다.

"서 대협을 향해서도 비슷한 마음이 있었어요. 처음에는 동정심으로 그를 도와주고 싶었고, 그 다음에는 그에게 의지하고 싶었죠. 그렇다고 해도 마음의 바탕은……."

"그만."

이주성이 짧게 말을 끊었다.

"정말 미안해요. 오라버니…… 하지만 더 늦기 전에 이런 제 마음을 말해주는 게…… 오라버니와 저를 위해 좋겠다는 생각을 했어요."

"이해한다."

"……."

불빛이 희미해졌다.

이주성은 마른 나무를 불씨 위에 얹었다.

타닥. 탁.

되살아나는 불길을 보고 있던 성유화가 조심스럽게 물었다.

"그럼, 오라버니는 돌아가실 건가요?"

"아니. 난 돌아가지 않아."

"왜요?"

"우리는 아직 서 대협의 대답을 듣지 못했잖아."

"……."

잠시 침묵하던 성유화가 차분한 음성으로 말했다.

"서 대협이 저를 받아들이지 않는다고 해도, 오라버니에게는 가지 않아요. 사랑은…… 그가 아닌 다른 누군가로 대신 하는 게 아니니까요."

"그럼 넌 평생 독신으로 살 거야?"

"모르죠."

"거봐. 모르겠지? 그러니까 나는 남는다."

"그러지 마세요."

"난, 너를 위해서라면 승냥이처럼 살 수 있어. 그의 대신이건, 뭐건, 다 괜찮아. 난 기다릴 거다. 남이 버린 거건, 흘린 거건, 상관 안 해. 솔직히 상대가 서 대협이라면 나도 인정하마. 하지만 만약 다른 사람일 수도 있다고 생각하면…… 억울해서 어떻게 사냐? 안 그래?"

"……."

"그러니까 나는, 네 곁에서, 기다릴 거다."

"하아! 오라버니의 마음이 그렇다면 저도 어쩔 수 없겠지요. 하지만, 앞으로는 제게 아무것도 기대하지 마세요."

"그건 내 마음이야. 너와 설 소저도 서 대협에게 기대를 하고 있잖아. 서 대협이 받아주고 말고를 떠나서. 나도 마찬가지야."

"언니 얘기는 하지 마세요."

"아, 미안."

…….

잠자리가 불편했던지, 멀리서 설지가 가볍게 몸을 뒤척였다.

"저는 이만 쉬어야겠어요."

"그래, 잘 자."

"……."

불가에 앉아 있던 성유화가 벌떡 일어나 자리로 돌아갔다.

이주성은 동이 틀 때까지 불을 지폈다.

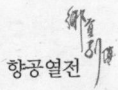
향공열전

* * *

 이른 새벽, 잠에서 깬 마제 화운비가 슬며시 눈을 떴다.
 갑자기 나타난 그것 때문이다.
 마제 화운비가 자리에서 벌떡 일어났다.
 심장이 벌렁거리는 통에 가만히 누워 있을 수가 없었던 것이다.
 곧이어 다 무너져가던 폐가(廢家) 위로 화운비의 신형이 둥실 떠올랐다.

 추레한 초로(初老)의 사내 하나가 공자묘(孔子廟)에 서 있다.
 그의 앞, 정확히 공자를 위해 마련된 제단 위에는 작은 나무로 만든 함이 놓여 있었다.
 사내는 신중한 손길로 나무함 뚜껑과 내부에 덕지덕지 붙은 부적을 뜯어냈다.
 사내가 마지막으로 남은 부적 하나를 걷어냈을 때다.
 어디선가 일진광풍(一陣狂風)이 불어왔다.
 휘이이잉.
 꽈드드득. 콰앙.
 바람을 견디다 못한 문짝과 지붕이 요란한 비명과 함께 어디론가 날아갔다.
 대경실색한 사내가 천근추의 신법으로 몸을 곤추세웠다.

대신할 수 없는 것 191

하지만 광풍은 너무 강했다.

사내의 몸이 가랑잎처럼 바람에 휘말렸다.

"으아아악!"

찢어지는 듯한 비명이 뒤따랐다.

곧이어 바람에 날린 사내의 몸이 사당 외곽을 두른 벽에 처박혔다.

"크윽!"

고통스럽게 신음을 흘리던 사내의 눈이 급히 사당의 중심으로 향했다.

언제 나타났는지 한 노인의 커다란 뒷모습이 보였다.

노인이 제단에 놓인 함으로 손을 뻗었다.

순간 거짓말처럼 광풍이 사라졌다.

노인, 마제 화운비가 적혈비를 손에 쥐고 돌아섰다.

"누구냐 너는?"

초로의 사내가 힘들게 일어나 몸을 세웠다.

"저, 저는 중산(重山)이라고 합니다."

"낯이 익은 얼굴인데, 중산이라는 이름은 처음이로다. 너의 내력을 소상히 밝히지 않는다면, 당장 찢어 죽이겠다."

사내가 급히 허리를 조아리며 답했다.

"소인은, 얼마 전까지 담운이라는 도호(道號)를 사용하던 단심맹의 총관입니다. 야비한 술수에 휘말려 사문인 무당파에서 파문(破門)을 당했습니다. 단심맹에서 탈출할 때 마제님을 위해 적혈비를 가지고 나왔으니…… 지금은 무림의 공적이 되어 있을 것입니다."

 마제 화운비가 얼굴을 찡그렸다. 단심맹의 총관이니, 술수니, 파문이니 하는 말들이 은근히 귀에 거슬렸던 것이다. 어쩌면 자신의 과거를 떠오르게 하는 말들이라 그런지도 몰랐다. 자신도 마공을 익혔다는 이유로 곤륜파에서 버려지지 않았던가!

 하지만 화운비는 중산이라고 소개한 사내의 말을 완전히 믿지 않았다. 무당파에서 특별한 이유 없이 파문을 시켰을 리가 없다고 생각한 것이다.

 게다가 파문을 당했다는데 내외공이 온전했다. 파문이 거짓이거나, 아니면 징벌을 피해 달아난 것이리라. 이미 적혈비를 찾았으니, 어느 쪽이든 경계할 일은 아니지만 자신을 속이게 둘 수는 없다.

 마제 화운비가 냉랭한 음성으로 말했다.

 "너의 말은 너무 그럴듯해서 오히려 의심이 간다. 게다가 무당파쯤 되는 곳에서 별것 아닌 일로 제자를 파문시킬 리가 없다. 모든 것을 솔직하게 털어 놓는다면 살려줄 수 있으나 그렇지 않다면…… 나를 희롱하는 것으로 여기겠다."

 "사, 사실입니다. 술수에 휘말려……."

 "정녕 죽고 싶은 게로구나."

 마제 화운비가 살기를 일으키자 중산의 얼굴이 검붉게 물들

대신할 수 없는 것 193

었다.

"크흑!"

중산은 전신이 오그라들며 숨까지 막히자 공력을 끌어올려 대항했다.

그러나 마제 화운비의 살기는 중산이 감당할 수 있는 게 아니었다.

입으로 거품을 게워내며 생사를 오가던 중산이 꺼져가는 소리로 말했다.

"끄으…… 다, 다 말씀…… 드리겠…… 습니다."

순간 온몸을 죄여오던 압력이 사라졌다.

중산은 물속에 빠졌다가 갓 건져진 사람처럼 숨을 헐떡였다.

그 와중에도 중산은 머리를 굴렸다. 괜히 적혈비를 훔쳐 가지고 온 게 아니다. 마제 화운비는 자신에게 주어진 마지막 기회였다.

"소인이 단심맹의 순찰단에 있을 때 검공과 은원을 맺은 적이 있습니다. 그래서 훗날 검공이 사파와 내통한 죄로 무림공적이 되었을 때…… 그를 없애기 위해 무리수를 좀 두었습니다. 소인의 직계 제자들을 시켜 그를 제거하려고 했던 것이지요. 그런데 어리석은 제자들이 검공을 처단하겠다고 설치다가 엉뚱한 곳에 독을 풀어서…… 인명(人命)을 여럿 해친 적이 있습니다. 하필 그때 검공의 여자가…… 독살 당했습니다. 인생

만사 새옹지마라고, 그 뒤 검공은 공을 세워 무림공적에서 풀려났고, 저는 제자들의 악행이 드러나게 되어…… 마침내 파문에 이르게 된 것입니다."

"흐음!"

화운비가 야릇한 시선으로 중산을 굽어보았다.

결론은 무당파의 제자가 하오문의 잡배들처럼 살다가 파문당했다는 말이 아닌가? 마공을 익혀 파문당한 자신과 비교하면 추잡했지만, 중산을 비난할 생각은 없었다. 자신은 '피의 전설'이라는 마제 화운비였기 때문이다.

"추하긴 하나 구역질이 날 정도는 아니구나. 고작 그 정도 죄라면 고개 들고 살아도 무방하다. 네가 적혈비를 가지고 왔으니 너의 소원을 하나 들어 주겠다. 말해 보아라."

"……"

중산의 눈에 힘이 들어갔다. 드디어 고대하던 소리가 나온 것이다.

"소, 소인은 마제님의 제자가 되고 싶습니다."

"헐!"

화운비는 뜻밖에 소리에 잠시 말을 잃었다.

지금까지 살아오는 동안 '제자를 둔다'는 것은 단 한 번도 생각해 본 적이 없다. 심지어 아들이 살아있을 때도 무공을 전수하려고 하지 않았다. 자신의 마공이 가지는 극악한 '살육에의 의지' 때문이다. 그 의지는 사람의 정신을 파괴한다. 검성이나 고적산인과 같은 초인들도 감당할 수 없을 정도이니 말해 무엇하랴. 그런데 그 마공을 전수해 달라니?

"너는 네가 하는 말의 의미를 알고나 있느냐?"

"알고 있습니다. 어차피 소인은 평생 십대문파를 피해 다녀야 합니다. 이대로라면 이미 살아도 산 것이 아니지요. 십대문파의 그늘에서 벗어날 수 있는 길은…… 마제님의 제자가 되는 것밖에 없습니다. 칠대마인이 무림공적이 되고도 목숨을 부지하는 것은 그들의 무공이 고강하기 때문입니다. 부디 소인을 거두어 주십시오."

화운비가 어이가 없다는 듯 실소를 흘렸다.

"푸흐흐, 너는 단지 살기 위해 나의 제자가 되겠다는 것이냐?"

"그것만은 아닙니다. 검공에게 복수를 하기 위해서라도…… 소인은 반드시 마제님의 제자가 되어야 합니다. 거두어 주십시오!"

중산이 바닥에 무릎을 꿇고 머리를 조아렸다.

중산은 고개를 빳빳이 쳐들려고 하는 자기 자신에게 쉬지 않고 속삭였다.

'체면 따위는 개에게나 주라고 해. 이건 단지 제자가 스승에게 머리를 조아리는 거다. 단지 그뿐이다…….'

화운비가 중산의 뒤통수를 지그시 바라보았다. 저 지저분한 머리통 속에 자신이 알지 못하는 꿍수가 바글거리고 있을 것

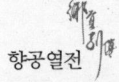
향공열전

이었다. 하지만 저자는 자신이 원하는 것이 무엇인지 알지 못한다. 만약 알았다면, 죽는 한이 있어도, "제자로 받아 달라"는 말은 하지 않았을 것이다.

"후후, 나의 제자가 된다면…… 평범한 인간으로 살 수 있는 날은 길어야 십 년이다. 너의 경지에 따라 그 기간은 더 줄어들 수도 있지. 그래도 너는 나의 제자가 되겠느냐?"

"예!"

중산이 밝은 음성으로 답했다.

화운비의 얼굴에 비릿한 미소가 떠올랐다. 평범한 인간으로 살 수 있는 날의 의미를 모르니 아직은 좋은 게 당연하다.

"좋다. 너에게 나의 무공을 전수해 주겠다. 대신 너는 나를 위해 한 가지 해줘야 할 일이 있다."

"스승님! 무엇이든지 하겠습니다!"

중산은 마제 화운비가 결정을 번복할까봐, 미리 '스승'이라고 설레발을 쳤다.

화운비는 그런 중산의 속내를 짐작하고 피식 웃었다.

"먼저 무공을 전수한 후에 말해주마."

"예!"

중산이 씩씩하게 대답하자 마제 화운비가 가볍게 손을 까딱였다.

순간 중산의 몸이 화운비의 손으로 빨려 들어갔다.

화운비가 중산의 머리에 손을 얹었다.

"나는 죽음 직전에 적혈비의 공력을 빨아들여 마공을 익혔다. 아직은 적혈비를 줄 수 없으니, 내가 너의 운공을 돕도록 하겠다."

"예."

중산의 대답이 끝나자마자 화운비는 백회혈로 자신의 마기를 밀어 넣었다. 그것은 검성과 고적산인이 치를 떨던 바로 그 마기였다.

'크윽!'

중산이 이를 악물고 신음을 삼켰다. 머리를 도끼로 내려치는 듯 아팠다.

그 아픔이 채 가시기도 전에, 머리를 타고 내려온 끈적끈적한 뭔가가, 독맥(督脈)을 거슬러 흘러내렸다.

역혈(逆血) 현상이 일어나자 독맥이 찢어질 듯 아팠다.

지독한 통증에 정신이 오락가락하는데 마제 화운비의 음성이 들려왔다.

"천지(天地)는 음양의 상하(上下)요, 음양은 천지의 대도(大道)이며, 대도는 곧 나의 중심(中心)에 있다. 중심에서 전체를 포괄하고 있는 것이 태극(太極)이며……."

보나마나 마공의 구결이다. 중산은 정신을 차리기 위해 혀를 깨물었다.

비릿한 피가 목을 타고 넘어갔다.

목울대를 타고 피와 마기가 범벅이 되어 아래로 아래로 쉬

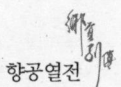
향공열전

지 않고 흘러갔다.

그렇게 일다경(一茶頃; 차 한 잔 마실 시간)쯤 지났을까?

마기를 쏟아 붓던 화운비는 중산의 몸에서 반탄력이 느껴지자 머리에서 손을 뗐다. 이미 자신의 마기를 아낌없이 쏟아 부은 뒤였다. 적혈비를 되찾은 이상 더 이상 삶에 대한 미련은 없다. 자신을 되살린 자를 죽이기 위해서라면 마기도 아깝지 않았다.

'후후……'

실없는 웃음이 흘러나왔다.

중산은 이제 복수심에 불타 무림에 발을 내딛었던 과거의 자신과 비슷한 양의 마기를 가지고 있었다. 주변을 마기로 중독 시키려면 적어도 십 년의 세월이 필요할 것이다. 물론 중산의 깨달음이 깊어진다면 시기는 더욱 빨라질 수도 있다.

자신의 운명이 어떻게 흘러갈지 알 리가 없는 중산은 진지한 표정으로 운공 삼매경에 빠져 있었다.

그런 중산을 보고 있노라니 약간의 죄책감이 밀려온다. 자신이 그의 인생을 망쳐 놓았기 때문이다. 그는 언젠가 무림공적으로 숨어 살던 것을 그리워하게 될 것이다. 하지만 자신이라고 원해서 이 길을 가게 된 것은 아니다.

'모두 너의 운이라고 생각해라.'

그래, 확실히 이런 것은 운에 의해 결정되는 것이다. 천산에서 마공을 발견한 것도 자신의 저주받은 운이다. 적혈비에 마기가 스며든 것도 그런 운이고, 삼백 년의 세월을 격해 그 적혈비를 가지고 자신을 찾아온 것도 그런 류의 운일 것이다.
 '중산이라고 했던가…… 악운(惡運)을 몰고 다니는 것도 팔자다.'

제7장
집 주인이 치워라

중산이 눈을 떴다.

중산의 눈에 전에 없는 자신감이 넘실거렸다.

그런 중산을 향해 마제 화운비가 나직이 말했다.

"네게 전수한 마공의 기원을 아는 사람은 없다. 시조(始祖)로 알려진 혈마(血魔)도 마공을 익힌 사람이지 창안한 사람은 아니다."

"……."

중산은 묵묵히 듣기만 했다. 누구도 알지 못하는 사문(師門)의 이야기인지라, 행여 놓치는 말이라도 있을까봐 숨소리마저 죽였다.

"나는 곤륜파의 제자였다. 곤륜산의 석동(石洞)에서 시신과 무경(武經) 하나를 발견하게 되었지. 그때는 그가 누구인지, 왜 곤륜산에서 죽었는지 이해가 되지 않았다."

화운비가 잠시 말을 멈추고 중산을 바라보았다.

평범한 인간으로 살 수 있는 십 년의 의미를 그에게 설명해야 할 때가 된 것이다.

"세월이 흐른 뒤에야 알게 되었다. 그리고 나도 그와 같은 선택을 했다."

"무슨 말씀이신지……"

중산이 고개를 갸웃거렸다. 이유를 알고 선택했다니?

"곤륜파는 내가 마공을 익혔다는 이유 하나만으로 나를 파문하고, 죽이려고 했다. 죽어가는 나를 살린 것이 바로 이 적혈비이지."

화운비가 손에 들린 적혈비를 부드럽게 쓰다듬었다.

화운비의 손길이 닿을 때마다 화답이라도 하듯 적혈비에서 혈광(血光)이 번득였다.

"이것은 본래 곤륜파의 보물인 용린(龍鱗)이라는 성물(聖物)이었다. 스승은 그 성물을 자신의 후계자로 짚찍은 나에게 선물했지. 이것을 받은 뒤로 한 번도 몸에서 떼어낸 적이 없다. 그 뒤로 이놈은 나의 자랑이자, 나의 상징이 되어 갔다. 그런데 천산에서 남모르게 마공을 익힐 때, 어쩐 일인지 성물인 이 녀석의 몸에도 마기가 쌓였다. 나는 사람들에게 마기를 감출

수 있었지만, 이 녀석은 그러지 못했지. 결국 이 녀석 때문에 나까지도 들키고 말았다. 흐흐흐!"

화운비가 웃었다.

적혈비의 혈광이 더욱 짙어졌다.

"분노한 스승은 이 용린으로 나를 죽이려고 했다. 그러나 그 바람에 나는 살아날 수 있었지. 용린의 마기가 나를 살렸으니까……."

중산의 입으로 마른침이 넘어갔다.

아직 화운비는 선택이 무엇인지 말해주지 않았다. 그러나 왠지 불길한 느낌에 벌써부터 심장이 쿵쿵거렸다.

"본격적으로 마공을 익히고 나온 나는 곤륜파에 복수를 했다. 그리고 나를 따르는 사람들을 모아 문파를 세웠지."

'혈사문(血師門)…….'

중산이 속으로 중얼거렸다.

삼백 년 전 마제 화운비가 세운 혈사문은 오백 년 전 혈마의 혈사문처럼 어느 날 갑자기 사라졌다. 한때 "스스로 붕괴했다"는 소문이 들불처럼 번진 적도 있지만, 음모론을 주장하는 사람들은 "세외(世外)에 혈사문의 비밀거주지가 있다"고 믿었다.

"나를 혈마의 제자라고 생각한 사람들은 문파의 이름을 혈사문이라고 했다. 혈사문의 이름으로 많은 일을 했지……."

화운비가 과거를 회상하는 듯 잠시 침묵했다.

"그러나 좋은 날은 오래가지 못했다. 내 식솔과 문도들은…… 모두 죽었다. 처음 혈마가 세운 혈사문이 그랬듯이……."

"예?"

"그들은 미쳐서 서로 상잔(相殘)했다. 그걸 보다 못한 내가…… 다 숨을 끊어 주었지. 대를 이어 내려온 혈사문의 저주라고나 할까……."

"……."

중산이 어이가 없다는 표정으로 눈을 끔뻑였다.

서로 상잔한다고 자기 손으로 다 죽여 버리다니?

'그들 중에는 분명 처와 자식도 있었을 텐데…….'

온화해 보이는 화운비의 얼굴 이면에 피를 갈구하는 악마의 본성이 숨어 있는 것일까? 그게 아니라면 정말 혈사문의 저주?

"우리가 익힌 혈마기공이 십성의 경지에 이르면 마기(魔氣)가 체외로 방출된다. 혈마기공을 익히지 않은 사람이 그 마기에 노출되면, 살인광(殺人狂)이 된다. 전설의 독인(毒人)과 비슷하지. 차라리 독이라면 해독이라도 되는데, 마기에 중독이 되면, 자신이 죽을 때까지 생명을 탐한다. 부모가 자식을, 자식이 부모를, 문도가 문도를…… 죽이려 하지."

"헉! 왜, 왜 그런 일이?"

"피의 광풍(狂風)이 불어오던 날…… 제 자식들을 죽인 처를 단칼에 베었다. 극도의 분노로 말보다 손이 먼저 나갔지. 잠시 후 밖으로 나가 보니 이번에는 문도들이 서로를 상잔하고 있

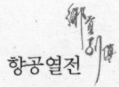
향공열전

더군. 부문주인 의제(義弟)를 죽이기 전에 물었다. 왜 형제들을 죽였느냐고. 그가 말하더군. 그렇게 하지 않으면 그들이 자신을 죽일 거라고. 그래서 먼저 손을 썼노라고……. 그래, 우습게도 그들은, 살기 위해 타인을 죽인 것이다."

"……"

"어쩌면 그날 살의에 휩싸인 사람은 문도들만이 아닌지도 모른다. 따지고 보면 거의 다가 내 손에 죽었으니까……."

"……"

중산은 감히 되묻지 못하고 화운비의 다음 말만 기다렸다. 가족과 문도들을 직접 모두 죽였다는 말을 들으니 입이 쉽게 떨어지지 않았다.

"혈마는 곤륜산의 석동에서 외롭게 죽었다. 그걸 어떻게 알 수 있느냐고? 흐흐, 복수를 끝내고, 제 손으로 가족과 문도를 죽인 내가 무엇을 할 수 있었겠느냐? 악몽에 시달리던 나는 강호를 떠나 천산(天山)으로 들어갔다. 그리고 어느 바람 불던 날, 이름 모를 계곡에서 자결을 했다."

"하지만 스승님은 단심맹의 외당에 탈 없이 머무르지 않으셨습니까?"

그때까지만 해도 분명 마기에 중독이 된 사람은 없었다. 그렇다면 평범하게 사람들과 지낼 수도 있지 않았을까?

"내가 연공을 하지 않는다면 사람들과 섞여 살아도 괜찮다. 그러나 사람과 부대끼며 살아간다는 것을 생각해 보아라. 그것은 곧 투쟁의 연속이기도 하다. 어디 그뿐이냐? 무림인들은 무림공적에게 호의적이지 않다. 언제까지 마기를 봉인해 둘 수 있을 것 같으냐? 흐흐흐."

"그, 그렇군요."

중산은 그제야 자신에게 주어진 평범한 시간의 의미를 깨달았다. 그것은 사람들 틈 속에서 살 수 있는 시간이었다.

'헐! 십 년이 지나면 나도 인간 세상을 떠나야 한다는 말인가? 끔찍하군.'

어찌 보면 은거보다 더 잔혹한 결과라고 할 수 있었다. 은거는 그냥 죽은 듯 숨어 지내는 것뿐이다. 하지만 자신과 마제 화운비는 그럴 수도 없는 처지이다. 그나마 다행인 것은 자신이 가해자이지 피해자가 아니라는 것 정도다.

공황상태에 빠져 있는 중산의 귀로 화운비의 음성이 들려왔다.

"이제 네가 해야 할 일을 가르쳐 주겠다. 천산에서 자결을 한 나를…… 다시 살려낸 자가 있다. 그는 나를 두 번 죽게 한 원수이지. 나를 되살려낸 그를 죽도록 증오한다. 하지만 나는 그를 떠올리기만 해도 숨이 멎을 정도로 고통스럽다. 다시 살아난 뒤로 나의 의지는 이미 나의 것이 아니라는 생각이 든다. 아마도 나를 살려 내는 과정에 뭔가 수작을 부렸겠지……. 그를 찾아 내 대신 죽여라."

"……."

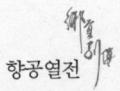

중산은 급히 마음을 추스렸다.

아직 십 년이나 남은 자신의 평범한 시간 따위는 잠시 덮어두었다.

단심맹의 총관으로 지내던 시절에 마제 화운비의 정체를 추측한 적이 있다. 그때는 당연히 화운비의 후계자일 것이라고 생각했다.

'적혈비의 주인이 화운비 본인이었다는 것도 놀라운데…… 살려낸 사람이 따로 있다니?'

설상가상(雪上加霜)으로 화운비는 자신이 누군가에게 종속된 것처럼 말했다. 단심맹을 단신으로 박살낸 사람이 누군가에게 종속되어 있다니?

믿을 수도 없지만, 믿고 싶지도 않은 이야기다. 하지만 "그를 찾아 죽여 달라"는 부탁까지 하는 것을 보면, 거짓말이 아니다. 세상 사람들이 상상도 하지 못하는 절대자가 이 시대에 살고 있는 것이다.

중산이 떨리는 음성으로 물었다.

"그자가 누굽니까?"

"모른다."

"정파인지 사파인지도 모르십니까?"

"아쉽지만, 내가 아는 것은, 그가 정사지간(正邪之間)의 고수일 거라는 것 정도다."

"정사지간이요?"

"그렇다. 만약 그가 사파였다면…… 보다 직접적인 방법으로 단심맹을 없애려 했을 것이다. 하지만 그는 단지 적혈비를 소림사로 보냈을 뿐이다. 만약 소림사가 적혈비를 나에게 넘긴다면 단심맹까지 갈 일도 없었을 것이다. 그자의 목적은 단심맹이 아니라는 것을 알 수 있지."

"허면 정파의 사람일 수도 있지 않겠습니까?"

"흐흐, 만약 그렇다면 그는 십대문파에 속하지 않은 정파의 고수일 것이다. 소림사와 단심맹의 연결고리가 튼튼한데, 자기 문파를 곤란하게 만들 일을 벌이겠느냐? 내가 정사지간이라고 생각했던 것도 그런 이유에서다. 소림사의 짐은 곧 단심맹의 짐이 될 수도 있는데, 그는 굳이 적혈비를 소림사에 보냈다. 십대문파와 직접적인 관계가 없는, 사파인도 아닌, 제멋대로 움직이는 사람이라는 뜻이지."

"아! 그러고 보니 스승님의 추측이 맞는 것 같습니다. 그리고 이건 알려지지 않은 이야기입니다만…… 그자가 처음에 적혈비를 보낸 곳은 소림사가 아니라 대림사였습니다. 훗날 대림시에서 감당하지 못하고 소림사로 보낸 것이지요."

"대림사?"

"예, 설립일이 소림사보다 앞섰다는 고찰(古刹)입니다."

"대림사는 무림의 방파더냐?"

"그건 아닙니다. 대림사는 희귀경전을 많이 보관하고 있는 것으로 유명했던 고찰입니다."

"흠! 너의 이야기를 들으니 이제 확신이 든다. 그는 단심맹이나 천명회와 직접적인 관계가 없는 자유로운 사람이다."

"저도 그런 것 같습니다."

"천하제일의 무공을 가진, 정사지간의 고수를 주의 깊게 살펴라. 그리고 그가 우리가 찾던 사람이라는 확신이 들거든…… 지체 없이 죽여라."

"예."

"혹 마음에 짚이는 자가 있느냐?"

화운비가 기대에 찬 눈으로 중산을 바라보았다. 단심맹의 총관으로 있던 중산이라면 혹시 알지도 모른다는 생각에서다.

"사실 단심맹과 천명회의 고수들을 빼면…… 천하를 오시(傲視)할만 한 사람도 없습니다. 정체를 숨기고 살아가는 사람이라면 명성을 얻지도 않았을 테니, 찾기가 쉽지 않을 것입니다."

"쯧!"

화운비가 실망한 기색을 짓자 중산이 급히 말을 이었다.

"그래도 가까운 데서부터 찾아보자면…… 요즘 갑작스럽게 이름을 떨치고 있는 두 사람이 심히 의심스럽습니다."

"그 두 사람이 누구더냐?"

"스승님께서도 들어보셨겠지만 요즘은 사람들이 검공이라는 애송이와 무주공선을 으뜸으로 꼽고 있습니다. 두 사람 모두 최근에 명성을 떨치고 있는 정사지간의 고수들이지요. 그리고 공교롭게도 단심맹이나 천명회와 직접적인 관계가 없는 사람들이기도 합니다."

"검공에 대해 아는 것이 있느냐?"

화운비는 전에 고적산인에게 들었던 이름이 다시 거론되자 관심을 보였다.

중산이 인상을 가볍게 구기며 답했다.

"명문문관을 배출한 서가장의 차남으로, 이제 이십 대 중후반의, 시건방이 하늘을 찌르는 놈입니다. 강소성 성가장의 성무십결로 무공에 입문한 강호초출이지요."

"꽤나 자세히 아는구먼."

"제자와는 악연이 있어서…… 조사를 해두었습니다."

"오호! 무주공선에 대해서도 아는 바가 있다면 말해 보거라."

"예, 무주공선은 본래 장강어옹의 친구로 무공 역시 비슷한 것으로 알려져 있었습니다. 그런데 얼마 전 천명회와의 일전(一戰)으로 진면목이 드러났지요. 소문에 의하면 칠대마인 두 사람이 무주공선을 어쩌지 못했다고 합니다."

"흠! 무주공선의 사문은?"

"그의 사문은 알려지지 않았습니다."

"수상한 냄새를 풍기고 다니는 놈이로군."

"무주공선의 뒤를 캐 볼까요?"

"……"

잠시 생각하던 화운비가 고개를 끄덕였다. 이제 고작 이십

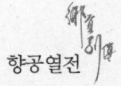

대 중후반인 검공보다는 무주공선에게 의심이 갔던 것이다.

 "그런데 스승님, 왜 다른 무공은 전수해 주시지 않으십니까?"

 중산이 아쉽다는 눈빛으로 화운비를 바라보았다. 마제 화운비의 다른 무공도 배우고 싶었는데 도통 말이 없으니, 체면불구하고 먼저 물은 것이다.

 "흐흐, 너무 욕심내지 말아라. 오늘 네게 전수한 것이 혈마기공(血魔奇功)이다. 그것이면 내 무공의 절반을 배운 것이나 다름없다. 나머지 절반은 곤륜파의 무공인데…… 무당파의 무공을 익힌 네가 배울 필요가 있겠느냐?"

 "허면 혈마가 남긴 것은 혈마기공뿐이었습니까?"

 "그렇다. 혈마기공 하나뿐이다."

 "그 하나로 고금제일(古今第一)이 되셨던 것입니까?"

 "네가 아직 혈마기공의 공능을 모르니 그런 소리를 하는 게다. 네가 지금까지 연공한 무당파의 내공은 혈마기공에 의해 깨졌을 것이다. 무당파의 내공이 사라졌다고 걱정할 필요는 없다. 나의 순수한 마기를 절반이나 나누어 주었으니까. 우리의 마기로 펼치지 못하는 무공은 없다. 아니, 그 이상이라고 해야 맞을 것이다. 혈마기공은 상상하는 모든 것을 가능하게 해 주니까 말이다. 나도 처음에는 곤륜파의 무공을 썼지만, 언제부터인가는 그것도 버렸다. 너도 곧 그렇게 될 것이다."

 "아! 예."

중산은 자신의 몸 안에서 꿈틀거리는 마력에 그런 공능이 있다는 설명에 기쁨을 금치 못했다.

"그런데 만약 무주공선이 그라면…… 제자가 그를 당해낼 수 있겠습니까?"

아직 자신의 무공에 자신이 없는 중산인지라, 목소리와 표정에 두려움이 깔려 있었다.

"내가 그자를 직접 죽이지 못하는 것은 힘이 부족해서가 아니라, 그의 지배 아래 있는 권속(眷屬)이기 때문이다. 지금 너의 공력은 내가 혈사문을 만들 때와 비슷하다. 혈마기공의 운용(運用)이 몸에 익으면, 천하가 네 앞에 무릎을 꿇을 것이다."

"아! 감사합니다! 스승님의 은혜는 잊지 않겠습니다!"

흥분한 중산의 얼굴이 붉게 달아올랐다. 이제 단심맹을 피해 다니지 않아도 된다고 생각하니 하늘로 날아오를 것 같았다.

문득 서문영의 싸늘한 얼굴이 뇌리를 스치고 지나갔다.

'당해낼 수 있을까?'

순간 뜨겁게 달아오른 몸이 서늘하게 식었다. 몸이 서문영을 두려워하고 있다는 증거다. 화운비의 절대마기를 전수받고도 불안해하고 있다니? 중산은 내심 불쾌했다. 어떻게 해도 서문영의 그늘에서 벗어나지 못하는 것은 아닌가 하는 공포가 밀려온다.

'그럴 수는 없다.'

만약 서문영을 당해내지 못한다면, 애써 마제 화운비의 제

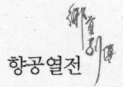

자가 된 의미가 없지 않은가? 남은 인생이 오락가락하는 위험까지 안고 한 일인데 말이다.

     *   *   *

 장안(長安)에 자리한 단심맹의 분위기는 초상집이라고 해도 과언이 아니었다. 천명회와의 전쟁에서 연전연패(連戰連敗)를 당하고 있었기 때문이다.
 처음 호북성 무한에서 1차 전쟁이 벌어졌을 때는 기습을 당해 패했다고 변명할 수 있었다. 하지만 하남성에서 적을 추격하다 벌어진 2차 전쟁은 입이 열 개라도 할 말이 없는, 완벽한 패배였다.
 천명회의 계속된 승리는 사파 무림인들의 단결을 가져왔다. 2차 전쟁 전 소림사에 무림의 지사들이 자발적으로 모여 들었듯, 이번에는 사파의 은거고수들이 천명회에 속속 합류했다. 그 숫자는 가히 무림사 최대라고 해도 과언이 아니다.
 자그마치 오백여 명의 사파 고수들이 스스로를 천명수호군(天命守護軍)이라 부르며 천명회를 따라다녔다. 천명수호군은 "이참에 단심맹을 해산시켜 강호를 본래의 상태로 돌려야 한다"고 주장했다. 물론 본래의 상태가 정확히 무엇을 뜻하는지 아는 사람은 없었지만 말이다.

단심맹으로서는 발등에 불이 떨어진 형편이었지만 대처할 방안이 없었다. 마제 화운비에게 십대문파의 제자를 잃었는데, 이번에는 무림지사들까지 천명회에 잃고 말았다. 단심맹 내부에서 조직적인 대처에 실패해 패했다는 반성이 있었지만, 만시지탄(晚時之歎)에 불과했다.

"여러분. 하남성에서의 패배 이후…… 무림지사들 대부분이 단심맹에 크게 실망하고 흩어졌소이다. 지금으로서는 사라진 무림지사들을 설득할 방법도 없고, 그럴만한 시간도 남아있지 않소."

단심맹의 맹주인 청암진인이 침통한 표정으로 좌중을 둘러보았다.

그러나 십대문파 장문인들은 대부분 청암진인의 시선을 외면했다. 대놓고 말하지 않았지만, 그들은 사태를 이 지경까지 몰고 온 맹주에게 크게 실망을 한 상태였다.

폐인이 된 장문인을 대신해 참석한 화산파의 장로 조운비(趙雲飛)가 조심스럽게 말했다.

"험, 험, 맹주께서는 빈도의 말을 곡해하지 않고 들어 주셨으면 합니다."

"……"

청암진인은 묵묵히 고개를 끄덕였다.

"본래 전쟁 중에는 장수를 바꾸는 게 아니라고 하지만…… 빈도의 얕은 생각으로는, '지휘부를 쇄신하면 뭔가 새로운 방법이 나오지 않을까?' 싶습니다."

"무슨 말씀인지 알겠소이다. 본인은 맹주 직에 연연하지 않소. 어느 분이라도 이 난국을 타개할 분이 계시다면, 즉시 자리를 내드리리다."

망설임 없는 청암진인의 대답에 장문인들이 잠깐 술렁거렸다. 내심 청암진인이 물러나기를 바란 건 사실이지만, 이렇게 전격적으로 받아들일 줄 몰랐던 것이다.

곤륜파의 신임 장문인 포롱진인(捕龍眞人)이 급히 진화에 나섰다.

"허, 맹주께서는 너무 급하게 결정하지 마십시오. 다들 감정적으로 격해서 마음에도 없는 말들이 나오는 것 같습니다. 누구도 맹주께서 물러나 주기를 바라는 사람은 없습니다."

소림사의 장문인 공산선사(空山禪師)가 고개를 끄덕였다.

"맞는 말씀입니다. 미안하고 다급한 마음은 알겠으나 마음을 가라앉히시지요. 모르는 사람이 들으면 우리가 맹주를 물러나라고 한 줄 알겠습니다. 허허."

하지만 공산선사의 눈은 웃고 있지 않았다.

공산선사는 뜬금없이 미안하고 다급한 마음이라는 말을 꺼냈다.

청암진인이 그 뜻을 모를 리가 없다.

'미안한 마음을 가지고 서두르라는 것인가…….'

다시 한 번 장문인과 문파의 대표를 둘러보았다. 여전히 누구도 시선을 마주치려 하지 않았다. 어째 맹주인 자신이 따돌림을 당하고 있는 분위기다. 이래서는 천명회를 막을 대책은커녕 단심맹의 분위기를 수습할 자신도 없다.

"아니외다, 아니외다. 빈도는 이미 마음을 정했소이다. 그렇지 않아도 빈도가 맹주가 되고 난 뒤로 좋지 않은 일이 계속 일어나, 마음이 무겁던 참이오. 맹을 정상화시키고 물러나려 했으나, 빈도의 시간이 다 된 듯하오. 빈도는 지금 맹주의 자리를 내놓고 무당파 장문인으로 돌아가겠소. 여러분은 난국을 타개할 유능한 분을 뽑아 주시기 바라오."

말을 마친 청암진인이 상좌(上座)에서 여러 장문인들의 틈 속으로 자리를 옮겼다.

청암진인의 돌발 행동으로 맹주의 자리가 공석이 되었다.

장문인들은 잠시 침묵했다.

청암진인이 물러났다고 해도 무당파의 장문인이다. 그의 속마음이 어떠한지 살피지 않고 나섰다가는 무당파와 척을 지게 될 수도 있었다.

눈치 보기를 견디다 못한 개방 방주 무적취개(無敵取丐)가 먼저 운을 뗐다.

"이왕 청암진인께서 물러났으니, 안타깝지만 어쩌겠소? 서둘러 다음 맹주를 뽑읍시다. 화운비도 그렇고 친명회도 그렇고…… 서둘러야 할 일이 한두 가지가 아니외다. 아무도 하지 않겠다면 이 거지가 저 자리를 차지해버릴 수도 있소이다. 클

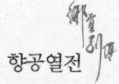

킁!"

"……."

그러나 아무도 웃어 주지 않았다.

머쓱해진 무적취개는 가슴에 손을 넣어 북북 긁어댔다. 답답함과 짜증으로 괜히 때에 절은 몸가죽만 간지러웠던 것이다.

공동파 장문인 도선진인(道宣眞人)이 침묵을 깼다.

"청암 도우(道友), 그동안 고생하셨소. 본래 저런 자리는 말도 많고 탈도 많은 자리이니…… 그동안 마음고생이 심하셨을 것이오."

도선진인이 청암진인에게 고개를 숙여 보였다.

청암진인은 내키지 않았지만 내색하지 않고 인사를 받았다.

도선진인의 인사로 청암진인의 사퇴는 확정지어진 것이나 다름없었다.

이윽고 도선진인이 말을 이었다.

"빈도는 소림사에서 맹주 직을 맡는 것이 좋겠다는 생각입니다. 지금은 단심맹뿐 아니라 천하무림의 최대 위기입니다. 이런 때에 무림정종(武林正宗)인 소림사의 장문인께서 맹주로 나서주신다면, 강호의 동도들도 잘 따라 줄 것입니다."

소림사의 장문인이 맡아야 한다는 말에 다들 고개를 끄덕였다. 그렇지 않아도 내부적으로 의견을 조율한 상태였다.

몇몇 장문인들의 거듭된 동의를 거쳐 마침내 공산선사가 후임 맹주로 확정되었다.

장문인들의 긴청에 공산선사가 상석(上席)으로 자리를 옮겼다.

"아미타불…… 노납(老衲)이 맹주의 일을 잘 해낼지는 모르겠으나, 최선을 다하겠습니다."

짧게 인사를 마친 공산선사가 문파의 대표들과 일일이 눈을 맞추었다. 이번에는 아무도 맹주의 눈길을 외면하지 않았다.

공산선사가 부드러운 미소로 말문을 열었다.

"여러분, 마제 화운비를 쫓는 일은 당분간 그대로 유지하는 게 어떻겠습니까? 노납의 생각이지만, 마제 화운비는 더 이상 우리 앞에 나서지 않을 것 같습니다. 그러니 무리해서 추가 인력을 투입할 필요는 없다고 생각합니다."

"화운비가 찾아오지 않을 거라고 생각하시는 이유가 무엇이외까?"

곤륜파의 포룡진인이 의아한 표정으로 물었다. 그 난리를 치고 사라진 화운비가 다시 오지 않을 거라니, 믿어지지 않았던 것이다.

"화운비가 단심맹까지 온 것은 적혈비 때문이 아닙니까? 그런데 담운, 아니 중산이 그것을 훔쳐 달아났으니…… 화운비는 이제 중산을 쫓을 거라는 게 노납의 생각입니다. 본래 단심맹과 화운비 사이에 아무런 은원이 없었고, 한 차례 싸움이 있었다 해도 오히려 우리가 피해자가 아닙니까? 그러니 앞으로도 화운비가 우리를 찾아올 일은 없을 것 같습니다."

"아!"

"그럴지도……."

몇몇 장문인들의 입에서 탄성이 흘러나왔다.

하지만 곧 종남파 장문인 삼정선인(三正仙人)이 이견을 제시했다.

"흠! 맹주님의 말씀대로 된다면 우리에게는 잘된 일이나…… 화운비가 검성과 고적산인께 독수를 쓴 것은 단심맹을 내부로부터 괴멸시키기 위한 것이었잖습니까? 단심맹을 없애려던 그가 이대로 사라진다는 것은…… 어쩐지 쉽게 납득이 가질 않습니다."

"확실히 장로님의 말씀도 일리가 있소이다. 화운비의 목적이 처음에는 적혈비였는지 모르나 이제는 단심맹의 몰락도 포함이 되어 있을 것이외다. 추격의 고삐를 늦추어서는 안 된다고 생각하외다. 만에 하나 천명회와 화운비가 손이라도 잡는 날이면…… 최악의 결과가 생기지 않겠소?"

점창파 장문인 청풍도사(靑風道士)가 삼정선인의 편을 들었다.

공산선사의 얼굴에서 점점 미소가 사라져갔다. 과거에는 소림사의 말 한 마디면 끝났을 텐데, 지금은 잡음이 많다는 느낌이다.

"하지만 지금은 단심맹을 지키는 인력도 부족하지 않습니까? 화운비를 조사할 만한 사람이 있다고 생각하십니까?"

사실 화운비를 조사하기 위해 파견한 인력은 없다. 아쉬운 대로 개방의 거지들이 화운비에 대한 정보를 수집해 가끔 올릴 뿐이었다.

공산선사의 질문에 삼정선인이 답했다.

"없으면 각 문파의 협조를 구해야 하지 않겠습니까? 문파에서 한 사람씩만 보내줘도 열 명인데…… 그 정도면 되지 않겠습니까?"

"장문인, 그 열 명의 힘을 보태 천명회를 막는 것이 더 현실적이라고 생각합니다만."

공산선사는 따로 인원을 뽑을 생각이 없었다. 지금의 전력으로도 천명회를 막아 낼 수 없는데, 여기서 더 뺀다니? 공산선사에게는 눈에 보이지 않는 화운비보다, 파죽지세(破竹之勢)로 몰려오는 천명회를 상대하는 게 더 시급한 문제였다.

"빈도는 다만 화운비도 잊지 말아야 한다는 취지로 드린 말씀이었습니다. 맹주의 의견에 반대하는 것은 아닙니다."

삼정선인이 한 발 물러섰다. 처음부터 신임 맹주와 맞선 사람으로 기억되고 싶지 않았던 것이다.

공산선사가 청풍도사에게 시선을 돌렸다.

"빈도 역시, 참고하시라고 드린 말씀일 뿐이외다."

청풍도사도 더 이상 반대하지 않았다. 사람이 없으면 몇 사람이라도 보내자는 말이 목구멍까지 올라왔지만, 참았다. 그

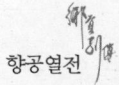
향공열전

리고 화운비가 다시 나타나지 않기만을 빌고 또 빌었다. 어쩌면 공산선사도 그런 마음일 거라고 생각하면서.

"이견이 없으면 다음으로 넘어가도록 하겠습니다. 괜찮으시겠습니까?"

공산선사가 장문인들에게 물었다.

다들 미적지근한 표정으로 미미하게 고개를 끄덕였다. 마음에 들지 않지만 달리 방도가 없으니 그냥 넘어가자는 투다.

공산선사의 입에서 한숨이 흘러나왔다. 이제 맹주직을 맡았을 뿐인데 벌써부터 피곤했다.

'고작 회의 하나를 진행 하는데 이토록 진이 빠지다니……'

그동안 소림사의 권위가 땅에 떨어졌거나, 다른 문파의 발언권이 강해진 탓이리라. 전임자였던 청암진인의 마음고생이 어떠했을지, 새삼 측은지심이 생길 지경이다.

"다음은 천명회의 대책방안입니다. 지금 이 시간에도 천명회의 오백과 천명수호대 오백, 도합 천여 명의 사파고수들이 오고 있습니다. 단심맹의 전력은…… 부상자를 제외하면 경비병력 포함 이백삼십오 명이 전부입니다."

"……"

장문인들이 침통한 표정으로 눈을 감았다. 다들 알고 있는 내용이지만, 맹주의 입을 통해 들으니 왠지 더 아득한 느낌이다.

"무림지사들의 협조는…… 더 이상 없는 건가요?"

아미파 장문인 무망사태(無妄師太)의 질문에 청암진인이 답했다.

"그 부분은 빈도가 말씀드리는 게 낫겠군요. 하남성에서 우리 편에 오십여 명의 사상자가 발생했소이다. 그들 대부분이 무림지사들이었소. 그 일 직후, 생존자들은 낙양에 재집결했는데…… 무림지사들이 다시 모이지 않았소이다."

"대부분이라 함은…… 혹, 무주공선도 그렇다는 말씀이신가요?"

무망사태가 근심스러운 눈으로 청암진인을 바라보았다.

무주공선은 단심맹을 위해 싸운 무림인들 가운데 최고수다. 칠대마인을 자그마치 둘이나 상대하고도 무사했다는 그의 무위를 생각하면, 지금의 단심맹에 없어서는 안 될 중요한 전력이었다.

청암진인의 입에서 한숨이 흘러나왔다.

"얼마 전 추혼대(追魂隊)의 부대주인 석도문의 전서구를 받았소이다. 사태(師太)도 아시다시피 그는 마지막까지 무주공선과 함께 있던 단심맹의 지휘관인데…… 그의 말에 의하면 무주공선은 다음과 같은 말을 남기고 사라졌소."

"무슨 말을?"

"듣기 거북스러울 수도 있소만 무주공선의 말을 그대로 옮기리다. '천명회와 단심맹의 전쟁에 단심맹이 너무 소극적으로 나서고 있다. 집 앞의 쓰레기는 집주인이 치워야 할 것이다.' ……"

"……"

뜻밖의 말에 무망사태는 물론 다른 장문인들까지 입을 열지 못했다.

한참 만에 청성파의 신임 장문인 고허선인(古墟仙人)이 억울하다는 듯 중얼거렸다.

"허어! 그런 오해를 하다니……. 솔직히 우리가 소극적으로 나선 것이 아니라…… 상황이 공교롭게 그리 되지 않았소이까……."

청암진인이 고개를 끄덕이며 말했다.

"맞는 말씀이외다. 그러나…… 애석하게도 강호의 동도들은 그렇게 생각하지 않고 있소. 그들은 마제 화운비에게 단심맹의 총단이 화를 당했다는 것을 믿지 않소. 그러다 보니 단심맹이 주력을 따로 보존하고 추혼대와 무림지사들로만 천명회를 상대하다가 크게 당했다고 생각하는 것이오."

"……."

청암진인의 설명에 다들 비통한 표정으로 한숨만 푹푹 내쉬었다.

십대문파의 거의 절반이 마제 화운비에게 수제자는 물론 장문인까지 잃지 않았던가! 그런데 저런 치욕스러운 오해를 받고 있다니!

……

오래도록 아무도 입을 열지 않았다.

청암진인은 더 할 말이 없다는 듯 눈을 지그시 감았다.

공산선사의 입에서 나무아미타불이라는 말이 쉬지 않고 흘러나왔다. 무주공선마저 손을 뗐으니 희망이 없게 된 셈이다.

"그럼 검공은 어떻습니까?"

갑작스러운 점창파 장문인 청풍도사(靑風道士)의 질문에 공산선사가 되물었다.

"실례지만 뭐가 어떻다는 말씀이신지?"

"강호에 검공과 무주공선의 이름이 하늘을 찌르고 있지 않습니까? 무주공선이 사라졌다면 남은 건 검공뿐인데…… 검공이 단심맹의 편에 서겠습니까?"

청풍도사의 말에 분위기가 다소 밝아졌다.

무주공선과 달리 검공은 아직 단심맹에 머무르고 있었다. 게다가 검성과 고적산인을 도와 줬으니, 말만 잘하면 단심맹도 돕지 않을까?

그러나 이어지는 답은 절망스러웠다.

청암진인이 감은 눈을 뜨지도 않고 중얼거렸다.

"그는 오늘내일 중으로 단심맹을 떠나겠다고 통보를 한 상태외다."

청풍도사가 급히 물었다.

"진인, 검공에게 단심맹에 남아서 도와 달라는 부탁은 해보셨습니까?"

"왜 안 했겠소? 헌데 거절하더이다."

"허, 거절의 이유가 뭐라고 합니까?"

청풍도사는 검공이 과거의 은원을 아직도 잊지 못한 것이라면, 머리를 숙이고라도 부탁을 해야 한다고 생각했다.

하지만 청암진인의 대답은 뜻밖이었다.

"그의 대답도 무주공선과 대동소이(大同小異) 했소이다. '단심맹의 일은 단심맹이, 천명회의 일은 천명회가 해야 한다'고 하더이다."

"그런 무책임한 발언이 어디 있습니까!"

청풍도사가 자리를 박차고 일어섰다. 모두가 한마음 한뜻이 되어 천명회를 척결해도 시원치 않은 판국에, 자기가 단심맹이 아니라고 발을 빼다니?

다른 장문인들도 분노한 표정이었지만 말을 아꼈다. 검공에게 진 빚이 있기도 하지만, 마지막까지 검공에 대한 기대를 버릴 수 없었기 때문이다.

별다른 반응이 없자 청풍도사는 다시 자리에 주저앉았다.

"선사께서 새로운 맹주가 되셨으니…… 인사차 그를 찾아가 부탁해 보는 게 어떻겠습니까? 빈도와 검공은 담운의 일로 마음이 편치 않았으니까…… 선사라면 혹 다른 이야기가 오갈지도 모르니……"

"……"

공산선사가 조금 불편한 표정을 지어 보였다. 그래도 소림사의 장문인이자 단심맹의 맹주인데, 인사차 검공에게 찾아가 보라니…….

그런 공산선사의 기분을 헤아린 곤륜파의 포룡진인이 웃으며 말했다.

"허허, 맹주님, 본래 목이 마른 사람이 우물을 파는 법이 아닙니까? 검공이 십대문파의 제자였다면 일이 번거롭지 않았을 텐데…… 어쩌겠습니까? 내키지 않으시겠지만 그와 교분도 틀 겸, 친히 방문해서 대화를 나누어 보시지요?"

"맞는 말씀이십니다. 최고 지휘관이 전선을 시찰하는 일도 있는데, 어떻습니까? 한번 방문해서 검공의 공로도 치하해 주시고, 겸사겸사 협조를 요청해 보시지요."

화산파 장로 조운비까지 거들고 나서자 공산선사가 마지못해 고개를 끄덕였다.

"나무아미타불, 여러분이 원하신다면 어딘들 못가겠습니까? 지장보살께서도 '내가 아니면 누가 지옥에 가랴'고 하셨는데…… 노납이 그를 만나 보겠습니다."

"잘 생각하셨습니다."

"힘든 결단을 내리셨소이다."

"무림의 홍복이외다."

장문인들은 다소 과장된 태도로 공산선사를 칭송했다.

사실 공산선사가 중간에 인용한 지장보살의 말은 "소악(小惡)으로 대악(大惡)을 누르겠다"는 것으로 부적절한 표현이다. 하지만 검공의 이름 앞에 무너진 단심맹과 공산선사의 자존심을 대변하는 것으로 그 이상 적절한 표현도 없었다.

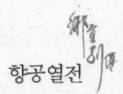
향공열전

제8장
최선의 상태도 악(惡)이다

"어디로 간다고?"

고적산인이 짐 꾸리는 것을 도우며 물었다.

"본가(本家)인 서가장으로 가려고 합니다."

"하필 지금 가려고 하는 이유라도 있는가?"

"예, 단심맹에 더 이상 얽히고 싶지 않아서요."

서문영의 단호한 대답에 고적산인이 머쓱한 표정을 지어 보였다. 서문영이 단심맹을 좀 도와주었으면 하는 바람을 가진 고적산인으로서는 당연한 반응이었다.

"자네는 단심맹을 싫어하는 것 같은데, 특별한 이유라도 있는가?"

최선의 상태도 악(惡)이다 231

"솔직히 처음에는 십대문파를 동경했습니다. 신선들의 세계로 생각했지요."

"허허, 보통 사람들은 다들 그렇게 착각들을 하곤 하지."

"예, 그러다가 몇 번 당해 보니…… 문득 깨달아 지는 것이 있었습니다."

"그게 뭔가?"

"힘을 가진 조직이 제멋대로 나갈 때는 누구도 제어하지 못한다는 것을요. 그런 의미에서 단심맹이나 천명회와 같은 무력조직은…… 최선의 상태도 악이라는 생각이 들었습니다."

"흠, 최선의 상태도 악이라니…… 그건 좀 심한 걸……."

"그냥, 저의 생각이 그렇다는 것입니다."

"자네의 말에도 일리는 있네. 직접 경험한 일들이니 내가 뭐라고 할 말이 없구먼. 하지만, 하지만 말일세. 인간 세상에는 필요악(必要惡)이라는 것도 있지 않을까? 단심맹이 못할 짓도 많이 했지만, 악인들의 발호(跋扈)를 어느 정도 막은 것도 사실이라네."

"악인들은 단심맹이 아니라도 막을 수 있었을 겁니다."

"후후, 사람들 모두가 악에 적극적으로 대처하지는 않는다네. 만약 사람들이 그렇게 했다면 세상에 악은 없었을 걸세."

"……."

서문영 역시 자신의 생각이 절대적으로 옳다고 생각하지는 않았다. 고적산인의 말도 일리는 있다. 하지만 체질적으로 단

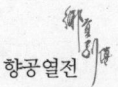
향공열전

심맹과 같은 무력단체와는 맞지 않았다. 단심맹을 볼 때마다 군문(軍門)에서의 일이 떠올랐다.

단심맹과 군문은 놀랄 만큼 서로 닮아 있었다. 지휘관 한두 사람의 결정을, 그것이 악이든 선이든, 사람들은 맹목적으로 따라간다.

"단심맹에서 자네를 곱게 보내주지 않을 거야."

"곱게 보내주지 않으면 어쩔 건데요? 그들은 오라버니를 강제로 잡아 둘 수 없을 거예요."

구석에 앉아 있던 독고현이 끼어들었다.

"허허, 소저의 말이 맞네. 검공을 강제할 수 있는 사람은 없지. 내 말은 그들이 검공의 바짓가랑이를 잡고 늘어질지도 모른다는 것이었다네."

"그래도 소용없어요. 우리는 서가장으로 갈 거예요."

"소저는 왜 서가장에 가고 싶은가?"

"그야 오라버니의 집이니까요."

"간단해서 좋군."

"도사 할아버지도 함께 가실 거죠?"

"당연하지. 나는 검공이 가는 길이라면 어디든지 함께 갈 생각이라네."

"훗, 도사 할아버지가 여자였다면 오해받기 딱 좋은 말씀이시네요."

"흠, 내가 여자였다고 해도 오해는 받지 않았을 걸세."

"왜요?"

"허허, 내 나이가 있지 않은가. 다 늙은 할머니가 따라가겠다는데 누가 오해를 한다고?"

"아! 그건 그렇겠네요. 호호."

서문영이 착잡한 눈으로 독고현을 바라보았다.

대화만 보면 노소(老小)의 농담이지만, 실상은 그렇지 않았다.

독고현은 아까부터 벽을 보며 말하고 있었다. 무슨 이유에서인지 감히 자신을 마주보지 못하고 있는 것이다. 남모르게 몇 번이고 쳐다보려고 시도하는 것 같았지만, 번번이 실패했다. 독고현의 정신이 바로 보는 것을 견디지 못했다.

그래도 독고현은 자신의 곁에서 떨어지지 않으려고 했다. 자신에 대한 사랑으로 견디는 것일 수도 있고, 보국왕의 지시에 의한 것일 수도 있다.

이제는 자신의 상태가 이상하다는 것을 자각할 만도 하지만, 독고현은 그런 부분에 대해서는 침묵했다. 서문영은 독고현이 묻지 않는 이상 먼저 말하지 않겠다고 다짐한 상태였다. 그러다 보니 남들이 보면 기묘한 광경이 자연스럽게 연출되고 있었다.

짐을 꾸리던 서문영의 손이 잠시 멈추었다.

곧이어 안면을 익힌 내당 경비무사 중 하나의 음성이 들려왔다.

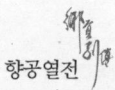
향공열전

"서 대협, 안에 계십니까? 맹주님께서 오셨습니다."
"아, 예."
서문영이 대답과 함께 천천히 자리에서 일어섰다. 맹주가 왔다니 마중이라도 나갈 생각이었다.
하지만 공산선사가 더 빨랐다.
문이 열리는가 싶더니 공산선사의 상체가 불쑥 안으로 들어왔다.
"허허, 다들 여기 계셨군요. 공산입니다."
"아니 맹주께서 여기까지 웬일이시오?"
방문의 목적을 짐작하면서도 고적산인이 시치미를 떼고 물었다.
마지막까지 멍석을 깔아 주고 싶은 마음에서다. 무당파 출신의 고적산인으로서는 어떻게든 공산선사를 거들어 주고 싶었던 것이다.
"실은 검공께 부탁드릴 말씀이 있어 찾아왔습니다."
"아, 그럼 우리가 자리를 피해드리리다."
고적산인이 일어나려하자 공산선사가 만류했다.
"아닙니다. 계셔도 상관없습니다. 굳이 저 때문에 나가실 필요는 없습니다. 여기 계신 분들이 어디 남입니까? 괜찮습니다."
"푸헐, 그렇다면 엉덩이를 좀 더 붙이고 있겠소이다. 나중에 주책없다고 나무라지나 마시구려."

최선의 상태도 악(惡)이다 235

"예, 그럴 일은 없을 겁니다."

공산선사가 서문영의 맞은편에 가부좌를 틀고 앉았다.
독고현은 다시 면벽(面壁)을 했고, 고적산인은 보따리를 꾸리기 시작했다
잠시 머뭇거리던 공산선사가 입을 열었다.
"검공, 내 거두절미(去頭截尾)하고 솔직히 말씀드리리다. 현재 단심맹은 풍전등화(風前燈火)의 위기에 처해 있소. 한 사람의 도움이라도 절실한 형편이오만…… 더 이상 달려와 줄 협객이 없소. 도와주시오. 검공께서 도움을 준다면, 단심맹은 그 은혜를 결코 잊지 않을 것이오."

"……"

서문영은 쉽게 답하지 않았다.
얼마 전 무당파의 청암진인에게 거절의 뜻을 밝혔다. 신중하게 생각한 끝에 내린 결정을 번복하고 싶지는 않았다.
"그렇지 않아도 지난번 청암진인께서 협조를 요청한 적이 있었습니다."
"알고 있소이다."
"말씀드리기 송구스럽지만…… 소생(小生)은 십대문파의 일원이 아니므로 단심맹과 천명회의 다툼에 끼고 싶지 않습니다."

"……"

답답한 듯 한동안 힘주어 염주알만 굴리던 공산선사가 다시

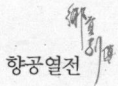
향공열전

말했다.

"으음, 지금을 어찌 십대문파와 천명회의 다툼이라고만 하겠소? 대협의 말씀처럼 단심맹은 십대문파가 만들었소이다. 하지만 그 단심맹이 지금까지 무슨 일을 했소? 혼탁한 세상에서 협의(俠義)를 수호하는 담장역할을 해오지 않았소? 여기서 단심맹이 무너지면 정의(正義)도 함께 무너지게 되는 것이외다. 천하의 경영이 패악무도(悖惡無道)한 사파의 손에 넘어간다면…… 백성들의 고통만 심해질 뿐이오."

"선사님, 천하 경영에 대한 말씀은 잘 들었습니다. 허나 천하는 양도(讓渡)할 수도, 양도받을 수도 없는 것입니다. 천하의 주인을 누가 정해 주었습니까? 천하는, 그저 여러 사람들이 어우러져 살아가는 곳, 그 이상도 이하도 아니라고 생각합니다."

"해서, 단심맹은 자격이 없다는 말씀이시오?"

"오늘날 십대문파가 무림지사들의 신망을 잃어 설 자리가 줄어들었다면…… 안타깝지만 현실을 받아들여야 할 줄로 압니다. 그리고 염려하시는 것처럼 천명회가 해악(害惡)을 끼치면…… 천하의 협객들이 들고 일어나 바로잡을 거라 믿습니다."

"허어! 우리가 신망을 잃은 것은 사실이오. 그러나 설혹 십대문파가 단심맹으로 제 잇속을 챙겼다 해도, 다른 사람들이 해결사를 자처하고 나서서 해먹었을 것에 비하면 아무것도 아닐 것이오. 그리고 협객들이 바로잡을 거라니? 단심맹이 할 수 없는 일을 누가 할 수 있다는 말씀이시오? 검공의 말씀은 단지 이상(理想)일 뿐이외다. 백성과 협객들이라고 이기적인 마음이 없겠소이까? 누가 자신의 안위를 돌보지 않고 천명회를 치죄(治罪)할 수 있단 말이오?"

"상대적으로 우리가 덜 악하다는 것은 바로 '최선의 상태도 악하다'는 것을 의미합니다. 소생은 그런 자리에서 비껴나고 싶을 뿐입니다. 그리고, 만약 천명회가 백성들에게 해악을 끼친다면, 소생의 손으로 그들을 치죄 할 것입니다."

"무림의 조직을 악으로 생각하니 긴말은 하지 않겠소. 허나, 이왕 백성들의 고통을 외면하지 않겠다는 생각이라면, 정파의 정기가 쇠하기 전에 거들어 주는 것이 어떻겠소?"

공산선사는 속이 상할 대로 상했지만 포기하지 않고 끝까지 붙들고 늘어졌다.

무주공선이 사라진 지금 단심맹을 대표 할 만한 초절정 고수가 없기 때문이다. 게다가 언제 끝날지 모를 천명회와의 싸움에 검공은 꼭 필요한 사람이었다. 공산선사는 십대무파가 아닌 검공을 전면에 내세워 무림지사들을 끌어 모을 생각이었다.

"선사님, 저 한 사람이 돕는다고 달라질 상황이 아니니 너무 강권하지 마십시오. 이미 말씀 드렸듯, 소생은 관여하지 않겠습니다. 단심맹에 오게 된 것도, 개인적인 인연 때문이지, 단심맹을 돕기 위한 것은 아니었습니다."

"결국 누란(累卵)의 위기에 빠진 단심맹을 보고도 그냥 지나쳐 가겠다는 소리요?"

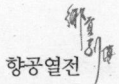

향공열전

"단심맹이 이백삼십 명이고 천명회가 천 명이라 들었습니다. 절도사가 지방군이라도 동원한다면 모를까, 그전에는 누구도 승패를 바꿀 수 없지요. 선사님께서는 어차피 진 싸움에 제가 수백의 목숨을 끊는 게 옳다고 생각하십니까? 저는 사람 백정이 아닙니다."

"하아!"

공산선사의 입에서 한숨이 흘러나왔다.

검공의 말이 옳았다. 십대문파의 제자도 아닌 검공에게 뻔히 패할 싸움에 참여해 생목숨을 끊어 달라고 요구할 수는 없었다.

"검공의 입장을 충분히 알겠소. 섭섭하지만 검공에게 이래라 저래라 할 수 없다는 것을 잘 알고 있소이다. 노납과 단심맹은 비록 예정된 결말이라 할지라도 총력을 다할 것이오."

"기대에 부응하지 못해 죄송합니다. 아무쪼록 좋은 결과가 있기를 바랍니다."

문득 공산선사가 서문영의 눈을 응시했다.

"기억해 두시오. 언제고 단심맹이 아니라 천하를 위해…… 검을 뽑아야 할 날이 올 것이오. 그때 검공이 어떻게 할지, 우리는 지켜볼 것이오."

"……."

말을 마친 공산선사가 자리에서 일어났다.

공산선사는 고적산인에게 반수합장을 해 보인 후에 뒤도 돌아보지 않고 성큼성큼 걸어 나갔다.

열린 방문으로 늦가을의 찬바람이 밀려들었다.

고적산인이 서문영을 향해 떨떠름한 표정으로 말했다.

"젊은 사람이 저렇게 융통성이 없어서야…… 일단 도와주겠다고 한 뒤에 상황 봐서 달아나도 될 일을…… 꼭 적을 만들어요."

"하하, 제가 원래 모 아니면 도입니다. 게다가 병법(兵法)에도 '승산 없는 싸움은 아예 하지도 말라'고 나와 있습니다. 뻔히 지는 싸움에 뛰어들어 사람을 베다니요? 뒤에서 뭐라고 욕을 해도 저는 그렇게 못합니다. 사람을 베면 꿈자리가 얼마나 사나운지 아십니까? 그 고통은 당해 보지 않은 사람은 모릅니다. 차라리 욕을 먹고 말지……."

"쩝, 자네 말이 틀린 것은 아닌데…… 상대는 소림사의 장문인에다가 단심맹의 맹주라네. 공산선사가 한 마디만 하면 자네의 앞길은 바로 만장절벽(萬丈絶壁)이 될 수도 있다고……."

"사람이 앞길로만 가라는 법이 있나요? 앞이 절벽이면 이리저리 돌아가면 되지요. 어차피 앞으로 시간도 많은데 뭐가 걱정입니까?"

"그래, 서가장에 가서는 무얼 하려고?"

"글쎄요. 오랫동안 집에 가지 못했으니 효도를 좀 할 생각입니다."

"알겠네. 며칠 효도한다 치고, 그 다음은?"

"며, 며칠이라뇨? 집 떠난 지 어언 오 년이 넘었습니다. 며칠 가지고 효도가 되겠습니까?"

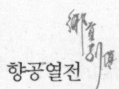
향공열전

"그거야 지내 보면 알게 될 일이고."
"그 다음은 그를 찾아갈 생각입니다."
"그라면……."
고적산인이 독고현을 힐끔 바라보았다.
서문영이 고개를 끄덕였다.
"예, 대체 저에게 왜 그런 짓을 저질렀는지 알아볼 생각입니다."
"……."
"그리고 달아난 담운도 찾아야겠지요. 아, 이젠 중산이라고 했던가요?"
"맞네, 그놈의 속명(俗名)이 중산이었지. 그런데 어째 내 귀에는 결국 다시 떠돌아 다녀야 한다는 말로 들리는구먼? 그럼 독고 소저는 데리고 다닐 셈인가?"
고적산인이 지나가는 투로 물었다.
"……."
서문영은 답하지 않았다.
자기 이야기가 나오자 면벽을 하고 있던 독고현이 말했다.
"오라버니, 저 이상한 거 맞지요?"
"갑자기 무슨 소리냐?"
"오라버니의 옆에 있고 싶은데, 오라버니와 얼굴을 마주할 수가 없어요. 게다가 오라버니의 옆에 있으면 죽을 만치 괴로워서, 이렇게 벽을 보고 다른 생각을 해야 해요. 이런 거 이상하잖아요. 전에는 이러지 않았는데……."

"그건, 내가 익힌 무공이 독특해서 그런 것이다."

"그럼 저는 평생 이렇게 살아야 하나요?"

"아니, 곧 괜찮아 질게다……."

서문영의 음성이 가볍게 떨렸다.

괴로워하고 있는 독고현을 위해서라도 빨리 결정을 내려야 한다고 생각하니, 가슴이 답답했다.

'난 이기적인 놈이다.'

소림사의 십팔나한에게 손을 쓸 때는 갈등이 심하지 않았다. 마치 강시의 몸에 부적 하나를 더 붙이는 심정으로 손을 썼다. 그런데 지금은 독고현을 곁에 두고 있는 것이 옳은 것인지, 독고현의 상태를 유지할 다른 방법은 없는지, 계속 번민하고 있었다.

"너무 고민하지 말게. 때가 되면 하늘이 자네가 가야 할 길을 인도해 줄 걸세."

"하하. 때가 되면 하늘이 인도하기 전에 제가 알아서 하고 있을 겁니다. 필요한 순간에 도움이 돼야 하늘을 믿고 의지하지요."

서문영의 허탈한 웃음이 방 안을 맴돌았다.

* * *

공산선사와의 짧은 대화를 끝으로 서문영은 단심맹을 떠났다. 단심맹에서는 무당파와 화산파 장문인만 배웅을 나왔다. 처음 단심맹에 왔을 때를 생각하면 극과 극의 대접이었지만 서문영은 당연하게 받아들였다. 맹주의 부탁을 매몰차게 거절하고 제대로 된 대접을 기대하는 건 도둑놈 심보가 아닌가!

서문영 일행은 서가장이 있는 호북성 무한(武漢)을 향해 남하(南下)했다. 장안을 떠나 남쪽으로 가는 길은 순탄치 않았다. 관도가 병장기를 휴대한 무림인들로 바글거렸던 것이다. 그 무림인들의 대부분은 사파의 고수들인지라, 시도 때도 없이 시비가 벌어졌다.

사실 잦은 시비에는 서문영 일행에도 책임이 있었다.

고적산인은 내력을 잃고 난 뒤로는 누가 봐도 병약한 늙은이였다. 워낙 오랜 기간 떠돌아 다녀 피부가 삭고 바싹 말라 병이 없었음에도 골골거리는 것처럼 보인 것이다.

독고현 역시 하얗다 못해 파리하기까지 한 얼굴이 영락없이 중병에 걸린 미녀다.

그나마 멀쩡한 사람은 서문영뿐인데, 하필 문사차림에 둔중해 보이는 금강검을 허리춤에 차고 다녔다.

이래저래 사람들의 눈에 띄는 조합인 것이다.

"이봐! 거기, 그래 이리 와봐."

서문영이 돌아보자 흉악하게 생긴 사십 대의 거한 하나가 손짓을 했다.

서문영의 눈썹이 꿈틀거렸다. 벌써 이런 식의 부름이 몇 차례인지 셀 수조차 없었다.

"저 말입니까?"

그래도 서문영의 응대는 부드러웠다. 단심맹이니 천명회니 하는 사람들과 얽히고 싶지 않아 최대한 참고 있는 것이다.

"그래, 젊은 사람이 귀가 먹었나? 척하면 알아들어야지."

서문영이 사내에게 다가갔다.

사내의 주변에 서 있던 불량스러워 보이는 무인들이 야비한 눈으로 독고현의 아래위를 훑어보며 자기들끼리 속닥거렸다.

"무슨 일로 부르신 겁니까?"

사내가 서문영의 허리에 매달린 금강검을 가리키며 물었다.

"험, 험, 우리는 천명수호대에 지원하러 가는 협사들이라네. 몇몇 단심맹의 끄나풀들이 설치고 다닌다는 첩보가 있어서 그러는데, 협조 좀 하게."

"소생은 가족들과 함께 무한의 집으로 돌아가는 길입니다만, 어떤 협조를 말씀하시는지요?"

"아, 뭐 대단한 협조는 아니고, 내 질문에 성실하게 답해주면 되네."

"그러시지요."

서문영은 선선히 고개를 끄덕였다. 아무래도 이들은 단심맹을 도우러 가는 무림지사들을 찾는 천명회의 사람들 같았다.

"자네 무사인가?"

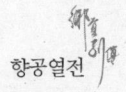
향공열전

"그건 아닙니다."

"무사는 아니라 이거지……."

사내가 의심스럽다는 표정으로 서생의 전신을 살폈다. 말투는 영락없는 글방서생인데, 허리에 정체불명의 검이 매달려 있으니 개운치 않은 것이다.

음담패설을 나누던 다섯 명의 무인들도 힐끔거렸다. 그들도 서생의 허리에 걸린 금강검이 신경 쓰이는 모양이다.

요즘 같은 세상에 거리에서 만나는 칼 찬 사람은 단심맹 아니면 천명회다. 천명회도 강하지만 단심맹의 고수들은 그보다 두 배 이상 강하다. 천명수호대를 지망하던 변두리 삼류무인 여섯으로는 감당할 수가 없는 것이다.

"그건 뭔가?"

사내가 결국 금강검을 가리켰다. 지레짐작보다는 확실한 게 나은 것이다.

"얼마 전 호신용으로 무술을 배울 때 받은 것입니다."

"어디서, 누구에게 배웠는가?"

"대림사의 스님에게서……."

"대림사? 소림사와는 어떤 관계지?"

호남성 뒷골목 출신의 사내에게 대림사의 이름은 별 의미가 없었다.

"아무 관계도 아닙니다."

"다행이군."

그제야 사내의 얼굴이 부드럽게 풀어졌다. 듣지도 보지도 못한 대림사에서, 그것도 얼마 전에 호신무공을 배웠다니 별 볼일 없을 게 뻔했다. 서생의 일행이 단심맹과 관계가 없다는 게 밝혀졌으니, 이제는 요리해 먹는 일만 남은 셈이다.

"어디 보자, 무한으로 간다고 했나?"

"그렇습니다."

"자네를 보니 죽은 내 동생이 생각나서 하는 말이네만. 주변을 둘러보게. 온통 도검을 소지한 무림인들이 보일 걸세. 대부분 단심맹을 치러가는 무림의 협사들이시지. 그런데 지금처럼 계속 혼자 다니다가는…… 그분들에게 괜한 오해를 받아 비명횡사를 당할 수도 있네. 말이 나와서 하는 말이지만 우리처럼 친절하게 묻는 사람들도 흔치 않거든."

"아, 그렇군요."

서문영은 수긍이 가는 듯 고개를 끄덕였다.

그러고 보니 친절하게 말을 나눈 사람이 없다. 지금까지 만난 사파인들은 다짜고짜 시비를 걸어왔다. 그 결과 팔다리가 부러져 돌아가기는 했지만 말이다.

"그래서 하는 말인데……"

사내의 음성이 은근하게 가라앉았다.

"솔직히 말하자면, 우리는 모두 호남성의 협객들로 천명수호대에 있다가 뜻한 바가 있어서 낙향을 하는 중이라네. 가는 길이 같으니 무한까지 우리가 자네 일행을 보호해 주도록 하지. 자네는 그냥 우리의 숙박과 식사, 그리고 나중에 약간의 수고비만 책임져 주면 되네. 수고비는 한 사람당 은자 열 냥이면 되니까 너무 부담 가지지 말게. 혹시 돈이 없다면, 다른 식으로 지불해도 되니, 그냥 그렇게만 알고 있게."

"……."

서문영이 복잡한 눈으로 사내를 바라보았다.

사내는 "천명수호대를 지원하러 가는 길"에서 슬그머니 "낙향"으로 말을 바꾸었다.

계획대로라면 상대가 강도로 돌변하는 즉시 팔다리를 부러뜨리고 떠나려 했다. 그런데 말하는 게 들쭉날쭉해서 맞춰 주기가 쉽지 않았다.

'기특하게도 천명회에서 나왔다니 조금 더 두고 볼까……'

사내들을 어떻게 처리할지를 고민하고 있는 서문영에게 고적산인과 독고현이 다가왔다. 장거리 여행 중인 보통의 가족들이라면 낯선 사내들 근처에 가까이 오지 않았을 것이다. 하지만 고적산인과 독고현은 시대를 풍미하던 사람들이다. 게다가 검공 서문영까지 있으니 두려움이 있을 리가 없다.

"무슨 일인가?"

고적산인이 서문영에게 물었다. 척 봐도 속이 훤히 들여다보이는데, 쓸데없이 이야기가 길어지니 자연 호기심이 동한 것이다.

"이 사람들이 우리와 동행을 하고 싶다는군요."

"헐, 왜?"

"사방에 무림인들이 많아 곤란할 것 같으니 보호해 주겠답니다."

"쯧쯧……."

고적산인이 사내들을 둘러보았다. 한눈에 보아도 보호비나 몇 푼 뜯어내려는 생계형 잡배들이다.

"잔심부름 하는 사람이 있으면 좋기야 할 테지만 좀 많군……."

중얼거리던 고적산인은 알아서 하라는 듯 손을 휘휘 내저으며 멀어져갔다.

사내가 망설이고 있는 서문영에게 일침을 가했다.

"이봐, 뭔가 착각하는 모양인데, 우리가 그렇게 결정을 내렸으니 자네는 무조건 따라야 하는 거야. 내가 하는 말을 알아들었나?"

"그럽시다. 그런데 정말 무한까지 함께 가는 겁니까?"

"좋아, 나중에 다른 말 해도 소용없다고. 그때는 위약금으로 열 배인 은자 육백 냥을 청구할 테니까."

"잠깐, 위약금은 그대로 두더라도 보호비만은 조정합시다. 한 사람당 은자 열 냥은 너무 많습니다."

"그럼 얼마를 생각하는데?"

"한 사람당 은자 한 냥이면 계약을 하겠습니다."

"뭐, 한 냥? 씨벌, 우리를 뭐로 보고……."

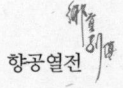

사내가 발끈한 순간이다. 뒤에서 건들거리고 있던 텁석부리 하나가 불쑥 끼어들었다.

"송 형(宋兄), 그냥 한 냥에 해줍시다. 게다가 저것도 있지 않수?"

텁석부리의 눈이 독고현을 가리켰다. 어차피 그들에게 은자 한 냥이니 열 냥이니 하는 것은 말장난에 불과했다. 지금은 보는 눈이 있을지도 모르니 조심하는 것뿐이다. 날이 어두워지면 으슥한 곳에서 남자들을 작살내고 여자만 끌고 갈 생각이었다.

사내가 텁석부리를 몇 걸음 떨어진 곳으로 데리고 갔다.

"이봐 강(江) 아우, 지금 늙은이와 여자의 꼴을 자세히 보니 행려병자(行旅病者) 같은데…… 괜찮겠나? 괜히 건드렸다가 병이라도 옮으면 골치 아파진다고……."

'괜히 이상한 여자 건드렸다가 고생하지 말고 돈이나 왕창 뜯어내자'는 게 사내의 생각이었다.

"병든 것 같아 보이긴 하지만 미색을 보슈. 데리고 놀다가 팔아도 최소한 은자 다섯 냥은 받지 않겠수? 무한까지 귀찮게 호위를 하고 여섯 냥을 받는 것보다, 며칠 끌고 다니다가 유곽(遊廓)에 내다 파는 게 나은 것 같은데."

"흠! 그것 참 묘안이로군."

사내는 텁석부리의 제안대로 하기로 마음을 바꿔먹었다. 은자 한 냥 버리는 셈 치면 귀찮게 호위를 하지 않아도 되고, 여자까지 즐길 수가 있지 않은가!

텁석부리와 의미심장한 눈빛을 주고받던 사내가 서문영에게 돌아갔다.

비록 귀엣말을 나누었다고 하지만 서문영이 누군가! 십 장(十丈; 약 30미터) 밖에서 두더지가 땅을 파는 소리까지 시끄럽게 느껴지는 사람이다.

서문영의 눈은 이미 서늘하게 가라앉아 있었다.

"자네의 말대로 하지. 은자 한 냥에 무한까지, 됐지?"

"……."

서문영이 무심한 눈으로 사내를 바라보았다.

불현듯 '이대로 팔다리를 꺾고 떠나는 것은 상대에게 너무 자비로운 처사가 아닌가?' 하는 생각이 든다.

"아니, 다시 생각해 보니 두 가지가 빠졌소. 여행경비가 빠듯해서 여러분에게 숙식제공이 불가하오."

"좋아, 그쯤이야 우리도 어차피 무한 방향으로 가는 마당이니까, 알아서 먹도록 하지. 다른 하나는 뭔가?"

사내는 대충 마무리 짓고 싶었다. 아까부터 관도를 오가던 몇몇 사파 고수들이 관심을 가지고 힐끔거렸기 때문이다.

"일행 중에 몸이 불편한 사람이 있으니 가끔 잔일도 거들어 준다면, 함께 가리다."

서문영의 말투가 변해 있었지만 사내는 신경 쓰지 않았다. 어차피 죽을 놈의 말이 아닌가.

"알겠네. 그러지. 잔일도 맡아서 해주지. 우리는 건강하니까."

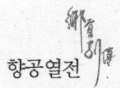
향공열전

"그럼, 그렇게 계약한 거요. 무한까지, 호위 및 노역(奴役)에 은자 한 냥, 위약금은 은자 육백 냥, 맞소?"

잔일이 어느새 노역으로 변해 있었지만 사내는 급히 고개를 끄덕였다.

"맞아, 그러니 이제 그만 떠나자고."

"그전에……."

서문영이 품안에서 주섬주섬 뭔가를 꺼냈다. 늘 가지고 다니는 닳아빠진 세필(細筆) 한 자루와 먹통 그리고 한 장의 누런 종이다.

서문영의 손이 품안으로 들어갈 때 사내는 흠칫하고 놀란 표정을 지었다. 혹시 암기나, 어사패 같은 거라도 튀어 나오는 게 아닌가 긴장했던 것이다.

하지만 내용물을 확인한 사내의 얼굴에 훈훈한 미소가 떠올랐다.

붓과 먹통과 종이는 유약함과 좀스러움의 상징이 아닌가! 서생으로 보이더니 계약서라도 적으려는 모양이다. 얼굴의 칼자국으로 봐서 내심 뭔가 있는 놈인가 경계했는데, 이제는 마음이 완전히 풀어졌다. 사내는 뭔지 모를 안쓰러움에 '서생을 죽일 때 고통 없이 보내 주리라'는 다짐까지 했다.

"이름이 어떻게 되오?"

"송삼(宋三)이라네."

"송삼 외 오인(五人)이라……."

서문영이 일필휘지(一筆揮之)로 뭔가를 적어나갔다.

만약 이때 사내가 서문영을 유심히 살폈더라면, 뭔가 이상하다는 것을 느꼈을지도 모른다.

서문영의 손끝에 한 귀퉁이를 잡힌, 하늘하늘한 종이가, 어느 순간 판자처럼 단단히 펼쳐져 있었으니 말이다.

하지만 사내는 아는 글자가 별로 없던 터라 그 시간에 다른 사내들처럼-서시(西施)처럼 인상을 잔뜩 찌푸리고 있는- 독고현을 이리저리 뜯어볼 뿐이었다.

"정확한 게 좋으니 대표로 수결(手決)을 하시오."

"수결이 뭔가?"

"손도장이라도 찍으라는 말이오."

"원 젊은 사람이 의심도 많아. 그까짓 거 열 번이라도 찍어주지."

사내가 먹물 바른 손으로 종이 한 귀퉁이를 꾹 눌렀다.

서문영이 곁에 있는 다른 남자들에게 물었다.

"여러분도 이 계약에 모두 동의한 것이 맞소? 아니면 지금 아니라고 말하시오."

"맞수."

"맞아, 맞아, 갈 길이 머니 얼른 가자고."

"아 까칠하네. 거 얼마나 된다고. 맞아, 대충 하자고."

송삼의 일행이 동의하자 서문영은 계약서를 둘둘 말아 품안에 넣었다. 서문영의 입가로 비릿한 미소가 떠올랐다.

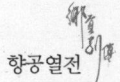
향공열전

"그럼 슬슬 가십시다."

서문영이 고적산인과 독고현에게 돌아갔다.

인상이 심각하게 더러운 여섯 명의 사내가 어물어물 그 뒤를 따랐다. 사내들은 다른 무림인들과 눈이 마주칠 때마다 비굴한 미소를 지어 보였다.

멀리서 지켜보던 몇몇 사파의 고수들이 아깝다는 듯 입맛을 다셨다. 가는 길이 달라 서생 일행을 후리지 못한 게 한으로 남는 얼굴들이다.

그중에 수염이 허연 노인 하나가 중얼거렸다.

"씨펄, 눈앞에서 기연을 놓치다니……."

이 험한 세상에 어디 가서 저런 차려진 밥상을 다시 만난단 말인가!

미녀를 만나기란 쉽지 않다. 집을 뛰쳐나온 미녀와의 만남은 더욱 어렵다. 그중에서도 가장 어려운 것은 든든한 보호자 하나 없이 세상을 떠도는 미녀를 만나는 것이다.

그건 실로 하늘의 별따기 만큼이나 불가능한 일이기도 하다. 그런데 방금까지 자신의 눈앞에 초절정의 꽃미녀가 방치되어 있었다. 육십 평생에 처음 있는 일이었다.

"저어, 뒤를 밟아 볼까요?"

노인의 곁에 시중들듯 서 있던 염소수염의 중년인이 조심스럽게 물었다.

"아서라, 이미 많이 늦었느니라."

노인이 허탈한 표정으로 고개를 저었다.

천명회가 단심맹에 입성하기 전까지 어떻게든 합류를 해야 했다. 게다가 지금 자신의 몸 상태는 정상이 아니었다. 삼 년 전 추혼대(追魂隊)의 오행검진(五行劍陳)에 크게 당해 생사지경을 넘나들다 이제 겨우 움직일 만한 정도다. 그게 아니라면 진즉에 모두 죽이고 여자를 낚아챘을 것이다.

"그래도 모처럼 구미가 당기신 모양인데 이렇게 보내도 괜찮겠습니까? 오늘 하룻밤만이라도 시중을 들게 하심이……."

"아직 몸이 편치 않다. 괜히 이목을 끌었다가 오악검파(五嶽劍派; 무당, 화산, 청성, 곤륜, 공동)라도 따라 붙으면 귀찮아 진다."

"예……."

염소수염의 중년인이 아쉬운 듯 몇 번이나 미녀 일행이 사라진 방향을 힐끗거렸다.

자신이 모시고 있는 노인이 고독신마(蠱毒神魔)만 아니었어도, 당장 길안내를 때려치우고 뒤따라갔을 것이다. 하지만 노인은 칠대마인 중에 가장 다루기 어렵다는 독(毒)의 달인 고독신마다. 허락도 없이 그를 떠났다가는 일각(一刻)이 안 돼 한 줌 혈수로 변할 것이었다.

"기연이란 한번 따르기 시작하면 계속 오느니……."

고독신마가 자신을 위로하듯 중얼거렸다.

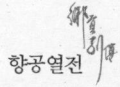
향공열전

＊　　　＊　　　＊

　서문영이 송삼과 다섯 명의 사내를 일행으로 받아들이고 출발한 지 일다경쯤 지났을까?
　드디어 사단이 일어났다. 송삼이 뒤따르던 일행에게 눈짓을 보낸 것이다.
　독고현의 미색이 뛰어난 게 원인이었다. 오가며 마주치는 사파의 고수들이 자꾸 힐끗거리자 마음이 다급해진 것이다.
　강 아우라 불리던 텁석부리 사내가 슬쩍 운을 뗐다.
　"송 형, 내가 이쪽을 좀 아는데…… 조금 더 가면 지름길이 있다는 거 아시우?"
　"지름길?"
　"길이 좀 험해서 그렇지, 그쪽으로 가면 못해도 이틀 정도 시간을 당길 수가 있는데……."
　"얼마나 험한데?"
　"에이, 내가 곱게 자라서 험하다는 거지, 우마차(牛馬車)도 다니는 길이우."
　"그래? 그런 길이라면 당연히 그리로 가야지. 어이, 형씨!"
　송삼이 부르는 소리에 서문영이 기다렸다는 듯 뒤를 돌아보았다.
　"무슨 일이오?"
　"조금만 더 가면 지름길이 있다는데, 그리로 갑시다."

서문영이 고개를 끄덕였다.

언제쯤 마각(馬脚)을 드러낼까 기다리고 있었는데, 이제 곧 시작하려는 모양이다. 그나저나 아직 비적(匪賊)질이 익숙하지 않은 것 같아 살짝 고민이다. 어디까지 손을 봐야 할지 징벌의 수위를 정하기가 애매했던 것이다.

그런 고민을 덜어 준 건 독고현이었다.

인형처럼 먼 앞길에 시선을 고정하고 걷던 독고현이 중얼거렸던 것이다.

"오라버니, 할아버지와 저의 몸이 불편하니 고려해 주세요."

독고현은 편안히 지낼 기회를 날리고 싶지 않았다.

계약서를 작성하기까지의 과정을 지켜본 고적산인도 같은 생각이었다.

"독고 소저의 말이 맞네. 노역이라…… 지금까지 왜 그런 생각을 못 했나 몰라. 종종 느끼는 건데 자네는 그런 쪽으로 머리가 비상한 것 같으이. 계속 관직에 있었으면 재상 자리도 우스웠을 게야. 혹시 길을 잘못 든 게 아닌가?"

"하하, 저를 너무 이상한 쪽으로 몰아가지 마십시오. 아까와 같은 상황이라면 누구라도 그렇게 하지 않았겠습니까?"

고적산인이 뒤따르는 사내들을 의식해 소리를 낮추었다.

"어허, 아닐세. 세상에 어느 협객이 그런 계약을 쓰게 한다고 그러는가? 그냥 목을 베거나, 사지(四肢) 중 하나를 잘라 교

훈을 내리고 말지. 자네처럼 징벌과 이윤을 동시에 남기는 사람은 없다고 해도 과언이 아니네. 하여튼 우리 짐을 들고, 숙영지를 정비할 정도의 힘은 남겨 둬야 하네."

"예, 누구의 분부라고 거역하겠습니까."

가볍게 웃고 떠드는 동안 정말 관도 오른편으로 좁은 길이 나타났다. 우마차가 편하게 다닐 정도는 아니지만, 억지로 끌면 못갈 것도 없을 정도의 길이다.

서문영이 우뚝 멈춰 섰다.

"여기요?"

몇 걸음 뒤쳐져 있던 송삼이 세차게 고개를 끄덕였다.

죽을 자리를 알아서 찾아가니 자꾸 기특한 생각이 든다. 안 가겠다면 이제부터 억지로라도 끌고 들어갈 참이었는데, 모처럼 하늘이 돕고 있는 모양이다.

"그럼 가봅시다."

서문영이 샛길로 성큼성큼 걸어 들어갔다. 고적산인과 독고현이 담담한 표정으로 그 뒤를 따랐다.

지켜보고 있던 사내들의 입이 귀밑에 걸렸다.

제9장
세상일 알 수 없다

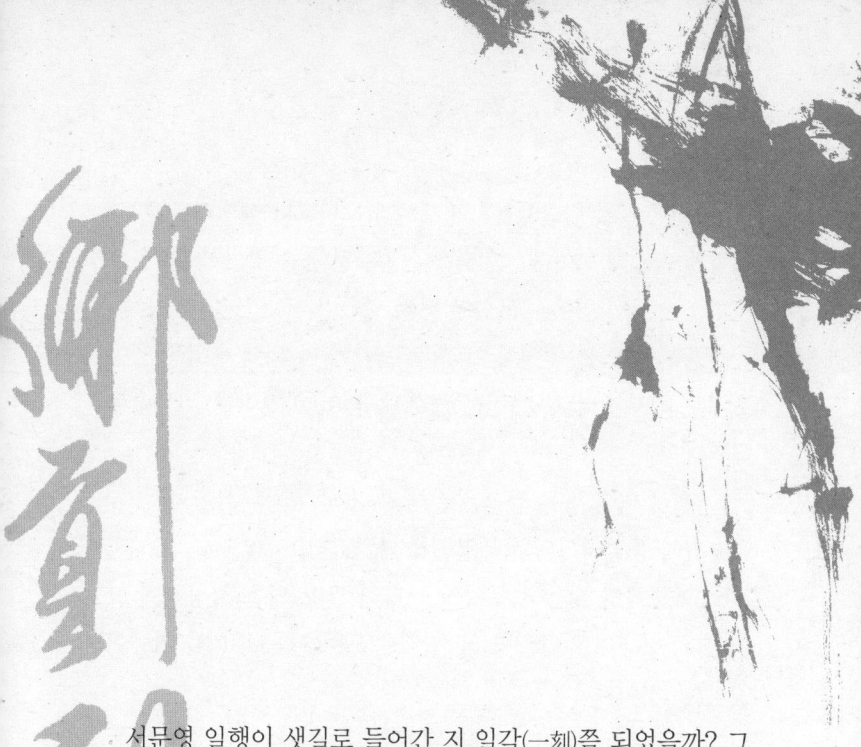

 서문영 일행이 샛길로 들어간 지 일각(一刻)쯤 되었을까? 그나마 우마차가 겨우 다닐 정도의 길이 서서히 좁아지더니 보통의 숲길이 되고 말았다.
 송삼의 말투가 급작스러운 변화를 보인 건 그때부터다.
 "어이! 앞에 서 봐라."
 서문영이 멈춰 돌아섰다.
 송삼이 느긋하게 다가가며 말했다.
 "생각해 보니까, 갈 길이 너무 멀고 험해서 도저히 안 되겠다. 그 먼 길을 은자 한 냥에 가라니, 날로 먹자는 도둑놈 심보가 아니냐!"

"알았다. 그래서?"

"어? 너, 지금 반말했냐? 이 새끼가 오냐오냐 해줬더니, 내가 그렇게 만만해 보이냐? 안 되겠다! 너, 일단 좀 맞아야겠다!"

대뜸 송삼의 입에서 욕설이 터져 나왔다.

정말 화가 났던 것이다. 그래도 보기에 안 되어서 고통 없이 보내주려고 했더니, 순진해 보이던 놈이 마지막에 뒤통수를 때리다니?

"이래서 머리 검은 짐승은 잘해 주면 안 된다니까······."

송삼이 중얼거리며 서문영에게 다가갔다.

그 와중에도 눈은 서문영의 허리에 걸려 있는 금강검에 가 있었다. 쥐새끼도 밟으면 찍, 한다는 말에 나름 주의를 기울이고 있는 것이다.

다른 사내들은 본색을 드러내 여자에게 올라타는 순서를 두고 설전을 벌이기 시작했다.

서문영이 옆에 뻗어나 있던 마른 나뭇가지를 툭 꺾어 들었다.

"뭐야? 검(劍)은 장식이었냐? 미친 새끼가 어디서 허세를······."

울컥 하고 화가 치민 송삼이 벼락같이 박도(朴刀)를 뽑아 서문영을 베어갔다.

서문영이 슬쩍 몸을 틀어 박도를 흘렸다.

송삼이 다시 서문영을 공격하려는 순간이다.

눈 깜빡할 사이에 나뭇가지가 송삼의 혈도 십여 곳을 두서 없이 찔러댔다.

그것으로 끝이었다.

나무토막처럼 굳은 송삼의 몸이 균형을 잃고 뒤로 넘어갔다.

그르르륵.

송삼의 입에서 하얀 거품이 흘러나왔다.

극도의 통증을 느끼고 있는 듯 눈알은 이미 뒤집어져 흰자위만 드러내고 있었다.

송삼의 돌연한 행동에 놀란 사내들이 우르르 달려 왔다.

"송 형, 무슨 일이오? 갑자기 왜 그래?"

강 아우라 불리던 사내 강도전(江渡田)이 송삼의 몸을 흔들었다. 하지만 송삼은 전신에 경련을 일으킬 뿐 이미 제정신이 아니었다.

"송 형! 정신 차려! 남모르게 지랄병(癲疾)이라도 있었던 거야? 왜이래?"

그르르.

정신을 잃은 송삼이 대답할 리가 없다.

"씨벌, 송 형! 송 형!"

송삼의 몸을 주무르던 강도전이 송삼과 서생을 번갈아 바라보았다.

'뭐야 이거? 아무래도 저자가 송삼에게 무슨 수작을 부린

것 같은데…….'

아무리 머리를 굴려도 그게 뭐지 알 수가 없다.

강도전이 벌떡 일어났다.

"너, 이 씨펄 새끼야! 송 형에게 무슨 짓을 한 거냐!"

강도전이 서생에게 눈알을 부라렸다.

하지만 서문영은 상대가 일단 적이라고 생각되면 가차 없이 대하는 위인이다.

강도전의 물음에 서문영이 어깨를 으쓱해 보였다.

"강 씨, 나에게 어리광이라도 부리고 싶은 거야? 알고 싶으면, 너도 덤벼봐. 그럼 송 씨가 왜 저러는지 금방 알 수 있을 거야."

"오냐, 이 씨버럴 놈아! 어디 한번 붙어 보자!"

강도전이 뒤에 있던 사내들에게 손짓을 했다. 함께 처리하자는 뜻이다.

병장기를 빼든 사내들이 재빨리 서문영의 주위로 흩어졌다.

강도전이 검을 뽑으며 소리쳤다.

"우리가 천명수호대에 동참하러 가다가 포기한 건 사실이지만! 그래도 오가다 만난 개새끼에게 당할 정도로 호락호락한 병신들이 아니다!"

서문영이 나뭇가지를 흔들며 답했다.

"어이! 너희들도 사내라면 그만 징징 대고 얼른 와라. 오래 들고 있었더니 나뭇가지가 무거워서 팔이 다 뻐근하다."

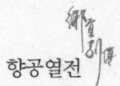
향공열전

"으으…… 죽여!"

강도전이 검을 휘두르며 서생의 품으로 뛰어들었다.

"씨벌 놈아!"

"죽어!"

거의 동시에 네 명의 사내도 도검을 서문영의 몸 쪽으로 휘둘렀다.

서문영이 강도전의 앞으로 한 걸음 내딛었다.

강도전의 얼굴에 회심의 미소가 떠올랐다. 서생이 자살이라도 하려는 것처럼 검끝에 몸을 던졌기 때문이다.

그러나 이내 강도전의 웃음은 사라졌다.

분명히 검끝에 아직 서생의 몸이 있는데, 자신의 옆에도 서생이 보였다.

대경실색한 강도전은 미친 듯 사방팔방으로 검을 휘둘렀다.

"으아아! 뭐냐! 사술이다! 사술!"

강도전이 정신 나간 사람처럼 비명을 질러댔다.

상대가 귀신이 아닌 다음에야 이런 일이 가능할 리가 없지 않은가! 나뭇가지를 든 서생이 여덟 명이나 나타나다니?

사정은 다른 사내들도 마찬가지였다. 갑자기 늘어난 서생들에게 포위당해 옴짝달싹 할 수 없게 되었던 것이다.

한순간 여덟 명이나 되는 서생이 일제히 나뭇가지를 흔들었다.

강도전을 포함한 다섯 명의 사내가 뻣뻣하게 굳어갔다. 그리고 이내 송삼처럼 둔탁한 소리와 함께 뒤로 넘어갔다.

"끄으으으……."

그르르륵.

그르륵.

이빨 사이로 간헐적인 신음이 나오는가 싶더니, 다들 거품을 물고 경련을 일으켰다.

서늘한 가을바람이 송삼과 다섯 사내의 몸을 쓸고 지나갔다. 그럼에도 불구하고 사내들은 한여름 뙤약볕에 서 있는 사람들처럼 온몸으로 진땀을 흘렸다.

"쯧, 분근착골인가?"

고적산인의 물음에 서문영이 고개를 끄덕였다.

"예, 저도 전에 당해 본 적이 있는데, 사람 괴롭히는 데는 이게 최곱니다."

고적산인이 고개를 갸웃거렸다.

"헐! 자네에게 분근착골을? 강호에 그 정도로 대단한 사람이 있었나?"

"그때는 제가 무공에 입문하기 전이었습니다. 그 일로 무공에 입문할 생각을 했더랬지요."

"오호! 그랬구먼. 그래서 그 뒤에 어떻게 했나?"

복수를 묻고 있는 것이다.

"아시다시피 제가 착한 사람은 아니지 않습니까?"

"……."

서문영이 먼 산으로 시선을 돌렸다.

파김치처럼 늘어진 여섯 사내가 서문영 앞에 단정히 무릎을 꿇고 앉았다. 얼마나 고생이 심했던지, 흉악하던 인상이 선해 보일 정도로 변해 있었다.

보통의 무림인이 분근착골을 시전하면 길어야 일다경이다. 일다경이 지나면 혈도를 점한 공력이 흩어져서, 고통의 강도가 줄어든다.

일다경이라고 하지만, 근육이 엉키고 뼈가 뒤틀어지는 극도의 통증을 느끼는 과정에, 심장이 약하거나 지병이 있는 사람들은 죽기도 한다.

누가 풀어주지 않아도 자연히 해혈이 되기까지의 시간은 대략 반 시진(1시간) 남짓.

하지만 공력이 흩어지는 것은 전적으로 시전자의 수위에 따라 달라질 수도 있다. 예컨대 서문영과 같은 이의 분근착골은 일다경이 아니라, 죽을 때까지 지속된다.

그런데 서문영은 자그마치 반 시진 동안이나 분근착골을 풀어주지 않았다.

그 시간에-그러니까 길바닥에 널부러진 사내들을 뒤로하고- 서문영은 독고현과 담소를 나누었다.

그나마 사내들이 살아난 것은 전적으로 고적산인 덕분이다. 사내들의 숨소리가 희미해지자 고적산인이 넌지시 말했던 것이다.

"이보게, 이러다가는 병든 우리가 땅을 파게 생겼어. 짐꾼을 만들자면서? 환자인 나와 독고 소저가 힘을 써야 되겠는가?"

아닌 게 아니라 그때 사내들은 저승 문턱에 한쪽 발을 걸쳐둔 상태였다.

그제야 조금 마음이 풀린 서문영은 사내들의 분근착골을 풀어 주었다.

서문영이 무심한 눈으로 사내들을 내려다보았다.

효과만으로 보자면 탈태환골의 반대가 분근착골이다. 탈태환골이 몸을 최상의 상태로 재구성해 준다면, 분근착골은 최악의 상태를 조성한다. 사내들은 단전까지 찢어져 오 년에서 십 년 정도 쌓았던 소중한 내공도 잃었다. 한 마디로 사지만 겨우 멀쩡한 상태였다.

"살고 싶으냐."

서문영의 말에 사내들이 머리를 땅에 박으며 외쳤다.

"대협! 목숨만 살려 주십시오!"

"살려 주세요!"

"크흑, 집에서 노모(老母)가 기다리고 계십니다."

"흑, 흑, 용서해 주십쇼."

무려 반 시진 동안의 분근착골로 사내들의 몸과 마음은 이미 만신창이가 된 뒤였다. 지금은 오직 '살아서 돌아가고 싶다'는 생각뿐이었다.

"고개를 들어라."

누구 말이라고 거역할까. 사내들이 번쩍 머리를 쳐들었다.

서문영이 냉기가 풀풀 날리는 얼굴로 말했다.

"너희들이 하려고 한 짓을 생각하면 당장 참수(斬首)하는 것이 마땅하겠으나…… 그래도 이 몸이 자비를 가르치는 대림사의 제자인지라, 갱생(更生)의 기회를 주겠다. 무한까지 최선을 다해 모셔라. 너희들의 행동에 따라 은자 한 냥이냐, 참수냐가 결정될 것이다."

송삼이 서문영의 눈치를 살피며 물었다.

"대, 대협, 저희가 최선을 다해 모시면…… 정말 죄를 묻지 않고 은자 한 냥을 주실 겁니까?"

보통 사람보다 못하게 된 송삼은 이제 은자 한 냥도 소중했다.

"착각하지 말아라. 누가 죄를 묻지 않는다고 했느냐? 나는 단지 '너희들의 행동에 따라 은자 한 냥이냐, 참수냐가 달려 있다'고 했다."

"그, 그럼?"

"너희가 최선을 다해 노력 봉사했다는 전제하에 하는 말이니 잘 들어라. 무한에 도착하면 너희를 모두 관(官)에 넘길 것이다. 물론 오늘의 일은 불문에 붙이고, 은자 한 냥도 주겠다.

세상일 알 수 없다 269

지금까지 지은 죄가 없는 자는 바로 풀려나 고향으로 돌아갈 수 있겠지. 그러나 지은 죄가 있어 수배 중이던 자는 그 죄 값을 치러야 할 것이다."

"……."

사내들의 얼굴이 밝아졌다가 어두워졌다를 반복했다. 과거를 이리저리 되짚어 보는 것이다. 평소에는 지은 죄가 자랑이었지만, 지금은 그 죄를 생각만 해도 심장이 오그라들 지경이다. 절반은 살았다는 표정이지만, 다른 절반은 우거지상으로 변했다.

"죄가 없는 자들은 은자 한 냥을 가지고 집으로 돌아가 평생 행복하게 잘 살아라."

"예!"

"알겠습니다!"

"감사합니다!"

고작 은자 한 냥으로 평생을 행복하게 살 수는 없다. 그래도 사내들은 대체로 만족한 표정들이었다. 죽다가 살아났으니 당연한지도 모른다.

"그리고 지은 죄가 많아서 바로 죽을지, 옥에서 몇 년 썩을지, 도무지 감이 안 잡히는 인간들도 있을 것이다. 살아도 산 게 아닐 거야. 불안하니까, 겁이 나니까, 무한에 도착하기 전에, 언제라도 기회를 봐서 달아나고 싶겠지."

"……."

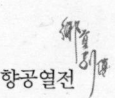
향공열전

"하지만 너희는 내가 대림사의 제자라고 한 말을 잊으면 안 된다."

"……"

과거에 지은 죄가 많은 사내들이 의아한 표정으로 눈을 끔뻑거렸다.

지금은 찍소리 못하고 듣고 있지만 서생의 말을 이해할 수가 없었다. 소림사라면 모르겠지만 대림사가 뭐? 어느 구석에 처박혀 있는지도 모를 절간의 이름이 왜 또 나오는데?

"자비를 최고의 덕목으로 삼고 있는 대림사에는 범천십이검(梵天十二劍)이라는 검법이 있다. 그런데 애석하게도 이 검법은 자비롭지가 않아. 범천십이검은 이렇게 한 번에 열두 개의 검기를 발출 하는데, 닿으면 다 부서지고, 스스로 가지 못하는 곳이 없어."

번쩍.

서문영의 손에 들려 있던 나뭇가지에서 열두 개의 빛이 쏟아져 나왔다.

빛은 마치 비조(飛鳥)처럼 각기 다른 방향으로 날아갔다. 곧이어 열두 그루의 나무가 허리를 꺾으며 넘어갔다.

우지끈. 쿵!

서문영이 손을 툭툭 털었다.

쥐고 있던 나뭇가지가 가루가 되어 흘러내렸던 것이다. 공력으로 나뭇가지를 보호했지만, 한계가 있었던 모양이다.

혼이 반쯤 빠져나간 사내들은 '달아나겠다'는 생각을 버리고 바닥에 납작 엎드렸다.

서생의 얼굴을 감히 마주할 엄두가 나지 않았다. 상대는 제법 출중한 재간이 있는 서생이 아니라, 무신(武神)이었던 것이다.

그 뒤로 송삼과 사내들은 소나 말처럼 묵묵히 일했다.

때가 되면 먹을 것을 대령하고, 가끔 노숙이라도 할 때면 잠자리를 포근하게 꾸미는 것은 물론 밤새 불을 지펴 온도를 유지했다. 한마음 한뜻으로 서문영 일행에게 봉사하다가도 가끔씩 다른 마음이 생길 때가 있다.

지은 죄가 많았던 강도전과 두 명의 사내가 특히 심했다. 그때마다 서문영은 어떻게 알았는지 "미리 말해 두는데 검기는 포획용이 아니야"라고 했다. 맞는 말이다. 검기에 스쳐도 골육(骨肉)이 가루가 되는데, 그걸 맞고 살아날 사람은 없었다.

강도전과 사내들은 눈물을 머금고 마음을 다스려야 했다. 정체불명의 서생은 마치 칠대마인들처럼 자신들의 목숨을 하찮게 여겼다. 애초에 산 채로 잡을 생각이 없어 보이는 서생에게서 달아날 용기는, 그들 중 누구에게도 없었다.

* * *

천명회가 단심맹의 총단이 있는 장안에 도착한 날은 겨울의

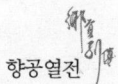
향공열전

시작을 알리는 입동(立冬)이었다.

천명회는 하남성에서의 2차 전쟁 이후에 제대로 된 반격을 단 한 차례도 받지 않았다. 솔직히 구름처럼 따르는 사파인들을 호위로 거느린 천명회에 쳐들어갈 용기를 가진 사람은 없었다. 그 덕에 천명회의 전력은 더 탄탄해졌다.

천명수호대만 해도 인원이 너무 많이 몰리자 자체적으로 무공을 검열해 하수(下手)들은 쫓아내야 했다. 처음에는 '나누어 먹을 떡고물이 적으니 미리미리 머릿수를 조절하자'는 생각에서 시작한 일이지만, 엉뚱하게 정예화를 이루는 계기가 되어 버렸다.

그 덕분에 소면시마와의 친분으로 천명수호대의 대주를 자처하고 나섰던 강남마도(江南魔刀) 염백(廉白)의 콧대만 더욱 높아졌지만 말이다. 그렇게 정예화에 성공한 뒤로는 천명회도 천명수호대를 하부조직으로 인정하는 분위기로 서서히 변해갔다.

이래저래 천명회의 전력은 단심맹이 감당할 수 없는 지경으로 불어났다. 장안은 사파인으로 발 디딜 틈이 없었다. 천명회와 천명수호대, 그리고 그들의 근처를 기웃거리는 사파인들까지 합치면 거의 천오백이 넘는 숫자였다.

"이거 세상일 알 수 없다더니…… 이제는 무주공선과 검공이 떼로 덤벼도 걱정 없게 되었네 그려."

소면시마가 흐뭇한 눈으로 주변을 둘러보았다.

단심맹 총단 앞에 자리한 객점은 온통 사파의 고수들로 가득했다. 창밖을 봐도 사정은 마찬가지다. 평소 바글바글하던 정파의 떨거지들은 어디로 갔는지 흔적도 없다. 그뿐 아니다. 자기 집 앞까지 천명회의 고수들이 몰려왔는데도 단심맹은 문을 닫아걸고 움직이지 않았다.

"그러게…… 이거 별로 힘도 안들이고 단심맹을 차지하게 생겼네. 이렇게 허약한 놈들에게 쫓겨 다녔다고 생각하니까, 왠지 억울한데."

혈불의 말에 초혼요마가 코웃음을 쳤다.

"흥! 화운비가 단심맹을 박살내 주지 않았어도 그런 소리가 나왔을까? 하여튼 머릿속에 뭐가 들었는지 정말 궁금하다니까."

"……."

혈불의 얼굴이 벌겋게 달아올랐다. 마제 화운비를 깜빡했던 것이다. 그래도 그렇지 대놓고 저런 소리를 하다니?

"너 이년아, 는 왜 입만 열면 우리를 못 잡아먹어서 안달이냐? 그렇게 우리가 싫으면 가! 멀리 가 버리라고!"

"늙은이, 뭐가 착각하는 모양인데, 나는 누가 오라고 해서 오고, 가라고 해서 가는 분이 아니야. 그런 소리는 기루에 가서나 하라고."

"끙! 저승사자는 뭐하나 몰라. 저런 년 안 잡아 가고……."

혈불의 투덜거림에 잔혈검귀가 넌지시 말했다.

"그래도 화 내지 않고 들으면 가끔 쓸 만한 소리도 하니, 참

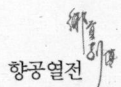
향공열전

읍시다. 요마라도 있으니 입바른 소리를 듣지, 둘러보시오. 죄다 아부만 떠는 근성 없는 병신들뿐이지 않소."

"……."

혈불은 죄 없는 수염만 잡아 뜯었다.

생각해 보면 잔혈검귀의 말에도 일리가 있다. 확실히 요마 외에는 자기 의견을 말하는 자들이 없었다. 아무리 속이 터져도 요마와 같은 인간이 주변에 하나라도 있는 게 나은지도 몰랐다. 단신으로 요마를 제압할 사람도 없는데, 속 끓여 봐야 자기만 손해다.

"에이, 젓 같은 세상……."

혼자서 뭐라고 중얼거리던 혈불이 죽엽청을 병째 들어 입안에 들이부었다. 열불이 나서 견딜 수가 없었던 모양이다.

잔혈검귀가 머리를 설레설레 흔들었다.

그런데 욕을 하면서도 혈불은 요마를 믿는 것일까? 내력으로 주기(酒氣)를 풀지도 않고 얼굴이 벌게지도록 마셔대는 혈불을 보고 있자니, 왠지 한심하다는 생각이 든다. 아무리 요마가 자신을 욕하지 않으면 먼저 손을 쓰는 법이 없는 여자라고는 해도, 방심은 금물이 아닌가!

"이왕 그렇게 된 거, 태교(胎敎)할 때처럼…… 좋게 생각하십시다."

혈불을 다독이던 잔혈검귀가 소면시마에게 물었다.

"그런데, 단심맹은 언제 까부술 생각이오?"

"단심맹의 분위기를 보니 저항할 능력과 의지도 없는 것 같은데, 아무 때나 갑시다. 오늘도 좋고, 내일도 좋고……."

"그럼, 내일 가서 접수합시다. 잔챙이들이 너무 붙어서…… 이건 뭐 산책을 좀 하려고 해도 움직이기가 불편할 정도니……. 그렇게 단심맹이 싫었으면 진즉에 나서서 때려 부수지, 이제 와서 뭘 거들겠다고……, 하여튼 날로 먹으려는 놈들이 너무 많은 세상이라니까."

잔혈검귀의 말에 소면시마가 고개를 끄덕였다.

아닌 게 아니라 시정잡배들까지 "돕게 해 달라"고 간청을 해대는 통에 아주 머리가 빠질 지경이었다.

"여러 태상들이 반대하지 않는다면, 내일 접수합시다. 어떻소?"

"……."

소면시마가 마인들을 둘러보았다.

잔혈검귀만 고개를 끄덕이고 있다. 혈불은 술병으로 나발을 부느라 정신이 없고, 초혼요마는 안주만 깨작거리며 집어 먹고 있었다.

소면시마는 자존심이 상했지만 결정을 통보했다.

"좋소. 그럼, 내일 접수하도록 합시다."

"알겠소. 내일."

잔혈검귀가 결연한 표정으로 말을 받아 주었다.

그것으로 끝이다. 더 이상 아무도 소면시마의 말에 관심을

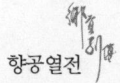

보이지 않았다.

 어색한 침묵이 자리를 맴돌았다.

 ……

 문득 소면시마의 입에서 가느다란 한숨이 흘러나왔다. 평생의 숙원이던, 단심맹과의 최종 결전이, 이렇게 초라하게 될 줄이야.

 "그럼 이만."

 소면시마는 잔혈검귀에게 고맙다는 눈인사를 보내고 객점 밖으로 나가 버렸다.

 소면시마가 멀어져 가자 잔혈검귀가 중얼거렸다.

 "그 사람, 소심하기는…… 이기면 그만이지 뭘 더 바라……."

 "무림황제라도 되고 싶은가 보지."

 초혼요마의 말에 잔혈검귀가 피식 웃었다.

 "아까는 입도 뻥긋 하지 않더니, 너는 도마(刀魔; 소면시마)가 그렇게 싫으냐?"

 "그 늙은이는 욕심이 너무 과해서."

 "크흐흐, 본래 늙으면 욕심이 없거나, 욕심만 남거나 하는 법이다. 너무 까탈스럽게 굴지 말아라."

 "내버려 둬. 이렇게 살다 죽을 거니까."

 "흐흐, 그런데 검공이라는 녀석과는 잘 돼 가느냐?"

 "갑자기 왜 그 사람의 이름이 나오지?"

"네가 물고 늘어지지 않은 사람은 그가 유일하니 궁금해서 그런다. 할 일 없는 늙은이의 호기심이라고 생각해라."

"……"

잔인하게 생긴 것과 달리 잔혈검귀는 초혼요마를 두려워하고 있었다. 칠대마인의 무공이 천차만별이라지만, 그의 무공은 옥면수라와 비슷했다. 그러다 보니 자연 '초혼요마가 눈이 뒤집히면 언제 훅 갈지 모른다'는 위기의식이 싹텄다.

그래서 생각한 것이 '자신의 안전을 위해서라도 초혼요마와 친해져야 한다'는 것이었다. 친해지려면 당연히 상대가 좋아하는 소재로 대화를 나누어야 한다. 그것이 바로 그의 입에서 검공의 이름이 나온 진짜 이유였다.

"상상하는 건 자윤데, 그걸 입 밖에 낼 때는 목숨을 걸어야 할 거야."

"……"

잔혈검귀는 속으로 '독한 년'이라고 수없이 되뇌었다. 어떻게 생겨 먹은 년인지 몰라도 조금의 틈도 허락하지 않는다.

순간 술에 취한 혈불이 게슴츠레한 눈으로 초혼요마를 바라보았다.

"씨벌, 검공이 불쌍하지…… 저런 사마귀 같은 년에게 걸렸으니…… 하여간 젓 같은 세상이라니까……."

"헉……."

혈불의 주정에 놀란 잔혈검귀는 급히 공력을 끌어올렸다.

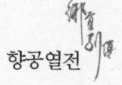

난투극 속에서 자신을 보호하려는 것이다. 저런 소리를 듣고도 가만히 있을 초혼요마가 아니지 않은가! 옥면수라는 저보다 훨씬 부드러운 말을 하고도 맞아 죽었었다.

'쯧, 혈불도 저렇게 가는군.'

제정신이라 해도 초혼요마에게 상대가 안 될 텐데, 술에 떡이 되었으니 죽음을 피하지 못할 것이다.

……

그런데 이게 웬일? 예상과 달리 초혼요마는 아무렇지도 않은 얼굴이다.

그뿐 아니다. 아무 소리도 듣지 못했다는 듯 안주를 향해 손을 뻗어갔다. 그리고 다시 깨작깨작 집어 삼킨다.

한참을 기다려도 난리가 일어나지 않자 잔혈검귀는 슬그머니 공력을 풀었다.

이번에는 진짜 궁금증이 치밀어 올랐다.

잔혈검귀는 자신이 차별 받고 있다는 느낌에 더 이상 참지 못하고 물었다.

"왜 혈불은……."

"닥쳐."

"……"

초혼요마의 말에 잔혈검귀는 그냥 입을 다물었다.

그래도 궁금한 건 궁금한 거다. 잔혈검귀는 혈불과 자신의 차이를 곰곰 생각해 보았다. 그와 자신의 다른 점은 단 하나뿐

세상일 알 수 없다 279

이다.

 혹시 죽엽청 때문인가? 설마 초혼요마는 주사(酒邪)를 인정하는 너그러운 성격인 건가?

 잔혈검귀는 한쪽에 쌓인 죽엽청을 병째 들어 올렸다. 그리고 벌컥 벌컥 들이마셨다. 마시는 게 아니라 거의 붓다시피 했다.

 두 병을 연거푸 비우고 나니 좀 알딸딸한 느낌이 든다.

 잔혈검귀가 다시 입을 열었다.

 "왜 혈불은……."

 "죽는다."

 "……."

 잔혈검귀는 취중에도 정신이 번쩍 들었다.

 왜 그런지 알 수 없지만, 한 마디만 더 했다가는 옥면수라의 뒤를 따를 것 같은 느낌이 든다.

 잔혈검귀의 손이 슬그머니 안주로 향했다. 더 마셔 봐야 손해라는 생각에서다.

 혈불의 혀 꼬인 소리가 잔혈검귀를 슬프게 만들었다.

 "검공…… 에이, 은혜도 모르는 씨벌 새끼…… 요마, 너도 이년아, 잘해…… 에이, 젓 같은 세상……."

 …….

 묵묵히 듣고 있던 잔혈검귀가 중얼거렸다.

 "진짜 젓 같은 세상이네……."

누구는 별 개 같은 욕질을 해도 무사하고, 누구는 입만 뻥긋 거려도 죽인단다.

    *   *   *

어둠에 잠긴 단심맹은 조용하기만 했다. 모두 잠들어서 그런 것이 아니다. 단심맹의 제자들은 명상에 잠겨 있거나, 병장기를 닦고 있었다.

그래도 명색이 십대문파의 제자들인지라 여전히 엄숙하고 단정했지만, 얼굴에 깃든 것은 죽음의 공포였다. 물론 몇몇 마음 약한 제자들은 구석에서 흐느끼기도 했지만, 전체적인 분위기는 안정돼 보였다.

"이대로라면 모두 죽게 될 것이외다."

곤륜파 장문인 포룡진인의 말이 용무전에 울려 퍼졌다.

꽤나 심각한 발언이었지만 아무도 이렇다 저렇다 말하지 않았다. 다들 공감하고 있다는 뜻이다.

누구도 제지(制止)하지 않자 포룡진인이 계속해서 말했다.

"무림지사들은 물론 오대세가도 발길을 끊었소이다. 모두가 무림의 안위를 나몰라라 하는 이때, 우리가 왜 이 자리를 지키고 있어야 한다는 말이오?"

한참 만에 청성파 장문인 고허선인(古墟仙人)이 입을 열었다.

"허면, 우리가 지금 단심맹의 문을 닫아야 한다는 말씀이시오? 천하를 사파인들에게 넘겨주자 그 말씀이외까?"

"넘겨주지 않아도 어차피 넘어가지 않겠소이까?"

"그렇다고 해도 빼앗기는 것과 그냥 넘겨주는 것은 다르지 않소! 우리가 단심맹을 사파의 손에 넘기면 천하의 협객들이 우리를 비웃을 것이외다."

"이곳에 오지 않은 협객은 우리를 비웃을 자격도 없다고 생각하오."

"그건 억울하지만 우리의 마음일 뿐이오. 세상은, 모두 십대문파를 비웃을 것이외다. 십대문파를 천외천이라고 떠받들던 사람들에게 어떻게 보일지를 생각해 보시오. 단심맹을 천명회에 내주는 순간, 우리는 강호의 그저 그런 문파가 되고 마는 거외다."

순간 포룡진인의 음성이 높아졌다.

"고작 타인의 이목이 두려워서 제자들을! 생때같은 그 목숨을 끊어지게 할 수는 없지 않소이까!"

"……"

고허선인도 이때만큼은 자신의 주장을 내세우지 못했다. 정보에 의하면 천명회의 고수는 어느새 천오백에 달했다. 단심맹의 고수는 그사이에 오히려 줄어들어 이백. 누가 봐도 단심맹에 남아 싸운다는 것은 자살이었다.

향공열전

"두 분 모두 진정하시지요."

맹주인 공산선사가 나섰다. 이대로 방치하면 괜히 언성만 높아질 뿐이라는 생각에서다.

"여러분, 노납의 말을 들어 주십시오. 솔직히 부처님이 다시 살아오신다고 해도 천명회의 손에서 단심맹을 지키지는 못할 것입니다. 애석하게도 부처님은 무공을 익히지 않으셨으니까요."

"후후……"

"허허허……"

장문인들의 입에서 실소가 흘러나왔다. 부처님까지 들먹인 공산선사의 파격적인 농담에 무겁게 가라앉았던 분위기도 조금 가벼워졌다.

"사실 며칠 전 검공과 언쟁을 벌인 적이 있습니다. 그때 노납은 단심맹이 혼탁한 세상에서 협의(俠義)를 수호하는 담장 역할을 해왔다며, 단심맹이 무너지면 정의(正義)도 함께 무너지게 되는 것이니, 도와달라고 했습니다. 천하의 경영이 패악무도(悖惡無道)한 사파의 손에 넘어간다면 백성들의 고통만 심해질 뿐이라고도 했지요."

"……"

"그때 검공이 이런 말을 했습니다. 천하는 양도(讓渡)할 수도, 양도받을 수도 없는 것이며, 누가 천하의 주인을 정해 주었느냐고 되묻더군요. 그리고 천하는, 그저 여러 사람들이 어우러져 살아가는 곳, 그 이상도 이하도 아니라고 했습니다."

"……."

"십대문파가 무림지사들의 신망을 잃어 설 자리가 줄어들었다면 안타깝지만 현실을 받아들여야 한다고도 했습니다."

"끙!"

"쩝……."

장문인들의 입에서 답답한 신음이 흘러나왔다. 늘 함께하던 오대세가는 물론 무림지사들까지 단심맹을 도우러 오지 않은 것은, 분명 신망을 잃은 탓이었다.

"검공의 말대로 신망을 잃었거나…… 그게 아니라면…… 이번에도 십대문파가 알아서 잘 해결할 수 있겠지? 하고 지레짐작한 것일 수도 있습니다."

"……."

장문인들의 얼굴에 씁쓰름한 미소가 피어올랐다. 그들도 후자(後者)가 사실이 아니라는 것은 안다. 공산선사의 말은 단지 위로를 위한 것일 뿐이다.

"어느 경우든, 우리는 이번 싸움에 홀로 임하다가 다 죽든지, 무림의 정기를 보존하기 위해 단심맹을 포기해야 할 것입니다."

개방 방주 무적취개(無敵取丐)가 걸쭉한 음성으로 소리쳤다.

"제길, 복잡하게 생각할 거 뭐 있소? 세상이 십대문파를 버린다면, 우리도 세상을 버리면 되지 않소? 무림의 정의는 다른 사람들더러 지켜보라고 하고 물러납시다. 구관(舊官)이 명관(明官)이라는 말은 경험해 보기 전에는 모르지 않겠소? 천명

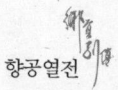
향공열전

회에 좀 당해 봐야, '아~ 단심맹이 있을 때가 좋았구나!' 하고 깨닫게 될 게요."

"방주님의 말씀은 단심맹이 천하의 경영에서 손을 떼자는 말씀이오?"

화산파 장로 조운비가 날카롭게 물었다.

사실 무적취개의 말은 상당히 위험한 것으로, 십대문파로 대변되는 무림의 근간을 뒤흔들 수 있는 소리이기도 했다.

"왜 우리가 손을 떼면 안 되는 법이라도 있소? 어차피 세상이 십대문파의 경영을 달가워하지 않고 있다면, 놔 줍시다. 까짓 거. 거기에 연연할 필요가 뭐가 있다고."

"……"

무적취개의 말에 조운비 장로는 반박하지 못했다.

무적취개가 공산선사에게 시선을 돌렸다.

"맹주, 아니 선사, 어차피 하루 이틀이 지나기도 전에 다 죽든지, 단심맹을 해체하든지 해야 할 판에 할 말은 좀 합시다. 거 도 닦는 분들이 다 같이 죽는 길로 사람들을 몰아갈 건지, 아니면 다 버리고 도나 계속 닦을 건지, 속 시원히 좀 말씀해 보시오."

"허어! 말씀이 지나치시오!"

"방주, 심한 말은 좀 자제하십시다."

"허, 아무리 개방이라지만 너무 무례하구먼."

장문인들의 비난에 무적취개가 냉소를 쳤다.

"흥! 지금 나에게 뭐라고 한 분들을 다 봐 두었소. 화산파,

공동파, 청성파의 제자들이 단심맹과 명운(命運)을 함께하는지 아닌지 두고 보리다."

공동파 장문인 도선진인(道宣眞人)이 다급히 말했다.

"누가 다 같이 죽자고 했소? 선사께서 아직은 맹주이시니, 말을 좀 가려서 하자는 소리가 아니오."

"쳇! 아직은 맹주시라니, 그럼 곧 맹주를 그만 둔답디까? 사람들이 솔직하지 못해서 원."

무적취개의 말에 도선진인은 자신의 말실수를 깨닫고 얼굴을 붉혔다. 단심맹의 해체를 염두에 두고 있었던 게 그만 밖으로 표시가 나버린 것이다.

공산선사가 허탈한 표정으로 장문인들을 둘러보았다.

한두 사람이 분을 삭이지 못하고 있었지만, 대부분은 단심맹을 해체했으면 하는 얼굴들이다.

마음을 정한 공산선사가 차분히 말했다.

"여러 장문인, 그리고 장로님, 생로병사(生老病死)가 비단 사람만의 일은 아닌 것 같습니다. 단심맹은 지금까지 많은 일을 했습니다. 세상이 뭐라고 하든…… 강호의 정의를 지키기 위해 분전(奮戰)하다 숨진 단심맹의 제자들도 적지 않습니다. 하지만 오늘 우리의 처지를 돌아보니 이제 그만 물러날 때도 된 것 같지 않습니까? 검공의 말대로 천하는 그저 여러 사람들이 어우러져 살아가는 곳, 그 이상도 이하도 아닌 것 같습니다. 노납은 이 자리에서 단심맹의 해체를 여러 장문인과 문파의

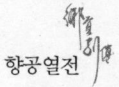
향공열전

대표자들 앞에서 건의하는 바입니다."

"……"

가장 먼저 청암진인이 입을 뗐다.

"빈도는 선사의 의견에 동의하오."

청암진인을 시작으로 한두 사람씩 '어쩔 수 없지 않느냐?'는 표정으로 해체에 동의했다.

해체에 반대하는 사람이 없자 공산선사가 한숨을 길게 내쉰 후 말했다.

"나무아미타불…… 이로써 단심맹의 해체가 결정되었음을 알리는 바입니다. 이후의 일은 문파별로 알아서 진행해 주시기 바랍니다."

무적취개가 급히 물었다.

"선사, 천명회가 사방에 깔려 있는데…… 알아서 각 문파로 돌아가라는 말씀이시오?"

"그렇습니다. 단심맹이 해체되었는데, 누가 지휘를 하겠습니까? 또 한두 사람이 이끈다고 해도, 다른 문파에서 충심으로 따라가겠습니까? 단체로 움직이다 보면 피해를 더 보고 덜 볼 일이 반드시 생길 터인데…… 누가 손해 보는 자리에 서려고 하겠습니까? 그러니 각 문파별로 알아서 움직이라고 할 밖에요."

"그야 그렇지만…… 이대로 각자 알아서 가라는 건 너무……."

"방주, 단심맹을 해체하자고 할 때는 그런 것까지도 염두에 뒀어야 하는 것이 아닙니까?"

"……."

 무적취개는 얼굴을 붉힐 뿐 더 이상 말하지 않았다. 공산선사의 말마따나 이끌 사람도 없고, 순순히 따라갈 사람도 없어 보였기 때문이다.

 그날 밤, 이백여 개의 그림자가 단심맹의 담장을 넘어 밖으로 나갔다.
 그들 모두가 고수인지라 최대한 은밀하게 움직였지만, 단심맹 주변에 워낙 많은 천명회의 고수가 깔려 있던 터라, 곳곳에서 칼부림이 났다.
 그 바람에 천명회는 자다가 날벼락을 맞은 셈이 되고 말았다. 천명회의 고수들은 심야에 단심맹이 기습공격을 한 것으로 착각했다.
 인원은 천명회가 압도적으로 많았지만 전세를 이끌지 못했다. 싸움이 벌어진 곳을 특정 짓지 못해 적재적소에 인원을 투입할 수가 없었던 것이다. 덕분에 어느 쪽도 우위를 점하지 못한 채 산발적인 전투는 새벽까지 계속됐다.
 날이 밝자, 천명회는 흩어진 인원을 죄다 끌어 모아 단심맹으로 진격했다.
 하지만 단심맹의 정문을 부수고 들어간 천명회가 만난 것은 텅 빈 건물뿐이었다.

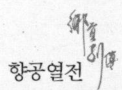
항공열전

제10장
한 사람만 답해 줄 수 있는 문제

 날이 밝자 세상이 발칵 뒤집어졌다. 단심맹이 사라지고 그 자리에 천명회가 들어선 것이다. 사람들은 믿어지지 않는 현실에 어안이 벙벙했다. 단심맹은 전설의 십대문파가 만든 것이지만, 천명회는 칠대마인이 급조한 근본 없는 집단이다. 그런데 바로 그 근본 없는 집단이 십대문파를 이긴 것이다.

 다음날, 십대문파가 단심맹의 해체와 봉문(封門)을 선언했다. 사람들이 우러르던 십대문파의 시대가 완전히 끝이 나고 만 것이다.

 십대문파가 봉문하자 그동안 단심맹에게 피해를 봤던 군소방파들이 천명회로 몰려갔다. 그들 대부분이 문파간의 분쟁시 상대가 십대문파의 속가제자이거나, 정파라는 이유로 가진 것을 모두 빼앗겼던 사람들이다. 천명회는 단심맹에 피해를 봤던 군소방파의 편을 들어주었다. 천명회에 혜택을 입은 군소방파들은 자청해서 천명회의 지부가 되기를 원했다.

그렇게 천명회의 지부가 늘어나자 서서히 인심이 돌아섰다. 무림의 여러 방파들이 전과 달리 십대문파와 거리를 두기 위해 애썼다. 시간이 지날수록 십대문파의 이름에 담겨 있던 경외감도 퇴색해갔다. 무사들은 십대문파보다 칠대마인의 천명회를 더 높이 쳐주었다.

차츰 명성이 올라가자 천명회는 "단심맹과 관계된 모든 사람들의 죄를 묻지 않는다"는 대사면령(大赦免令)을 내렸다. 그리고 단심맹과 직접적인 관계가 없는 무인들을 천명회로 끌어들이기 위해 노력했다. 실리와 명성을 모두 갖고 싶었던 소면시마의 명에 의해서다.

하지만 천명회의 대사면령에 위기를 느낀 사람들도 있었다. 장안까지 천명회를 따라온 천명수호대의 고수들이 바로 그런 사람들이다. 그들은 정사지간의 무인들에게 자신들이 확보한 밥그릇을 빼앗길 수도 있다는 두려움에 사로잡혔다.

극렬한 몇몇 천명수호대 고수들이 사대마인들을 찾아가서 "사파가 사파다워야지 위선자들 흉내나 내서야 되겠냐!"며 항의했다가, 다음날 시체로 발견되었다. 그 뒤로 장안의 천명회 총단에서 만큼은 출신성분을 따지는 것이 금기로 여겨졌다.

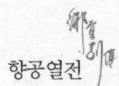
향공열전

그 극악한 일처리를 두고 사람들은 천명회의 기반이 사파라는 것을 새삼 실감할 수 있었다.

서문영 일행이 무한에 도착한 것은 십이월 초하루다.
밤에 내리기 시작한 눈은 아침이 되어서도 그칠 기미가 보이지 않았다.
서문영이 감개무량한 눈으로 눈 덮인 산천(山川)을 둘러보고 있을 때다. 죽은 듯이 따라 다니던 송삼이 다가와 조심스럽게 물었다.
"대협, 먼저…… 어디로 가실 겁니까?"
송삼이 서문영의 눈치를 살폈다.
매도 먼저 맞는 게 낫다고, 평소 지은 죄가 가벼운 자신은 관아라고 못갈 것도 없다. 다만 과거가 화려한 강도전이 걱정스러울 뿐이다. 동향(同鄕)의 후배라고, 길지 않은 객지생활에 정이 들었던 모양이다.
"관아(官衙)로 간다."
망설임 없는 서문영의 답에 송삼은 조용히 뒤로 물러났다. 원래 저런 사람이다. 그간 강도전을 비롯한 몇몇 죄 많은 놈들과도 정이 들었을 텐데, 망설이는 느낌도 없지 않은가.
성으로 진입하자마자 서문영은 약속했던 대로 사내들을 이끌고 관아로 갔다. 송삼과 사내들은 그때 처음으로 서문영의 이름 석 자를 알았다.

곧이어 자신들이 죽이려고 했던 서생이 검공이었다는 사실에 놀라고, 서문영의 이름을 들은 관리들이 맨발로 뛰쳐나오는 것을 보고는 할 말을 잃었다.

 서문영의 간단한 설명을 듣고 난 현령(縣令)은 사내들을 옥으로 보냈다. 서문영은 "억울한 일이 없도록 잘 부탁한다"는 말을 남기고 관아를 떠났다. 그로부터 두 달 후에 송삼과 사내 둘은 훈방되고, 강도전은 참수를, 그리고 나머지 사내 둘은 노역형을 받게 된다.

 * * *

 서가장으로 돌아간 서문영은 두문불출(杜門不出) 했다. 아침저녁으로 부모에게 인사를 올리고, 방 안에 틀어박혀 책을 읽는 게 하루 일과였다. 호북성의 고관(高官)들이 관직에서 물러난 서문영을 대장군(大將軍)이라 부르며 만나기를 염원했지만, 서문영은 한 사람도 만나주지 않았다.

 그렇게 사람과의 만남을 기피하는 서문영의 주위에 두 사람이 늘 함께했는데, 바로 고적산인과 독고현이다. 사정을 모르는 세상 사람들의 온갖 억측 속에서도 서문영은 고적산인과 독고현 이외의 사람은 가까이 하지 않았다.

 서가장의 당대 가주 서공망(西供望)이 아들을 지그시 바라보

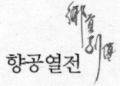
향공열전

앉다.

 기분 탓일까? 저녁 인사를 하러 온 아들의 안색이 그늘져 보인다. 그리고 보니 오늘만이 아니라, 꽤 오래전부터 저런 표정을 보였던 것 같다.

 "무슨 걱정이라도 있는 게냐?"

 "하하, 없습니다."

 "그런데 하루 종일 서재에 틀어박혀 사람들과는 만나지 않는다고 들었다. 이유는 무엇이냐?"

 "생각을 정리할 게 있어서 그렇습니다."

 "혹시 함께 온 소저와 관계된 일이더냐? 험, 나와 네 모친은, 네가 원하는 소저라면 누구라도 반대하지 않을 것이다. 그렇지 않소? 부인."

 "그럼요. 이르다 뿐입니까? 애야, 말수가 없고 낯을 좀 가리지만 사람은 좋아 보이더구나. 네 부친과 나는 찬성이다."

 임연지(林衍智)가 은근한 눈길로 서문영을 바라보았다. 사실 독고가의 여식(女息)이라면 집안도 크게 나쁜 편은 아니었다.

 "어머니, 독고 소저와는…… 그런 관계가 아닙니다."

 서문영은 자신의 입으로 말하면서도 마음이 심란했다. 독고현이 지금과 같은 상태만 아니었어도 자랑스럽게 소개를 했을 것이다. 하지만 지금의 독고현은 자신의 손으로 없애야 하는 사람이다. 그런 사람을 신붓감이라고 소개할 수는 없었다. 부모님에게 며느리를 잃는 고통을 안겨 드릴 수 없기 때문이다.

아픔은 자기 하나만으로 충분했다.

　아들의 복잡한 심사를 모르는 서공망이 피식 웃으며 말했다.

　"아들아, 독고 소저와 그런 관계가 아니라면…… 앞으로 너도 꽤나 복잡해질 게다."

　"예?"

　"너를 만나고 싶어 하는 고관대작이 한둘이 아니다. 그들이 너를 만나려고 하는 이유 중 하나는 네가 총각이기 때문이다. 뭐, 탓할 것도 없지. 입장을 바꾸어 나라고 해도 너 같은 사윗감이 주변에 있다면 체면 불구하고 달려가 볼 테니……."

　"……."

　"그런데, 관직에는 다시 나가지 않을 작정이냐?"

　"예. 솔직히 관리가 되기에는 소자의 언행(言行)이 너무 됩니다. 괜히 주변의 사람들만 괴롭게 만들고 말 겁니다."

　"흠, 무림에서 너를 검공이라고 부른다지? 무림인이 관리로 성공한 예가 없는 것도 그런 이유 때문이기는 하다만…… 그럼 장차 무슨 일을 할 생각이더냐?"

　"외람된 말씀이오나, 먼저 소자의 손으로 꼭 끝내야 하는 일이 있습니다. 그 일을 끝마치기 전까지는…… 아무 일도 할 수가 없습니다."

　"오래 걸릴 일이냐?"

　"빠르면 몇 달, 늦어도 일 년은 넘기지 않을 것입니다."

　"흠, 내년까지 기다려 달라는 소리로 들리는구나."

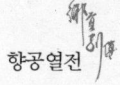

"예."

"알겠다. 너를 찾는 사람들에게도 그렇게 말해 두도록 하마."

"죄송합니다."

"허허! 죄송이라니, 그런 소리 말아라. 출중한 자식을 두어 찾는 사람이 많은 것은, 오히려 부모의 자랑이니라."

"……."

잠시 아들을 바라보던 서공망이 담담한 음성으로 말했다.

"황실에서도 계속 사람을 보내오고 있다. 네가 끝내 아무 직업도 가지지 않는다면, 그들도 너를 단념하지 않을 게다."

"명심하겠습니다."

"그래, 그럼 이만 가서 쉬거라."

"예."

서문영이 부친과 모친을 향해 인사를 올린 뒤 방에서 물러났다. 서문영은 자신의 방으로 돌아가지 않았다. 자기 손으로 해야 할 일들이 마음을 누르고 있어서 방으로 갈 엄두가 나지 않았던 것이다.

이런저런 생각에 잠겨 있던 서문영은 서가장을 한 바퀴 돌고 말았다. 뒤늦게 방으로 돌아가려는 서문영을 누군가 불러 세웠다. 달빛을 받으며 다가오고 있는 사람은 독고현이었다.

"현아, 늦게까지 어쩐 일이냐?"

독고현이 서문영의 옆으로 조용히 이동했다. 서문영의 시선을 정면으로 받지 못하게 되면서 생긴 새로운 버릇이었다.

"그냥, 잠이 오지 않아서요. 오라버니는 왜 추운데 돌아다니세요?"

"나야 한서불침(寒暑不侵)의 몸이라…… 한 가지 생각에 골몰하면 시간가는 줄도 모른단다."

"무슨 생각을 그렇게 오래 하셨는데요?"

"앞으로 내가 해야 할 일들이지."

서문영이 독고현을 향해 시선을 돌렸다.

독고현의 몸이 무언가에 밀린 듯 한 걸음 뒤로 물러났다.

"오라버니, 제발 그렇게 보지 말아 주세요."

"아, 그래, 미안하구나."

독고현이 다시 서문영의 옆으로 다가왔다.

"그런데 한서불침도 아닌 너는 이 추운데 왜 밖에 나와 있는 게냐?"

"……."

독고현은 대답하지 않았다.

두 사람은 잠시 동안 말없이 걷기만 했다.

한참을 걷던 독고현이 갑자기 물었다.

"그런데 저는 왜 살아 있는 거지요?"

"그, 그게 무슨 소리냐?"

깜짝 놀란 서문영이 우뚝 멈춰 섰다.

왜 살아 있느냐니? 그 말은 자신이 죽었다는 것을 이미 알고 있다는 것이 아닌가?

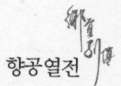
향공열전

"장안에 있을 때, 오라버니 몰래 외출을 한 적이 있답니다. 그때…… 실은 집에 갔었어요. 단심맹에서 한 시진 거리에 집이 있는데, 모른 척할 수는 없잖아요."

서문영이 눈을 감았다.

아아, 그랬구나. 장안의 독고가를 생각하지 못한 게 실수다.

"그런데 저를 보고는 귀신을 보듯 하시잖아요. 후훗, 나중에 오라버니가 보냈다는 편지를 보여 주시더군요. 제가 대림사에서 죽었다고, 그래서 화장(火葬)을 했노라고 쓰셨죠?"

"……."

독고현의 부드러운 음성으로 지난 일을 들으니 가슴이 떨렸다. 코끝이 시큰해지는가 싶더니, 이내 눈물이 핑 돈다.

서문영은 눈을 크게 뜨고 고개를 이리저리 돌렸다. 그래도 눈물은 쉬이 사라지지 않았다.

결국 몇 방울의 눈물이 바닥으로 툭툭 떨어졌다.

죽었다던 딸이 살아 왔으니 독고가의 사람들은 얼마나 당황했을까?

"부모님은 오라버니가 저에게 몹쓸 짓을 한줄 알고 펄펄 뛰셨어요. 오라버니에게 배신당했다고, 그럴 줄 몰랐다고 하시더군요. 불쌍한 분들 같으니……."

"미안하다……."

"아니에요. 왜 오라버니가 그런 소리를 하세요."

"미안해, 모두 나 때문이야, 그날 밤 내가 너를 혼자 두는

게 아니었는데……."

"아아, 머리야. 오라버니 마지막 날의 이야기는 꺼내지 마세요. 그때를 생각하면 이상하게 머리가 깨질 듯이 아파져요."

"아, 미안, 미안."

"칫, 자꾸 미안하다고 하지 마시라니까요."

"그래, 하지 않으마."

"오라버니가 요즘 밤에 잠 못 이루는 것은 저와 관계가 있지요?"

"……."

"다른 사람은 괜찮은데, 오라버니만 보면 죽을 것 같아요. 이미 죽은 사람이 죽을 것 같다니까 좀 우습다. 그쵸?"

"아니, 우습지 않아."

"쳇, 웃긴 거 맞아요. 하여튼, 오라버니와 저 사이에 제가 모르는 일이 있어요."

"……."

"제가 왜 살아 있는지, 오라버니를 보면 괴로운 이유가 뭔지, 알고 싶어요. 이건 세상에서 오직 오라버니만 답해 줄 수 있는 문제예요. 그렇죠?"

"……."

"가르쳐 주세요."

"그건……."

서문영은 망설였다.

여기서 자신이 진실을 말하면, 독고현은 어떤 선택을 내릴까? 살려 달라고 할까? 죽여 달라고 할까?

"오라버니, 그 일을 세상에서 단 한 사람만 알아야 한다면, 그건 바로 저예요. 당사자인 제가 모르는 건 이치에 어긋난 거라고요."

아! 그렇구나. 이건 제일 먼저 독고현의 문제였구나.

서문영은 두근거리는 가슴을 진정시켰다. 당사자인 독고현의 생각을 빼고 자기 혼자 결론 내릴 수는 없었다. 가혹하지만 피해서는 안 되는 진실과 조우해야 할 때가 있다. 어쩌면 지금의 독고현이 그런 때인지 모른다. 대면하지 않으면 안 되는 가혹한 현실.

     *   *   *

쾅. 쾅. 쾅.
굳게 닫힌 나무문을 누군가 두드렸다.
"누구냐!"
문 안쪽에서 걸걸한 음성이 들려왔다.
문을 두드리던 사람이 조심스럽게 대답했다.
"강소성에서 온 소상검(素像劍) 이주성이라 하오."

문 안쪽에서 저희들끼리 수근거리는 소리가 들렸다.
"이봐, 소상검이 누구인지 아는 놈?"

"그런 놈 모릅니다."
"이주성이라는 이름은?"
"이춘성이라고 하는 놈은 제법 알려졌지만, 이주성은 금시초문입니다."
"이춘성은 누군데?"
"번개손 이춘성이라고 도적질에 능한 놈이 있습니다."
"강소성 놈이냐?"
"그럴 겁니다."

문지기들끼리의 잡담이 계속되자 기다리다 못한 이주성이 다시 말했다.
"급하게 찾는 사람이 있어서 멀리서 왔으니 문 좀 열어 주십쇼."
걸걸한 음성이 다시 들려왔다.
"이곳에 아는 분이 계시오?"
"없습니다."
순간 문 뒤쪽의 사내가 버럭 소리를 내질렀다.
"이 씨버럴 놈아! 여기가 관아라도 되는 줄 아느냐? 급하게 찾고 싶은 놈이 있으면 관아로 달려가지 왜 천명회에 와서 짖어 대냐? 꺼져라! 다시 한 번 귀찮게 굴면 병풍 뒤에서 향냄새를 맡게 될 줄 알아!"
"……."
찔끔 놀란 이주성이 급히 정문에서 물러났다.

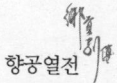
향공열전

이주성은 다시 한 번 뭐라고 말을 하려다가 고개를 절레절레 흔들며 돌아섰다. 그만한 일에 자기 목을 걸고 싶지는 않았던 것이다.

 이주성이 털레털레 돌아오자 성유화가 물었다.

 "뭐라고 해요?"

 "관아로 가라는데……."

 "아니, 그걸 말이라고 해요?"

 성유화가 답답하다는 듯 이주성을 바라보았다.

 조금 전까지만 해도 "천명회가 사파의 본거지니 남자인 자신이 가서 물어보고 오겠다!"며 큰소리치더니, 관아로 가라는 대답을 듣고 왔단다.

 "유화야, 분위기가 심상치 않은데, 그냥 다른 데 가서 알아보면 안 되겠느냐?"

 이주성의 물음에 성유화가 고개를 저었다.

 "오라버니, 생각해 보세요. 장안까지 오는 동안 서 대협의 이름이 단 한 차례도 사람들의 입에 오르내리지 않았어요. 그야말로 하늘로 솟았는지, 흔적도 없이 사라졌다고요. 분명히 상 대협은 검성과 고적산인을 돕기 위해 단심맹에 계신다고 했는데…… 아무도, 심지어 십대문파와 관계된 사람들도 서 대협에 대해서는 아는 게 없어요. 이제는 천명회밖에 남은 게 없다고요."

 "하지만, 상 대협도 화산파로 돌아가셨는데…… 무슨 일이 생기면 낭패가 아니냐? 대사면령이 내려져서 천명회에 무림인의 출입이 자유롭게 되었다고 해도…… 서 대협과 그들이 원수사이라도 된다면…… 괜히 우리 목숨만 위태롭게 될 수가 있다고."

이주성이 걱정하는 것은 '절영운검 상무극까지 생명의 위험을 느껴 돌아간 마당에 겨우 세 사람이 천명회를 방문해도 괜찮겠느냐? 하는 것이었다.

"상대협이 돌아간 것은 그분이 화산파 출신이라 그런 거죠. 천명회가 대사면령을 내린 것은 바로 우리 같은 군소방파에게 인심을 얻기 위해서 라고요. 우리는 그들의 적이 아니니까, 괜찮을 거예요."

"그건 네가 문지기들의 소리를 듣지 못해서 그런 거다. 그 자들은 뼛속 깊이 사파야. 눈알이 뒤집히면 우리는 그냥 밥이 되고 만다고."

"……."

성유화도 마냥 고집을 부리지는 못했다. 겁쟁이가 아닌 이주성이 저렇게 두려워 할 때는 이유가 있는 법이다.

성유화와 설지가 어떻게 할까를 망설이고 있을 때다.

"뭐여? 뼛속 깊이 사파? 눈알이 뒤집히면 그냥 밥이 된다고?"

"헉!"

이주성이 다급하게 뒤를 돌아보았다.

멀리서 세 사람이 느긋하게 걸어오고 있었다. 굳게 닫혀 있던 정문이 빼꼼이 열린 것을 보니 천명회에서 나온 고수들이 분명했다.

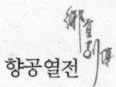
향공열전

"크, 큰일이다! 유화야, 설 사부, 피합시다."

하지만 피하기에는 이미 천명회의 고수들이 너무 가까이까지 와버렸다. 하얗게 질린 이주성과 달리 성유화의 표정은 담담하기만 했다. 세 사람 정도는 당해 낼 수 있다는 자신감 때문이다. 강호에 상종 못할 괴물들로 알려진 혼세삼악(混世三惡)이 히죽히죽 웃으며 일남이녀를 향해 다가갔다.

천명회에서의 생활이 답답하고 무료해서 술이나 한잔 걸치려고 나왔다가 재미있는 희롱꺼리를 만났으니 이보다 더 좋은 일도 없다.

감히 천명회의 대문 앞에서 뼛속 깊이 사파라는 둥, 눈알이 뒤집히면 밥이 된다는 둥 막말을 해대다니?

이건 소면시마의 대사면령이 아니라 그보다 더한 것으로도 용서가 되지 않는 중죄다. 소면시마가 알게 돼도 뭐라고 하지 않을 것이었다. 혼세삼악의 첫째인 천상극악(天上極惡)이 이주성을 향해 물었다.

"흐흐, 너 고마운 후레자식아, 아무리 죽고 싶어도 그렇지, 뼛속까지 사파? 눈알이 뒤집어져? 그래도 고맙다. 네놈 덕분에 오늘 우리가 몸보신을 하게 생겼구나."

"그, 그건, 그냥, 저의 말실수입니다. 기분이 나쁘셨다면 용서해 주십시오."

둘째인 천상사악(天上邪惡)이 손을 휘휘 저었다.

"아니야, 아니야, 괜찮아. 용서라니, 오히려 우리는 너에게 감사하고 있다고. 그렇지 않아도 요즘 잠자리가 헛헛했는데…… 어휴, 저 탱글탱글한 어린것들을 봐…… 벌써부터 가슴이 뛰는구먼."

말과 함께 천상사악이 가볍게 몸을 떨었다.

순간 성유화의 눈에서 광망이 쏟아져 나왔다. 화가 치밀어 순간적으로 이성을 잃은 것이다.

"늙은이, 나잇값을 해라. 뛰는 가슴 아예 시원하게 밖으로 꺼내 주랴?"

성유화의 검이 천상사악을 향해 쏘아져갔다.

그때까지 만만하게 보고 있던 천상사악의 눈이 부릅떠졌다. 날아오는 여자의 검끝에서 아지랑이처럼 아른거리는 검기를 발견한 것이다.

"헉!"

천상사악이 황급히 뒤로 물러났다.

성유화는 천상사악이 쉴 틈을 주지 않고 몰아쳐갔다.

쉬이익.

검 끝에서 쏟아져 나온 검기가 달아나는 천상사악의 가슴을 훑고 지나갔다.

"크윽!"

천상사악이 단 두 번의 칼질에 부상을 입자 첫째와 셋째가 황급히 도검을 뽑아 들었다. 하지만 셋째인 천상추악(天上醜惡)은 둘째를 도우러 가지 못했다. 어느새 다른 한 명의 미소녀가 자신의 앞을 가로막았기 때문이다.

"이건 또 뭐야?"

열이 뻗친 천상추악이 기형도(奇形刀)로 미소녀를 후려쳤다.

설지는 기형도가 허리로 밀려오자 허공으로 훌쩍 몸을 띄웠다. 그리고 허공에서 검을 휘둘렀다.

츠츠츠.

파란 검기가 기이한 소리를 내며 천상추악을 향해 내리꽂혔다.

"으헉! 어디서 이런 것들이?"

생각지도 못한 반격에 천상추악이 땅바닥을 굴렀다.

파파팟.

천상추악이 서 있던 지면에 검기가 쓸고 간 자국이 선명하게 남았다. 둘째를 돕던 천상극악은 두 여자의 검공이 심상치 않아 보이자 급히 호각을 불었다.

삐이익.

자신들 만으로도 감당할 자신은 있었지만, 만사 불여튼튼이라고 하지 않던가! 하나라도 놓치고 싶지 않다는 욕심에 자존심은 잠시 접어 두기로 했다.

잠시 후, 쾅! 하고 문짝 부서지는 소리와 함께 천명회의 정문이 활짝 열렸다. 그리고 오십여 명의 고수들이 바람처럼 달려와 주변을 에워쌓았다.

오십여 명이 내뿜는 흉흉한 기세에 싸움은 흐지부지 끝났다.

천명회의 고수들은 압도적인 수로 포위를 유지할 뿐 공격하지는 않았다. 어차피 결과가 뻔하니 상대가 포기하기를 기다리고 있는 것이다.

 성유화와 설지가 등을 맞대고 섰다.

 두 사람에게서 '누구라도 다가오면 베어 버리겠다'는 기세가 물씬 풍겼다. 천명회의 고수들은 그 기세에 눌려 접근을 자제할 수밖에 없었다.

 잠시 망설이던 이주성은 무기를 버림으로 싸울 의사가 없다는 것을 알렸다. 천명회의 누구와도 겨룰 자신이 없는 이주성으로는 당연한 선택인지도 몰랐다.

 천상극악이 승자의 미소를 지으며 말했다.

 "너희 두 사람의 무공이 대단하다는 것은 인정하겠다. 하지만 천명회를 상대로 칼을 뽑으면 죽음뿐이다. 무기를 버리고 투항하면 살길을 열어 주도록 하마."

 성유화가 냉소를 치며 답했다.

 "흥! 천명회가 모든 문파에 문호를 개방했다고 들었는데, 이제 보니 모두 새빨간 거짓말이었구나!"

 "푸하하! 그건 어디까지나 일반의 문파들에 한해서 그렇다는 게다. 천명회는 십대문파와는 상종을 하지 않는다."

 "그런데 왜 우리는 못 잡아먹어 안달이지?"

 "몰라서 묻느냐? 너희가 십대문파의 제자이기 때문이 아니냐! 설마 아니라고 잡아 뗄 생각이냐?"

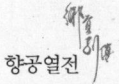
향공열전

천상극악은 미소녀들의 무공이 너무 뛰어나 당연히 십대문파의 제자들이라고 생각했다. 그렇지 않고서야 꽃다운 나이에 저런 무위를 지닐 수가 없지 않은가?

"누가 십대문파의 제자라는 거냐? 나는 강소성 성가장의 가주인 성유화다. 그리고 내 옆에 있는 언니로 말하자면 그 유명한 성가장의 무술사범이시다."

"……."

뜻밖의 대답에 놀란 천상극악이 눈을 끔뻑거렸다. 그도 욱일승천(旭日昇天)하는 강소성 성가장에 대해 몇 번 들은 기억이 있었던 것이다. 게다가 강소성 성가장이라면 검공이 무공을 배운 곳이기도 하다. 그리고 검공은 초혼요마의 정인으로 알려져 있었다.

'시벌, 망했다.'

상대가 정말 성가장의 가주라면, 자신이 혼세삼악의 첫째라고 해도 함부로 대해서는 안 된다. 천명회에서 포섭해야 하는 최우선 순위에 있는 사람이 검공과 무주공선인 까닭이다. 소면시마는 틈이 날 때마다 수뇌부들에게 "검공과 무주공선에게 시비를 거는 놈은 즉결처분 하라"고 했었다.

"그, 그대들은 정말 성가장의 분들이오?"

성가장의 가주를 탐한 죄가 있는 천상극악이 더듬거리며 물었다. 잠자리 시중을 들게 하려던 흉심은 이미 사라진 지 오래다. 행여나 수하들 중에 누군가가 이번 일을 고자질하기라도 한다면, 얼마 전 천명수호대의 병신들처럼, 목 없는 시체로 발견될지도 모르니 빨리 마무리를 지어야 했다.

"그래요. 내가 바로 성가장의 당대 가주인 성유화예요. 그리고 제 옆에 계신 분은 성가장의 무술사범인 설지 님이시지요. 참고로 검공 서 대협도 이분에게 무공을 배웠답니다. 그리고 저기 무기를 내려놓은 분은 이가장의 가주이신 소상검 이주성 님이세요."

발정기의 개처럼 달려들던 늙은이가 성인군자처럼 돌변하니 성유화의 가는 말도 고와졌다. 순간 천상극악이 여전히 포위 중인 수하들을 향해 버럭 소리를 질렀다.

"이놈들! 무엇하고 있느냐! 성가장의 가주이시면 천명회의 큰 손님이시니라! 피차간의 오해로 벌어진 일이니, 속히 무기를 거두고, 예를 다해 모셔라!"

"존명(尊命)!"

오십여 명의 천명회 고수들이 절도 있는 동작으로 병장기를 거두었다.

천상극악이 재빨리 성유화 앞으로 달려갔다.

"가주님, 제가 앞장서겠습니다. 일단 안으로 들어가시지요."

"……."

마두(魔頭)의 갑작스러운 친절에 성유화는 잠시 머뭇거렸지만 싫다고 버팅기지 않았다. 어차피 이들이 독하게 마음먹으면 끌려갈 수밖에 없다는 것을 알고 있었기 때문이다. 그나마

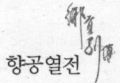
향공열전

다행인 것은 눈앞의 마두가 조금 전과 달리 상당히 호의적으로 대한다는 것이다.

성유화 일행이 안내되어 간 곳은 정말 천명회의 귀빈들만 묵는다는 금룡전(金龍殿)이었다. 화려한 실내 장식에 놀랄 틈도 없이, 산해진미(山海珍味)가 차려졌다. 그야말로 황제가 부럽지 않은 대접에 성유화와 설지는 황당한 표정을 지어 보였다.

"언니, 성가장이 이렇게 유명한 곳이었어요?"

"글쎄 말이야. 나도 어디 가서 이런 대접은 처음인데?"

설지가 고개를 갸웃거렸다. 강소성에서도 이런 환대를 받은 적이 없는데, 이곳은 멀고도 먼 섬서성이다.

이주성이 면목 없다는 듯 고개를 떨구며 말했다.

"유화야, 그리고 설 사부님, 아까는 정말 미안했습니다. 어떻게든 싸움을 피하려다 보니…… 그렇게 됐습니다."

"오라버니, 괜찮으니까 마음에 담아두지 마세요. 천명회의 대문에서 칼을 뽑아드는 사람이 잘못된 거죠. 솔직히 피하는 게 최선이었다고요."

"동생 말이 맞아요. 이 소협의 행동이 지혜로운 거예요. 만약 우리의 무공이 형편없었으면, 말 한 마디 해보지도 못하고 죽임을 당했을 거예요. 이번에는 순전히 운이 좋았던 것뿐이에요."

"그래도…… 의리를 저버린 건 접니다."

"그건 의리가 아니라 만용이라니까요. 만약 아까 이 가주님께서 뛰어들었으면…… 벌써 목숨을 잃었을 거예요. 그마……음, 우리 다른 이야기 하죠."

설지는 차마 "그 마두들의 무공은 정말 무서웠어요"라는 말을 입 밖에 내지 못했다. 천명회의 안방에서 마두라는 말을 쓰기란 쉬운 일이 아니었다.

성유화가 음식들을 쿡쿡 찌르며 중얼거렸다.

"그들이 설마 이 속에 독을 넣은 건 아니겠죠?"

"에이, 우리를 죽일 생각이면 문 밖에서 죽였겠지."

"역시 그렇겠지요?"

성유화가 안심하고 고기 한 점을 집어 입에 넣을 때다.

문이 열리며 청순하면서도 요염하게 생긴 소녀 하나가 들어왔다.

"후후, 그래도 미약을 섞었을지도 모르니 조심하는 게 좋을 거예요. 이쁜 여자들은 가만히 내버려 두지 않는 사람들이니까."

소녀의 말에 화들짝 놀란 성유화가 입안의 음식을 뱉었다.

"퉤퉤!"

그런 성유화를 보고 있던 소녀가 깔깔거리며 웃음을 터뜨렸다.

"도와줘서 고마운데, 왜 웃죠?"

성유화의 물음에 소녀가 눈물을 훔치며 말했다.

"어머, 농담인데, 그렇게 놀라니까 너무 웃겼어요. 눈물이 다 나네. 아이, 참, 이러면 안 되는데."

"음, 농담이었어요? 하지만 진짜 미약을 섞었을 수도 있잖

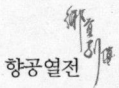

아요?"

"아무리 천명회에 정신병자가 많다고 해도, 감히 성가장의 분들에게까지 미약을 섞을 정도로 미친놈들은 없답니다."

"어머, 말조심 하세요. 여긴 천명회라고요."

깜짝 놀란 성유화가 주의를 주자 소녀는 배를 잡고 웃었다.

"호호호! 너무 재밌다. 아하하하."

"……"

성유화와 설지는 물론 이주성도 소녀의 유별난 행동에 눈살을 찌푸렸다. 호랑이 소굴에서 저렇게 제멋대로 행동할 수 있다니? 나쁜 사람 같지 않아서 다행이지만, 한편으로는 정체가 의심스러웠다.

궁금함을 참지 못한 이주성이 조심스럽게 물었다.

"그런데 소저는 누구십니까?"

소녀가 다시 눈물을 훔치며 대답했다.

"나요? 난, 사람들이 초혼요마라고 하는 사람이지요."

"어헉!"

이주성이 저도 모르게 뒤로 한 걸음 물러났다. 남자는 초혼요마의 곁에만 있어도 정혈이 말라 죽는다는 소문이 생각났던 것이다.

놀라기는 성유화와 설지도 마찬가지였다.

저렇게 해맑아 보이는 소녀가 초혼요마라니? 소문에는 이십 대라고 들었는데, 아무리 후하게 봐도 십 대 이상으로는 보이지 않았다.

"왜요? 내가 소문보다 젊어 보여서 그런가요? 아, 그건 말이죠, 얼마 전에 옥면수라의 정혈을 먹어서 그런 거예요. 이렇게 어려 보이다가도 몇 달 지나면 다시 제 나이로 보이니까 신경 쓰지 마세요. 나이는 속일 수가 없다니까요. 호호."

"……."

칠대마인의 하나인 옥면수라의 정혈을 먹었다니? 분위기가 무겁게 가라앉았다.

"그런데, 성가장의 여러분들이 천명회까지 찾아 온 이유는 뭘까요? 설마 천명회의 지부가 되고 싶어서 온 걸까요? 문지기들의 말을 들으니 누굴 찾는다는 것도 같던데……."

초혼요마의 혼잣말에 성유화가 급히 답했다.

"사실은 검공 서 대협을 찾아왔답니다."

"검공을요?"

"네, 아는 분의 말씀에 의하면, 분명히 단심맹에 있었다고 하는데…… 단심맹이 천명회로 바뀌면서부터 서 대협에 대해 말하는 사람들이 없어서요. 알 만한 사람을 잡고 물어봐도 다들 모른다고만 하니…… 마지막으로 여기에 오면 소식을 들을 수 있지 않을까 싶어서 찾아온 거예요."

"음, 무슨 일이기에 목숨까지 걸고 찾으러 다닐까요?"

"모, 목숨까지 건 건 아닌데요……."

성유화가 황급히 변명하자 초혼요마가 피식 웃었다.

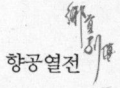

"아니면 말고요. 그런데 사파가 아닌 사람들이 천명회에 올 때는 목숨을 걸고 오더라고요. 눈이 확 뒤집히면 밥으로 알고 잡아먹을 수도 있는 곳이니까요. 호호호!"

이주성의 입에서 다시 한숨이 흘러나왔다. 자신이 무심코 했던 말이 초혼요마의 귀에까지 흘러들어간 게 분명했다.

가만히 보고만 있던 설지가 초혼요마에게 물었다.

"요마님, 서 대협에 대해 아는 게 있나요?"

"있어요. 그런데 왜요?"

"그럼 우리에게도 좀 가르쳐 주세요. 우린 서 대협을 꼭 만나야 하거든요."

"음, 어떻게 할까요?"

초혼요마가 설지와 성유화를 보며 빙글빙글 웃었다.

성유화가 얼굴을 붉히며 간청했다.

"가르쳐 주시면, 은혜를 잊지 않겠어요."

"……."

곰곰 생각하던 초혼요마가 웃으며 말했다.

"일단 먹으면서 얘기하죠. 사실 배가 많이 고프거든요."

"네……."

성유화와 설지가 다소곳이 대답했다.

나이는 어려 보이는데도, 어쩐지 초혼요마의 눈을 보면 기가 꺾였다.

그건 이주성도 마찬가지다.

세 사람은 초혼요마의 눈치를 살피며 조금씩 음식을 집어먹었다. 뭐든 처음이 어려울 뿐이다. 잠시 후 오랜 여행으로 식사다운 식사를 하지 못했던 세 사람은 걸신들린 사람처럼 허겁지겁 퍼먹기 시작했다.

하지만 정작 배가 고프다던 초혼요마는 깨작거리기만 할뿐 음식을 제대로 먹지도 못했다. 그리고 혼자서 뭔가 골똘히 생각하는 듯 고운 인상을 찡그렸다 폈다 반복했다.

후루룩 쩝쩝.

와구와구.

식탐에 빠진 세 사람을 지켜보던 초혼요마가 돌연 "풋!" 하고 웃음을 터뜨렸다. 웃음소리에 세 사람이 정신을 차리자 초혼요마가 담담히 말했다.

"서문영은 무한의 서가장으로 갔어요."

"네에? 정말요?"

성유화가 저도 모르게 소리쳤다.

무한의 서가장이라면 서문영의 집이다. 생각해 보면 별것도 아닌 일인데, 왜 십대문파 사람들은 모른다고 시치미를 뗐을까?

"그래요, 단심맹이 해체되기 며칠 전에 두 사람을 데리고 떠났답니다."

"두 사람을요?"

이번에는 설지가 물었다.

"네, 고적산인과 독고현이라는 소저를 데리고 간 것으로 알

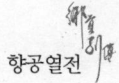
향공열전

고 있어요."

"……."

성유화와 설지가 망연자실한 눈으로 서로를 바라보았다. 독고현이라는 여자의 이름에 저도 모르게 긴장하고 만 것이다.

"후훗! 아직 남았는데 그만한 일로 놀라면 안 되죠."

"……."

성유화와 설지의 입에서 한숨이 흘러나왔다.

대체 뭐가 또 남았기에 놀라면 안 된다고 한 것일까?

하지만 초혼요마는 설명 대신 방긋 방긋 웃기만 할 뿐이었다.

"그런데요, 요마님의 말씀을 의심하는 건 아닌데…… 장안까지 오는 길에 제법 많은 사람들을 만나 봤거든요. 십대문파는 물론, 사파의 사람들도 서 대협에 대해서는 모른다고만 하더라고요. 정말 서가장으로 간 게 확실한 건가요?"

성유화의 질문에 초혼요마가 방긋 웃으며 답했다.

"후후, 서문영이 서가장으로 간 것을 아는 사람은 단심맹과 천명회의 몇 사람들뿐이지요. 그리고 십대문파에서 모른다고 잡아뗀 건 '서문영이 단심맹과 결별한 것을 사람들에게 알리고 싶지 않아서'일 거예요. 그 외의 사람들이 모른다고 한 건 정말 몰라서 그런 거고요. 천명회에서도 서문영을 영입하려고 거취를 비밀에 붙였거든요."

"어머, 정말 십대문파만 아니면 천명회에서 받아주나 봐요?"

"그럼요. 정사지간의 고수들은 영입 일 순위랍니다. 혼세삼마가 여러분을 금룡전에 모시고 온 것도 그런 이유 때문이라죠?"

"설마 아까 그 노인들이 혼세삼마라는 말씀인가요?"

성유화의 눈이 휘둥그렇게 떠졌다.

자신들을 이곳으로 안내한 사람은 함께 싸웠던 세 늙은이였다. 무공이 강하다고 생각은 했지만 그들이 혼세삼마라니? 혼세삼마는 어릴 때부터 귀에 딱지가 앉도록 들은 무림의 거마(巨魔)가 아닌가!

"맞아요. 그들이 혼세삼마죠."

"어머, 언니, 우리가 혼세삼마와 싸운 거래."

"아, 깜짝이야. 그 말을 들으니 갑자기 손이 막 떨린다."

"나도, 나도……."

성유화와 설지는 조금 전의 활극을 두고 신나게 떠들어댔다. 무림사에 등장하는 거마와 싸움까지 벌였다니, 절로 흥분이 됐던 것이다.

하지만 두 사람의 흥분은 그리 오래 지속되지 못했다.

"그런데 우린 언제 떠날 거죠?"

"……."

성유화와 설지의 얼굴이 딱딱하게 굳어갔다. 초혼요마가 "우리"라고 한 말 때문이다.

"저어, 요마님도 가시게요?"

설지가 힘들게 묻자 초혼요마가 당연하다는 듯 고개를 끄덕였다.

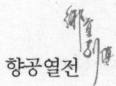
향공열전

"네, 서문영과 헤어진 지 좀 됐거든요. 단심맹도 사라졌으니까, 이젠 제가 서가장을 드나들어도 난리치는 사람이 없겠죠? 호호호!"

"……."

성유화와 설지가 들고 있던 젓가락을 내려놓았다.

이주성은 오히려 식욕이 돋는 듯 광폭하게 식탁 위를 쓸어갔다.

* * *

마제 화운비가 물었다.

"십대문파가 봉문을 했다고 하는데…… 그래도 복수를 할 참이냐?"

"제게 수치를 주었으니 당한만큼 돌려 줘야지요."

"좋은 생각이다……."

"저의 복수가 스승님의 복수를 앞당기게 될 겁니다. 두고 보십시오. 천명회의 이름을 혈사문으로 바꾸고, 그자를 찾아 죽이겠습니다."

"나는…… 혈사문의 이름에 집착하지 않는다만…… 네 뜻대로 하거라……. 그 다음에는?"

중산은 갑작스러운 화운비의 질문에 멍해졌다.

그 다음은 뭘 해야 할까?

…….

침묵 속에 화운비의 숨이 멎었다.

중산은 화운비의 심장에 박혀 있던 적혈비를 뽑아 흐르는 피로 입술을 적셨다.

할짝.

알싸한 맛이 혀끝을 타고 전신으로 퍼져 나갔다. 순간 말로 형언할 수 없는 짜릿함에 중산은 부르르 몸을 떨었다.

순간 화운비의 마기가 단전에서 꿈틀거렸다.

깜짝 놀란 중산은 급히 가부좌를 틀고 앉았다. 이제는 화운비의 마기를 온전히 자신의 것으로 만들어야 했다.

중산의 몸에서 붉은 핏빛 광채가 줄기줄기 뻗어 나왔다.

화운비에게 남아 있던 마기를 남김없이 흡수했기 때문일까? 10년은 지나야 할 거라던 마기의 방출이 시작되었다.

"모두…… 조금만, 조금만…… 기다려라."

끈적끈적한 음성이 태행산맥(太行山脈)의 어느 이름 없는 동굴에 울려 퍼졌다.

동굴 밖으로 흰 눈이 하나 둘씩 떨어져 내렸다.

〈10권에서 계속〉

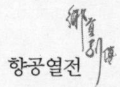
향공열전

시니어 신무협 장편소설
ORIENTAL FANTASYSTORY & ADVENTURE

일보신권

문피아 골든 베스트 1위, 그 빛나는 영광!
시니어 신무협 장편소설.

천하를 놀라게 한 파격적인 소림무공,
그 비밀은 배고픔과 절제!

이제 무공도 근검절약의 시대,
최소한의 움직임으로 최대의 효과를 얻는다!

dream
books
드림북스

파워풀 작가 3인 3색
드림 출간기념 이벤트

제 2 탄!

『철중쟁쟁』, 『칼』, 『상왕 진우몽』의 작가!
권용찬의 탄탄한 구성과 흡입력 있는 이야기.

악의 본질을 꿰뚫어 본 사람만이
진정한 협을 말할 수 있다!

신마협도

철저한 악인으로 살아온 지난 세월을 모두 벗어 던지고
가슴으로 말하는 협(俠)의 길 위에서 천하를 질타한다

제1탄, 김강현 작가의 판타지 『천신』(12월 21일 출간)
제3탄, 태제 작가의 판타지 『역천의 황제』(1월 출간)

푸짐한 사은품 증정!!

EVENT ONE

이벤트를 진행하는 3종의 책을 '모두 구입하신 분들 중' 추첨을 통해 사은품을 드립니다.

[사은품]
1명 : <닌텐도 DS> + 3종의 3권(작가 친필사인)
('EVENT ONE에 참여하신 분들 중 30명'에게 작가 친필사인이 들어 있는 3종의 3권을 드립니다.)

[응모요령]
1,2권 띠지에 부착된 응모권 6개를 오려 드림북스로 보내주세요.

EVENT TWO

이벤트를 진행하는 3종의 책을 '개별적으로 구입하신 분들 중' 추첨을 통해 사은품을 드립니다.

[사은품]
3명 : <백화점 상품권(5만원)> + 구입한 도서의 3권(작가 친필사인)
(『천신』(1명), 『신마협도』(1명), 『역천의 황제』(1명))

[응모요령]
1,2권 띠지에 부착된 응모권 2개를 오려 드림북스로 보내주세요.

EVENT THREE

책을 읽고 감상평을 올리시는 분들 중 11명을 추첨하여 사은품을 드립니다.

[사은품]
으뜸상(1명) : <백화점 상품권(10만원)> + 서평을 쓴 도서의 3권(작가 친필사인)
우수상(10명) : 문화상품권(1만원) + 서평을 쓴 도서의 3권(작가 친필사인)

[응모요령]
1. 이벤트 진행 도서들 중 하나를 읽고 인터넷 서점(YES24) 리뷰란에 감상평을 올려주세요.
2. 그 감상평을 복사하여 웹 게시판(개인 블로그 및 홈페이지)에 올려주신 후, 게시물의 URL을 '드림북스 편집부 이메일'로 보내주세요.

[보내주실 곳] (우)142-815 서울시 강북구 미아8동 322-10
(주)삼양출판사 2층 드림북스 이벤트 담당자 앞
드림북스 편집부 e-mail : sybooks@empal.com

[이벤트 기간] 2009년 12월 21일~2010년 2월 10일
[당첨자 발표] 2010년 2월 22일(당사 블로그 및 장르문학 전문 사이트에 발표합니다.)

드림북스 블로그 http://blog.naver.com/dream_books
문피아 사이트 http://www.munpia.com/출판사 소식/드림북스
조아라 사이트 http://www.joara.com/출판사 소식

※ 응모권을 보내주실 때는 '이름, 연락처, 주소'를 정확히 기입해 주세요.
※ 사은품은 이벤트 진행도서 3종의 3권의 책이 모두 출간된 직후 일괄 배송합니다.
※ 사은품은 상기 이미지와 다를 수 있습니다.

바드의 모험 출간기념 이벤트

올 겨울엔
색다른 모험을 선물하세요~!

WE 대륙에서 펼쳐지는 또 다른 모험 이야기
온 가족이 함께 읽는 가슴 훈훈한 동화풍 판타지
제작단계에서 1,400만 불을 수출해 화제를 일으킨 'WE Online'의 원작소설

이벤트 기간 : 2009년 12월 14일~2010년 1월 14일

Event 01
이벤트를 진행하는 인터넷 서점 (교보, YES24)에서 1, 2권을 구매하시는 분들 중 선착순 180명에게 자체 제작한 예쁜 '바드의 모험 T-MONEY(교통카드)'를 드립니다.

Event 02
이벤트 기간에 감상평을 올리신 분들 중 추첨을 통해 10명에게 문화상품권 1만원을 드립니다.